KB084510

교토 탐정 홈즈 8

모치즈키 마이

차례

프롤로그

──벚꽃이 핀다.

이 한마디에는 벚꽃의 개화를 알릴 뿐만 아니라 수많은 의미가 포함되어 있다.

추운 겨울이 지나고 화창한 봄이 방문하는 것에 대한 기쁨.

꽃이 핀 벚나무가 아름답고, 또한 아마도 벚꽃의 개화를 기뻐하는 심리 상태인 것.

그렇다, '벚꽃이 핀다'는 말에서는 행복, 축복과 같은 것이 느껴진다.

지금의 나──마시로 아오이의 상태가 그야말로 그렇다.

밝히자면 나는 이번 봄부터 지망했던 교토부립대학의 학생이 되었다.

"──아오이!"

대학 정문을 지나자 뒤에서 익숙한 목소리가 들렸다.

돌아보니 절친인 미야시타 카오리가 만면에 웃음을 띠고 손을 크게 흔들고 있었다.

"카오리."

카오리도 같은 대학에 진학했다──기보다 원래 그녀 쪽이 먼저 교토부대를 지망해 공부를 열심히 했다.

그것은 과거 가정의 경제 상황을 걱정하는 바람에 유명 사립 중학교에서 내부 진학해 사립 고등학교로 올라가지 않고 부립 고등학교에 진학한 그녀다운 선택이라고 할 수 있을지도 모른다.

그런 카오리는 화려하지는 않지만 귀여운 원피스 차림이었다.

그야말로 여대생이라는 분위기인 데다 학교 구내에서 '교복 차림'이 아닌 것이 아주 신선했다.

"안녕. 심플하고 멋진 원피스네."

"고맙데이. 그치만 뭘 입으면 좋을지 몰라서, 벌써 교복이 편했다고 생각하기 시작했을 정도다."

"이해해. 그래도 첫날부터 약한 소리 하지 마."

"그렇제. 드디어 오늘부터 대학생이데이."

교사를 올려다보고 열정적으로 말하는 카오리에게 나는 고개를 끄덕였다.

저번 주 금요일에 입학식을 마치고 휴일이 끝난 오늘은 첫 번째 등교일.

이제부터는 여대생.

그렇게 생각하자 가슴이 들썩였지만, 들뜨기만 할 수는 없었다.

내가 전공한 학부는 문학부 역사학과.

여기서 배워 큐레이터 자격을 취득하고 싶다고 생각

하고 있다.

"아오이, 학부는 다르지만 서로 힘내제이."

"응."

카오리는 구미언어문화학과를 전공한다.

포목점의 차녀인 카오리는 철이 들었을 때부터 일본 문화를 대단히 많이 접해왔기 때문에 외국의 문화에 무척 동경을 품고 있다고 한다.

『이국을 알고 자국을 아는 경우도 있으니 언젠가 유학도 하고 싶다.』

그렇게 말하고 웃음을 지어 보이는 카오리는 아주 빛나 보여서 나도 힘내야겠다는 마음을 먹게 만들었다.

"맞다, 아오이는 동아리 들 거가?"

걸으면서 묻는 카오리의 말에 나는 "으음" 하고 신음했다.

"카오리는?"

"나는 플라워 어레인지먼트 동아리에 들까 한다."

"전통 꽃꽂이가 아니라?"

"응. 전통 꽃꽂이는 계속 배워왔으니 이번에는 자유롭게 꽃을 장식하고 싶다는 생각이 들어서."

"그렇구나, 카오리한테 딱 어울리네."

카오리는 꽃꽂이하는 것을 좋아해서 옛날에는 사오리 씨와 함께 화도 교실에 다녔다.

하지만 본가의 포목점이 롯폰기에 지점을 냈다 실패해 경영 상황이 안 좋아졌을 때 집안 사정을 생각해서 자신은 그만뒀다.

참고로 그 미야시타 포목점에 대해 말하자면, 그 후 사오리 씨가 사이오다이에 뽑혀 가게의 광고탑이 된 덕분에 기울어져가던 경영도 회복된 듯하다.

"아오이도 같이, 어때?"

"흥미는 있지만 아르바이트도 있어서."

"아, 맞다. 아오이는 골동품점 '쿠라'에 없어서는 안 될 사람이었지."

그렇게 말하며 놀리듯이 미소 지어서 내 볼이 뜨거워졌다.

그렇다, 나는 테라마치 산조에 있는 골동품점 '쿠라'에서 벌써 2년이나 아르바이트를 하고 있다.

......그런데.

"없어서는 안 될 사람이라니, 그렇지 않아."

부끄러워서 고개를 저었지만, 어떤 일을 떠올리고 나는 "아" 하고 말을 멈추었다.

"아니, 아니었어."

"아니었다고?"

"지금은 내가 필요한 것 같아. 기간 한정이지만. 지금 '쿠라'는 과도하게 일손이 부족해."

"어째서? 홈즈 씨가 대학원을 수료하고 점주가 됐잖아?"라며 카오리는 고개를 갸웃거렸다.

그렇다, 학문을 닦는 한편 '쿠라'를 맡았던 홈즈 씨, 즉 야가시라 키요타카 씨는 올봄에 대학원을 수료했다.

드디어 정식으로 '쿠라'의 후계자가 되어 가게 경영에 나선 것이다.

나는 공부에 힘쓰며 조금이라도 '쿠라', 그리고 홈즈 씨에게 도움이 될 수 있다면…… 하고 이것저것 생각해서 앞으로 있을 미래를 향해 마음을 펼치고 있었다.

——하지만.

"홈즈 씨가 가게를 잇는 건 연기됐어."

오도카니 읊조리자 카오리는 놀란 기색으로 눈을 깜빡였다.

"어떻게 된 거야? 혹시 홈즈 씨, 학점이 모자랐나?"

역시, 라는 기색으로 고개를 끄덕이는 카오리를 보고 나는 쓴웃음을 지었다.

"아니야, 홈즈 씨는 무사히 대학원을 수료했어."

"아, 그렇구나."

"응. 실은 나도 학점이 괜찮을지 멋대로 걱정했는데, 역시 빈틈없는 사람이었어."

내 말에 카오리는 납득한 기색으로 크게 맞장구쳤다.

"그렇다면 왜?"

"······그게 말이지" 하고 나는 한숨을 토하듯이 입을 열었다.

홈즈 씨는 전에 대학원을 수료한 뒤에는 골동품점 '쿠라'를 앤티크 카페로 바꾸고 싶다고 이야기했었다.

이제부터는 그 계획을 향해 움직이기 시작하겠지.

나도 전력으로 돕자.

나는 그렇게 마음먹고 홈즈 씨와 둘이서 새롭게 가게를 꾸미는 일에 매진하는 것을 기대하고 있었지만——.

그렇게 마음대로 되지는 않았다.

* * *

그것은 대학 입학을 앞둔 4월 초.

그날도 나는 '쿠라'에 아르바이트를 하러 가서 부지런히 청소에 힘쓰고 있었다.

홈즈 씨는 평소처럼 카운터에서 장부를 작성하고 있었고, 가게 안에는 사각거리는 펜 소리와 BGM이 조용히 흐르고 있었다.

재즈가 흐르는 경우가 많지만 오늘은 클래식이었다.

곡은 비발디의 『봄』이나 멘델스존의 『봄의 노래』를 포함한 것이고, 가게의 작은 쇼윈도에는 벚꽃을 모티브로 한 족자나 다완이 전시되어 있어서 가게는 봄 내음을 물씬 풍기고 있었다.

느긋하게 기분 좋은 시간이 흐르는 가운데 갑자기 '딸랑' 하고 도어벨이 울려서 나는 튀어 오르듯이 고개를 들었다.

그곳에는 멋들어진 키나가시에 모자를 쓴 나이 지긋한 남성의 모습이 있었고.

『여, 아오이, 수고 많데이』하고 내게 웃음을 지어 보였다.

『오너, 수고 많으세요.』

그렇다, 그는 이 가게의 오너 야가시라 세이지 씨. 그는 가게에 들어오자마자 종이봉투 안에서 서류를 꺼내 카운터 위에 툭 놓았다.

『아, 무거워서 혼났다.』

오너는 목에 손을 대고 빙글 돌렸다. 카운터 안 의자에 앉아 있던 홈즈 씨는 산더미 같은 서류로 눈길을 떨어뜨리고 눈살을 찌푸렸다.

『……이건 대체 뭔가요?』

『니를 받아줄 곳이다.』

오너는 무뚝뚝하게 대답하고 1인용 소파에 털썩 앉았다.

『받아줄 곳?』

홈즈 씨가 수상하다는 듯이 서류를 집자, 가까이 있던 나도 고개를 내밀어 그의 손을 들여다보았다.

가장 위에 있는 서류에는 'UED 컨설턴트'라고 적혀 있었다.

『UED 컨설턴트?』

들어본 적 없는 기업이라고 생각하고 있는데.

『우에다 씨가 경영하는 회사예요. U는 유나이티드, E는 엑스퍼트, D는 다이내믹의 약자라고 하셨지만, 우에다라서 UED라 한 거겠죠.』

홈즈 씨는 서류로 눈길을 떨어뜨린 채 깔끔하게 대답해줬다.

'UEDA'라서 'UED'라니, 우에다 씨답다며 맞장구를 쳤다.

그가 오사카에서 경영 컨설턴트 회사를 비롯해 여러 사업을 운영하고 있다는 이야기는 들었다.

서류에는 회사 이름과 소재지, 업무 내용, 그리고 '기간 3개월'이라고 적혀 있었다.

다른 서류에는 미술관이나 호텔, 코마츠 씨의 '코마츠 탐정 사무소', 그리고 어째서인지 '카지와라 아키히토'라고 아키히토 씨의 이름이 적혀 있고, 기간도 2주에서 3개월 등 다양했다.

『……이건 대체 어떻게 된 건가요?』

홈즈 씨는 서류에서 눈을 떼고 오너에게 시선을 옮겼다.

그 눈동자가 아주 차가워서 나는 움찔했다.

『보는 대로 수행이다.』

오너는 품에서 꺼낸 부채를 펼쳐서 펄럭펄럭 부치며 대답했다.

『수행?』

『──그렇다. 니는 이 교토의 시내, 즉 라쿠추에서 태어나

라쿠추에서 자라다 어릴 때부터 나를 따라 이 세계에 들어왔다. 그래서 고미술 세계에 대해서는 그렇게 젊은데도 웬만큼 알고 있지. 그건 나도 인정한다.』

오너는 고개를 크게 끄덕이고 바로 예리한 눈빛을 보냈다.

『하지만 그것뿐이다. 니는 바깥 세계를 너무 모른다. 이 교토를 떠나 생활해본 적도 없는 철부지 도련님이데이. 그런 상태로 가게를 이을 수는 없다. 일단 바깥으로 나가 수행해라. 그래서 지인 중에 니를 단기간 동안 고용해줄 곳을 일전에 모집했다. 고맙게도 권유해주는 데가 많았다.』

오너는 손을 마주 비비며 득의양양한 웃음을 띠었다.

『……그렇게 생각하고 계셨다면 어째서 미리 말씀하지 않으셨어요?』

갑자기 그런 말을 하면 어떻게 하냐는 기색으로 홈즈 씨는 눈썹을 내렸다.

그러자 오너는 가슴을 펴고 입을 열었다.

『어쩔 수 없었다. 최근에 갑자기 떠올랐거든.』

『…………..』

『니가 드디어 학생이 아니게 됐다고 실감했을 때 갑자기 이래서는 안 된다는 생각이 들었다. 타고난 내 감이제.』

타고난 감이란 말이죠……라고 홈즈 씨는 조용히 읊조리고 이마에 손을 댔다.

『그렇게 걱정하지 않으셔도 저는 괜찮습니다. 할아버지를 따라 일단 세계를 돌아봤고요.』

『그거랑은 별개다. 지금의 니는 도련님, '우물 안 개구리, 바다를 모르고'데이.』

『'우물 안 개구리, 바다를 모르고'라는 말에는 '하지만 하늘의 푸름을 안다'는 뒷말도 있다고 해요. 이런 업계는 좁고 깊게 파고들어 그래도 하늘의 푸름을 아는 정도면 되지 않을까요?』

홈즈 씨가 싱긋 미소 짓자 오너는 어깨를 움찔거렸다.

『니한테는 향상심이란 게 없는 거가.』

『물론 있습니다. 그건 할아버지께서 말씀하시는 '우물 안'에 있는 것일지도 모르죠. 다른 것을 배워야 한다면 제가 배우고 싶은 것을 철저하게 배우고 싶습니다.』

지지 않고 입을 여는 홈즈 씨를 앞에 두고 오너는 아무 말 없이 벌떡 일어나 노려보는 듯한 눈빛을 보였다.

고함을 치지도 않았고 주먹을 치켜들지도 않았다.

그래도 두려울 정도의 박력이 느껴져서 내 몸이 부르르 떨렸다.

『──알았나, 키요타카. 장난은 끝이다. 수행을 떠나거래이.』

낮은 목소리로 말하는 오너. 그 분위기에서 오너의 진심이 전해졌는지 홈즈 씨는 체념한 듯이 한숨을 내쉬었다.

『……알았어요. 이 자료에 있는 모든 회사에 가야 하는 건가요?』

『모두 돌았으면 하지만 그건 무리겠제. 필수인 곳은 도장을 찍어놨다. 거기 외에는 니 마음대로 해라. 최소 열 군데는 돌아야 한데이.』

『열 군데인가요…….』

『납득이 가지 않는 모양인 갑네.』

『네, 그야 물론이죠.』

주저 없이 대답하는 홈즈 씨를 보고 오너는 유쾌한 듯이 웃었다.

『니한테는 뛰어난 흡수력이 있으니까 열 군데만 돌면 시야는 더 넓어질 게다. 더 커져서 돌아온나. 그때야말로 안심하고 니한테 이 가게를 맡길 수 있을 것 같데이.』

『그런데 그동안 이 가게는 어떻게 하실 생각이세요?』

『어쩔 수 없으니 내가 가게를 봐야지. 니를 위해서데이.』

그 말에 홈즈 씨는 마음을 바꾼 듯이 진지하게 고개를 꾸벅였다.

『시작은 4월 10일이다. 열심히 일해라.』

오너는 그 말만 하고 발길을 돌려 그대로 가게를 나갔다.

'딸랑딸랑' 하고 울리는 도어벨.

오너의 모습이 멀어지자마자 홈즈 씨는 카운터에 푹 엎드렸다.

『홈즈 씨, 괜찮으세요?!』

『……안 괜찮아요. 열 곳을 돌라는 말은, 전 약 1년 반에서 2년 동안 이곳저곳을 돌아다니게 됐다는 뜻이에요.』

나는 침을 꿀꺽 삼켰다.

『직장 대부분이 교토 시외. 하지만 교토 부내…… 간사이 권의 직장도 많으니 가끔은 돌아올 수 있다고 생각하지만, 그래도 지금처럼 만날 수 없으니 원거리 연애 같은 형태가 될 거예요.』

원거리 연애, 라고 나는 형태를 이루지 못한 목소리를 냈다.

나도 겨우 대학생이 되어서 이제부터 홈즈 씨와 새로운 '쿠라' 꾸미기에 매진하는 것을 진심으로 기대하고 있었던 만큼 아쉬워서 견딜 수 없었다.

하지만 오너가 한 말도 이해가 갈 것 같았다.

홈즈 씨는 박학다식하고 행동력이 있어서 일견 흠잡을 데가 없는 것처럼 보이지만, 때때로 놀랄 만큼 세상 물정을 모르는 부분도 있다.

교토라는 특수한 도시에서 나고 자랐고, 다른 곳으로 여행을 간 적은 있어도 살아본 적은 없다.

오너는 홈즈 씨가 학생이 아니게 된 지금, 더 넓은 사회로 나가서 다양한 경험을 하기를 바란다고 생각했으리라.

어쩔 수 없는 일이라며 맞장구를 치자 홈즈 씨는 얼굴을 묻은 채 오도카니 읊조렸다.

『……아오이 씨, 기다려주시겠어요?』

『물론이에요. 당연하잖아요.』

고개를 세차게 끄덕이자 홈즈 씨는 가만히 얼굴만 들고 눈을 내리떴다.

『하지만 걱정이데이.』

『뭐가 걱정이세요?』

『당신은 아주 매력적이니까요. 대학생이 되어서 더 불안한데, 심지어 곁에 있을 수 없다니.』

또 시작됐다면서 나는 쓴웃음을 지었다.

『홈즈 씨, 이제 좀 '여자 친구 바보'에서 벗어나주지 않으실래요? 정말 실소가 나와요.』

『'여자 친구 바보'라니 듣기 거북하네요. 적어도 '여자 친구 모에'라고 해주지 않을래요?』

『여, 여자 친구 모에라뇨!』

내 목소리가 뒤집어지고 볼이 뜨거워졌다.

『애초에 저는 인기가 있었던 적도 없으니 홈즈 씨가 걱정할 만한 여자는 아니에요.』

『그러니까 불안한 거예요.』

『네?』

『전에도 말한 적이 있을지도 모르겠는데, 자각이 없는 건 무기이기도 하고 죄이기도 해요.』

그런 말을 들은 적이 있었던가?

그건 즉…….

『그렇게 말했지만 홈즈 씨야말로 인기 있어서 저 역시 걱정이에요.』

『아니요, 저는 인기 없어요.』

『그래요?』라며 나는 의혹의 눈길을 보냈다.

지금까지 홈즈 씨에게 동경을 품거나 홈즈 씨를 괜찮게 보는 여성을 몇 명 만난 적이 있는데.

하지만 그는 튼튼한 벽으로 자신을 둘러싸고 있는 면이 있으니 '인기 있다'고까지는 할 수 없을지도 모른다.

『그리고 설령 인기 있다 해도 바람은 안 피우니 걱정하지 말아요.』

『……정말이에요?』

『네, 한때의 쾌락으로 당신을 잃을지도 모르는 리스크를 지는 건 절대 사양하니까요. 그런 시시한 잘못을 범할 만큼 저는 바보가 아니랍니다.』

진지한 얼굴로 말하는 홈즈 씨를 보고 심장이 강하게 소리를 내고 말문이 막혔다.

홈즈 씨는 팔을 뻗어 내 손을 부드럽게 잡았다.

『그러니까 아오이도 바람피우지 마래이.』

그 긴 손가락의 감촉에 심장이 두근두근 빨라졌다.

『아, 안 피워요.』

『참말로?』

『네. 저도 솔직히 외롭지만, 홈즈 씨가 더 성장하기를 바라는 오너의 마음도 이해가 가니 열심히 하세요.』

『……고맙데이.』

쓸쓸한 웃음을 보이는 홈즈 씨의 모습에 가슴이 먹먹했다.

나는 한 박자를 쉬고『그렇지』하고 웃으며 손뼉을 쳤다.

『수행 마치면 같이 축하해요.』

그러자 홈즈 씨가『축하?』하고 눈을 크게 떴다.

『네, 축하해요.』

다짐하듯이 말하자 축하인가요, 하고 홈즈 씨는 입가를 끌어 올렸다.

『그거 좋네요. 당신과 축하할 날을 기대하며 수행에 매진할게요.』

『네, 저도 그날을 기대하며 열심히 할게요.』

잠시 동안의 원거리 연애.

과거에 원거리 연애에 실패한 적이 있기에 전혀 불안하지 않다면 거짓말이겠지만, 어차피 자주 만날 수 없다면 열심히 공부해야겠다고 나는 생각했다.

이것은 내게도 수행이라고 할 수 있으리라.

홈즈 씨가 이 '쿠라'에 돌아왔을 때 놀랄 만큼 성장해 있기를 바랐다.

나는 남몰래 각오를 다지며 주먹을 쥐었다.

* * *

"──그래서 뭐, 이렇게 됐어."

그렇게 이야기하는 내게 카오리는 "아아아" 하고 놀란 목소리를 냈다.

"바로 물려주지 않고 수행을 떠나라니, 오너답다. 생각해 보면 우리 언니도 키노사키의 온천 료칸으로 수행을 떠났었데이."

"아아, 그러고 보니 그랬네."

홈즈 씨, 카오리, 아키히토 씨, 점장님, 나 다섯이서 키노사키 여행을 갔던 때가 그립다며 나는 눈을 가늘게 떴다.

"근데 오너가 가게를 보게 됐는데 왜 과도하게 일손이 부족하노?"

"……결국 오너는 가게에 잘 안 왔거든. 점장님 혼자라서 가게도 힘든 것 같아. 리큐 군도 수험생이라서 최대한 내가 도우러 가야 해."

"역시 '쿠라'에 없어서는 안 될 사람이데이."

카오리는 풋, 하고 웃었다.

그건 잘 모르겠는데, 하고 웃음을 띠며 고개를 갸웃거리자.

"그보다 얼른 강의실에 가자."

"응."

벚꽃 잎이 날리는 가운데 우리는 통통 튀는 발걸음으로 현관을 향했다.

그것은 새롭게 맞이한 봄날의 사건.

제1장 『평생에 한 번은』

1

오전 8시, 아름다운 정원으로 나와 이상은 없는지 확인했다.

그 넓이는 코시엔 야구장의 1.5배다.

넓이를 도쿄돔과 비교하지 않았는데, 도쿄돔으로 표현하자면 '도쿄돔의 약 절반 정도 크기'라고 할 수 있다.

하지만 그러기엔 약간 쓸쓸해서, 그렇다면 코시엔 구장의 1.5배 넓이라고 말하는 편이 폼이 난다고 생각했다.

약 40종류의 대나무가 있는 바깥 정원에는 쇼인(松隱), 바이인(梅隱), 치쿠인(竹隱)이라는 이름의 세 다실에 키누타의 초즈바치, 유서 깊은 여랑화 무덤도 있다.

아름답게 가꿔진 꽃들에 대나무, 나무들의 녹음과 연못.

이것들을 즐기며 이상이 없는지를 확인하는 것이 업무라니……

"——이 세상에 없는 사치를 부려볼까."

키요타카가 넓은 정원을 산책하듯이 걸으며 오도카니 읊조렸을 때.

"키요타카 군!"

뒤에서 남자 목소리가 귀에 닿았다.

돌아보니 안경 쓴 30대 후반의 남성이 사람 좋아 보이는 웃음을 지으며 달려와 키요타카의 앞에서 걸음을 멈췄다.

"이가와 씨, 안녕하세요."

"안녕, 키요타카 군. 앗, '키요타카 군'이라고 부르면 안 되겠지? '야가시라 씨'라고 하는 게 나으려나. '야가시라'라고 하면 아무래도 선생님의 이미지가 강해서."

그 남자, 이가와 쿄스케는 그렇게 말하고 머리를 긁적였다.

그가 말하는 '선생님'이란 키요타카의 할아버지이자 골동품점 '쿠라'의 오너, 야가시라 세이지다.

"지금은 손님이 있는 것도 아니니 '키요타카 군'이라고 부르셔도 상관없습니다."

키요타카는 싱긋 미소 지었다.

"이것 참. 학생이었던 키요타카 군이 벌써 졸업하다니, 세월이 참 빨라. 야가시라 선생님께서 『우리 키요타카를 기간 한정으로 고용해줄 곳을 모집하고 있다』라는 말씀을 하셨을 때는 상부의 허가도 안 받고 나섰어."

"혼나지는 않으셨습니까?"

"위에서 당황하기는 했지만 뭐, 우리 미술관도 야가시라 선생님께 신세를 지고 있으니까. 관장님은 선생님이 신세를 지게 만들려는 마음도 있는 것 같지만 나는 달라. 자네는 우리 '쇼카도 정원·미술관'에 굉장한 바람을 불어넣어줄 존재라고 확신하고 있어. 기대하고 있네!"

이가와는 주먹을 힘차게 쥐고 하얀 이를 보였다.

"……기대해주시는 것은 기쁘지만, 그렇게 도움이 될지는 모르겠습니다."

키요타카가 어깨를 으쓱거리자 이가와는 "또 그런다" 하고 등을 가볍게 두드렸다.

"뭐니 뭐니 해도 자네는 '테라마치 산조의 홈즈'라는 별명을 얻은 사람이잖아?"

"그 별명과 이 쇼카도 정원·미술관은 전혀 상관없지 않을까요?"

"교토대학원 출신의 큐레이터에 이런 외모까지. 그것만으로도 충분히 도움이 돼. 그런데 키요타카 군, 이게 뭔지 알지?" 하고 이가와는 '키누타의 초즈바치'를 가리켰다.

초즈바치란 원래는 신 앞에서 입을 헹구고 몸을 깨끗이 하는 물을 확보하기 위한 그릇을 가리켰는데, 그 후 다도에도 도입됐다.

다실 뜰 안에 놓이게 되어 '츠쿠바이'라고 불리는 독특한 의식을 형성해갔다고 한다.

"이 '키누타의 초즈바치'는 에도 시대의 호상, 요도야 다쓰고로가 소유하고 있던 것이군요. 그의 저택이 오토코야마 산의 기슭에 있었는데, 다쓰고로는 산 중턱에서 통을 써서 저택의 초즈바치까지 물을 끌어들인 다음 그 낙차를 이용해 초즈바치 안에서 춤추는 돌 소리를 즐겼다는 데서 그 이름의 유래를 찾아볼 수 있습니다. 또한 그 소리가 빨래에 쓰는 다듬잇돌을 두드리는 소리와 아주 비슷해서 '키누타의 초즈바치'라고 이름이 붙었다나요."

술술 설명하는 키요타카를 보고 이가와는 입을 떡 벌렸다.

"……이거 역시 대단하군. 혹시 공부하고 온 건가?"

"아니요, 우연히 알고 있던 겁니다."

"아아, 역시 대단해. 자네는 그 자체로 충분해. 손님이 질문하면 그렇게 대답해주면 돼. 기대하지!"

손을 단단히 잡고 흥분하며 말하는 이가와를 보고 키요타카는 아주 살짝 눈썹을 움직였지만 바로 고개를 깊숙이 숙였다.

"……감사합니다. 세 달이라는 짧은 기간이지만 잘 부탁드립니다, 이가와 부관장님."

"뭐, 뭘 그렇게 격식을 차리나. 그런데 우리 미술관에는 이제 익숙해졌어?"

"네, 어떻게든 익숙해졌습니다"라고 대답하고 두 사람은 관내를 향해 걷기 시작했다.

키요타카가 교토 부 야와타 시의 '쇼카도 정원·미술관'에 기간 한정 사원으로 들어온 지 사흘이 지났다.

지금은 봄 전시회를 개최 중이고 내원객도 많다.

쇼카도 정원·미술관은 원래 에도 시대 초기의 이와시미
즈하치만구의 사승(옛날에 신사에 딸린 절의 승려_옮긴이) 쇼카도쇼조
와 관련된 시설이다. 또한, 쇼카도쇼조는 '쇼카도 도시락'이
라는 이름의 유래이기도 하다.

"……그런데 말이야, 쇼카도쇼조가 누구냐고 묻는 사람이
많단 말이지."

어깨를 늘어뜨리는 이가와에게 키요타카는 "아아" 하고
맞장구를 쳤다.

"고노에노 부타다, 혼아미 고에쓰와 함께 '간에이 삼필'로 칭
송받는 고명한 문인 승려지만 그들에 비해 주류는 아니지요."

"맞아. 어떻게 해야 할 거 같아?"

"린파의 기세에 밀렸을지도 모르겠군요."

"아아, 린파란 말이지……."

이가와는 아주 눈부신 것을 바라보는 듯한 눈으로 먼 곳
을 쳐다봤다.

"하지만 그의 이름을 이 세상에 널리 알리는 것이 이 미술
관의 역할이지 않을까요?"

"그래, 맞아. 기간 한정이지만 같이 열심히 해보자, 키요타카 군."

다시 손을 잡은 이가와에게 키요타카는 "네" 하고 고개를
끄덕였다.

"와! 홈즈 씨, 쇼카도 미술관에 간 거가?"

점심시간.

나는 평소처럼 대학의 학생 식당에서 카오리와 마주 앉아 점심을 먹으며 수행 제1탄으로 홈즈 씨가 야와타 시의 쇼카도 정원·미술관에 간 것을 전했다.

카오리는 놀란 듯이 눈을 뜨고 넋이 나간 목소리로 말했다.

"뭐고, '원거리 연애'라고 했는데 야와타 시면 꽤 가깝네. 근거리 연애데이. 케이한 선으로 휙 갈 수도 있고."

"같은 교토 부 안이고 거리는 멀지 않지만 좀처럼 못 만날 것 같아"라고 나는 한숨을 토하듯이 말하고 샌드위치를 입으로 가져갔다.

"어째서?"

"미술관은 토요일, 일요일도 해서 휴관일은 월요일이야. 그리고 홈즈 씨는 집에서 쫓겨나 야와타 시에 있는 위클리 맨션에서 살고 있어."

"뭐어어어?! 집에서도 쫓겨난 거가. 세이지 씨 진심이네. 홈즈 씨는 침울해져 있나?"

"그게, 완전 반대야. 『동경하던 독신 생활이에요. 드디어 요괴들에게서 해방됐네요』라며 신이 나 있어."

"요괴라니"라며 카오리는 입에 손을 댔다.

"근데 어째서 처음에 그 미술관에 간 거고?"

"여러 곳에서 입후보한 것 같은데, 그중에서 상당히 빨리 제안했던 점도 있고, 『덥지도 춥지도 않은 아주 좋은 계절에 그 정원에서 일할 수 있다니, 이런 기쁜 일도 없어요』……라고 했어."

홈즈 씨의 말투와 몸짓을 흉내 내며 말하자 "닮았다"라며 카오리는 웃었다.

"홈즈 씨가 그렇게 말할 정도면 쇼카도 미술관의 정원은 멋지겠다."

내가 혼잣말처럼 중얼거리자 카오리는 '의외'라는 듯이 시선을 맞추었다.

"아오이, 가본 적 없나?"

"……응, 부끄럽지만 이름도 처음 들어."

"그렇구나. 그치만 내도 중학교 때 간 게 다데이. 쇼카도에서 개관 10주년 기념 특별전을 열었을 때 부모님이 데려가주셨거든. 확실히 멋진 정원이었다. 그래그래, 나 거기서 깨달음을 얻었데이."

"깨달음?"

잘못 들었나 싶어서 나는 상체를 내밀었다.

"응. 그 무렵의 나는 진로로 고민하고 있었거든. 가업의 경영 상태도 신통치 않아서 내부 진학 해 사립 고등학교로 올라갈지, 부립으로 옮길지 고민이 돼서. '내가 사립에서 부립으로 진학하면 우리 가게 경영이 좋지 않다는 게 들통날까?', '꼴사나우려나?', '부모님을 위해서 내가 그렇게까지 고민할 일도 아닌가' 하면서 고민했다."

당시 카오리의 갈등이 손에 잡힐 듯이 느껴졌다.

"하지만 쇼카도의 정원을 느긋하게 산책하며 이것저것 생각하고 있는데 꽃도 대나무도 정말 예뻐서 왠지 마음이 맑아졌다. '부모님을 위해서라는 둥 이것저것 생각했지만, 사실 나는 결국 사립이 맞지 않아서 부립으로 옮기고 싶은 거구나' 하고 본심을 알아차렸다고 해야 할까. 부모님을 이유로 내세울 만큼 내가 부립에 가고 싶어 한다는 것을 깨닫고 오키 고등학교로 진학을 결심했던 거데이."

"그거 정말 깨달음이었네."

생각했던 것 이상의 '깨달음'에 나는 감탄해서 고개를 크게 끄덕였다.

"이런 얘기를 하니 또 가고 싶어지네. 아오이도 홈즈 씨가 있는 기간 중에 쇼카도에 갈 거제?"

그런 질문을 받고 나는 대답하기 곤란해져서 쓴웃음을 지었다.

"뭐고, 안 갈 거가?"

"홈즈 씨는 수행하러 간 건데 내가 가벼운 마음으로 놀러

가도 될까 망설여져서."

아무리 신이 나 있다 해도 홈즈 씨는 집에서도 쫓겨나 낯선 야와타 시에서 생활하며 일하고 있다. 놀이가 아니다.

카오리는 납득한 듯이 고개를 끄덕인 후 맞다, 하고 손뼉을 쳤다.

"그러면 몰래 보러 안 갈래?"

"몰래?"

"정원을 보고 몰래 미술관을 들여다본 다음 홈즈 씨한테는 말 걸지 않고 돌아오는 거지. 그러면 되잖아."

"그거라면 괜찮을지도 모르겠다."

"아오이가 아르바이트를 쉴 수 있는 토요일, 일요일에 갈까?"

"응. 이번 토요일에는 점장님이 계시니까 쉴 수 있을지도 몰라."

"그러면 이번 토요일에 가자."

"그래, 그러자."

나와 카오리는 조금 들떠서 스마트폰을 꺼내 미술관으로 가는 방법을 조사하기 시작했다.

* * *

미술관이라고는 하나 사무 업무를 보는 사무실은 일반 기업과 거의 다르지 않다.

책상이 늘어서 있고 자료나 책이 쌓여 있다.

"다들 잠깐 모여 봐. 가볍게 회의 좀 하지."

이가와 부관장이 사무실에 들어서자마자 꺼낸 말에, 큐레이터와 직원은 "네" 하고 대답했다.

과거의 전람회 일람을 확인하던 키요타카도 고개를 들고 회의로군요, 하고 작게 끄덕였다.

기간 한정 사원인 자신은 이러니저러니 해도 외부인이리라.

그래도 자신이 할 수 있는 범위 내에서 이곳에 도움이 될 수 있다면…….

그렇게 생각하고 있는데 이가와가 키요타카의 등 뒤로 와서 양어깨에 손을 얹었다.

"회의 주제는 이 키요…… 야가시라 군이야. 여러분도 아는 대로 그는 그 유명한 국선감정인 야가시라 세이지 선생님의 손자이자 제자. 교토대학 대학원 출신의 엘리트 서러브레드 큐레이터지. 눈에 보이는 대로 외모도 타고났어. 하지만 그가 여기 있는 건 고작 세 달이야. 여러분은 이런 그에게 어떤 업무를 부탁하면 좋을 거라 생각하지?"

양어깨에 손을 올린 채 모두를 바라보며 묻는 그의 모습에 키요타카는 눈을 깜빡였다.

그러자 여성 큐레이터 중 한 명이 재빨리 손을 들었다.

"오, 빠르군. 그러면 스기나미 씨."

그녀는 "네" 하고 일어나 에헴, 하고 헛기침을 했다.

까만 중단발에 얼굴이 갸름한 20대 중반의 큐레이터로, '스기나미 하루미'라는 이름표를 달고 있었다.

"지금 우리 미술관에서는 큐레이터 강연회를 하자는 기획을 짜고 있으니 야가시라 씨에게 강연을 꼭 부탁하고 싶습니다."

그 말에 모두 고개를 연신 끄덕였다.

"그리고 야가시라 씨라면 미술계에 발이 넓을 테니 전시 작품을 호의로 빌려줄 만한 분의 섭외와 교섭도 부탁하고 싶습니다."

이어서 남성 큐레이터가 그렇게 이야기했다.

그러자 이가와는 한숨을 푹 내쉬었다.

"그래. 우리는 시립이라 예산이 그렇게 풍족하지 않은 미술관이어서 말이지. 전람회가 있을 때는 이곳저곳에 있는 미술관에 가서 전시 작품을 빌려오는데, 그것도 거의 호의에 기대지. 개인에게 빌릴 때도 정말 '마음'밖에 못 드리고……. 야가시라 선생님은 흔쾌히 빌려주시는 데다 답례는 쇼카도 도시락이면 된다고 해주셔서 정말 감사하지만……."

"맞아, 맞아. 계절마다 전시회가 있으니까 그에 맞춰 손님들의 관심을 끌 만한 전시 작품을 빌릴 수 있다면……."

"우리 관장님도 매일 이곳저곳 뛰어다니고 계시지."

잇따라 그렇게 이야기하는 직원들에게 키요타카는 "그렇

군요" 하고 맞장구를 쳤다.

"알겠습니다. 제가 도움이 될지는 모르겠습니다만 맡아보겠습니다. 최악의 경우에는 저희 집에 있는 것을 빌려도 될 테고요."

"엇, 어떤 걸?"

"전시의 중심으로 삼을 수 있을 정도의 물건은 중국 청자와 시노 다완 정도이겠군요. 하지만 할아버지의 허가를 받아야 하니 이쪽은 너무 기대하지 마십시오. 할아버지는 다른 것은 빌려줘도 청자와 시노 다완은 빌려주신 적이 없습니다. 잘 안 될 경우에는 라쿠나 닌세이 다완도 몇 개 있고, 싯포 도자기 항아리나 요코야마 다이칸 등의 족자도 나름대로 있습니다."

"……어, 그것만으로도 중심 전시 작품으로 차고 넘치는데."

스기나미가 오도카니 읊조리자 모두 와, 하고 웃음을 터뜨렸다.

회의를 마치고 사무실을 나오는데 관내 입구 앞 홀이 소란스러운 것을 보고 키요타카는 미간을 찌푸렸다.

꺄악꺄악, 하는 들뜬 목소리에 누군가 유명인이라도 온 건가, 하고 생각한 그때.

"여, 홈즈! 드디어 찾았다!" 하고 익숙한 목소리가 귀에 닿았다.

고개를 돌리니 카지와라 아키히토가 노골적으로 키요타카를 손가락질하고 있었다.

"……삿대질은 하지 말아주시겠습니까?"

"난 화가 나 있다고. 여기까지 와서 관내를 찾고 정원을 뛰어다녀도 네 모습이 보이지 않잖아."

"평범하게 사무실에 있었습니다."

"화난 건 네 모습을 못 찾아서가 아니야!"

"당신이 무슨 말을 하고 싶어 하는지 전혀 모르겠습니다. 머릿속으로 더 정리한 후에 말해 주지 않겠습니까?"

"그래. 좋아, 정리했어. 넌, 어째서, 여기, 있냐, 는 얘기야."

꽤나 조잡한 정리라며 키요타카는 이마에 손을 댔다.

"……할아버지가 수행을 받으라고 지시한 이야기는 당신도 알고 있을 텐데요."

"응, 물론이지. 나 역시 얼른 신청했어. 널 내 매니저로 삼고 싶다고. 소속사의 허가까지 받았는데 넌 내 신청을 각하했잖아."

"네."

키요타카는 표정도 바꾸지 않고 고개를 끄덕였다.

"내 일을 거절하고 왜 여기 있는 거야!" 하고 아키히토는 양손을 펼쳤다.

겨우 자신이 하고 싶은 말을 전한 그를 앞에 두고 키요타카는 어이없다는 듯이 슬쩍 눈길을 줬다.

"당신의 매니저를 맡는 것보다 이 미술관에서 일하는 것이 제게는 몇 배나, 아니, 몇백 배나 매력적으로 느껴졌기 때문입니다."

"너 바보야?"

"……당신에게 바보라는 말을 듣다니, 의외로군요."

"그게 말이야, 미술관은 네가 자주 가는 데라 익숙하잖아. 이 흔치 않은 기회에 아예 다른 세계로 뛰어들어 봐. 연예인 매니저는 앞으로 경험할 수 없는 세계라고 생각하는데."

"조금은 그럴듯한 말씀을 하셨지만 이건 가치관의 차이겠죠. 남은 생애 동안 '카지와라 아키히토라는 배우의 매니저'가 되지 못해도 전혀 상관없습니다."

"뭐라고, 이 자식아!"

"여기는 미술관입니다. 아무쪼록 조용히 해주십시오."

키요타카는 검지를 세우고 바로 주위를 둘러보며 "죄송합니다" 하고 고개를 숙였지만, 구경꾼들은 볼을 붉히며 황홀한 눈빛을 보이고 있었다.

키요타카와 벌이던 한바탕 소동이 끝났다는 걸 파악하고 구경꾼들이 주뼛대며 다가왔다.

"저, 저기, 카지와라 아키히토 씨죠?"

"사진 찍어도 될까요?"

앞줄의 여성들이 그렇게 묻자.

"그래, 얼마든지!"

아키히토는 만면에 미소를 보이며 사진이 바로 SNS에 올라갈 걸 의식하며 포즈를 취했다.

꺄악, 하고 소리가 높아지는 가운데 키요타카가 이것 참, 하고 어깨를 으쓱거리자.

"키, 키요타카 군!"

이가와와 스기나미가 안색을 바꾸고 달려왔다.

"죄송합니다. 소란스러운 사람이 섞여 들어왔는데, 바로 돌려보내겠습니다."

키요타카는 즉시 아키히토의 머리를 붙잡아 억지로 숙이게 했다.

"아파, 홈즈."

그러자 이가와와 스기나미 두 사람은 "그게 아니라" 하고 고개를 저었다.

"지금 한창 인기 있는 꽃미남 배우 카지와라 아키히토 씨죠?!"

"맞아, 『교토 나들이하기 좋은 날』에 출연했어!"

그렇게 말하며 눈을 빛내는 두 사람에게.

"네, 맞습다. 카지와라 아키히토입니다. 친한 친구가 늘 신세 지고 있어요."

이번에는 아키히토가 키요타카의 머리를 붙잡아 숙였다.

"치, 친한 친구세요?"

스기나미가 입에 손을 대고 볼을 붉히자 아키히토는 고개를 힘차게 끄덕였다.

"그렇습니다. 이 녀석은 야무지지만 가끔 위태롭거든요."

그렇게 말하고 아키히토가 키요타카의 어깨에 손을 두르고 끌어당기자 홀에 꺄악, 하고 조심스러우면서도 새된 환성이 솟아올랐다.

"…………."

그 와중에도 키요타카는 더할 나위 없이 차가운 표정을 보이고 있었다.

"——이쪽이 '쇼카도 정원 · 미술관'이 자랑하는 쇼카도쇼조와 관련된 정원입니다."

키요타카는 차가운 표정 그대로 사무적으로 설명했다.

옆에서 걷던 아키히토는 평소처럼 머리 뒤로 깍지를 끼고 "호오" 하고 소리를 냈다.

그것은 지금으로부터 몇 분 전.

『키요타카 군! 카지와라 씨에게 이 미술관을 꼭 안내해드리세요!』라고 이가와로부터 '부관장 지령'이 내려와서 키요타카는 내키지 않지만 거기에 따랐다.

"그보다 쇼카도쇼조가 누군데?" 아키히토가 고개를 빙글 돌리자 키요타카는 역시라는 기색으로 숨을 토했다.

"혼아미 고에쓰는 아십니까?"

"응, 이름은. 린파 사람이지?"

"네. 그 혼아미 고에쓰와 어깨를 나란히 하는 문인 승려입니다."

"승려라면 중이란 말이지?"

"네, 이와시미즈하치만구의 승려이자 타키모토보의 주지였습니다."

"이와시미즈하치만구는 '절'이었던 거야?"

"옛날에는 신사와 절이 혼재되어 있었고, 메이지 전에는 사찰의 색이 강했던 듯합니다. 지금은 신사입니다만."

그렇게 이야기하는 키요타카에게 아키히토는 "그랬구나" 하고 맞장구를 쳤다.

"그는 달필에 서·화·와카·다도 등 폭넓은 분야에 뛰어난 재능을 발휘했습니다. 그런 그가 만년에 '초가 다실 쇼카도'를 지어 은거 생활을 보냈습니다만……."

"오, 그게 여기란 거구나."

"아니요, 시대의 변천과 함께 철거해야만 하게 되어서요. 그런데 야와타의 문화인이 메이지 24년부터 31년에 걸쳐 초가 '쇼카도'와 '이즈미보 서원'을 이 땅으로 이축해 보존한 겁니다."

"오오, 야와타의 문화인, 굉장하네."

"네, 정말입니다. 훌륭한 일이라고 생각합니다. 그렇게 해서 이곳에는 '쇼카도 정원'이라는 이름이 붙었습니다."

처음에는 내키지 않았던 키요타카였지만, 열심히 질문하는 아키히토를 앞에 두자 평상시 모습으로 돌아왔다.

그대로 정원 안에 있는 세 다실을 향해 걷고 있는데.

"야가시라 씨."

스기나미가 잰걸음으로 달려와서 키요타카와 아키히토는 발걸음을 멈추고 고개를 돌렸다.

숨을 헐떡이는 그녀의 뒤에는 남녀노소 다섯 명이 나란히 서 있었다.

어느 쪽이나 처음 보는 얼굴이었다.

키요타카는 그들에게 시선을 주고 살짝 인사한 다음 스기나미에게 시선을 옮겼다.

"스기나미 씨, 이분들은 누구신가요?"

"임시 자원봉사자로 와주신 분들이에요."

스기나미는 그렇게 말하고 미소 지으며 그들을 소개하기 시작했다.

중학교 직업 체험 때문에 온 중학교 2학년 이시다 료.

대학 공부를 겸해 왔다는 대학 1학년 타케다 코이치와 마에다 리에.

근처에 사는 30대 초반 주부 호소카와 요리코.

정년퇴직한 지 얼마 되지 않았다는 하시모토 아키오.

"오늘부터 5일간 자원봉사를 해주실 건데요, 연수를 겸해 꼭 같이 돌아보게 하면 좋을 것 같아서요."

스기나미가 그렇게 말하자 다섯 사람은 "잘 부탁드립니다" 하고 가볍게 인사했다.

"저로 괜찮다면 그렇게 하시죠."

가슴에 손을 얹고 싱긋 미소 짓는 키요타카를 보고 여성들은 볼을 붉혔다.

아키히토는 자신 쪽이 튀어야 한다고 생각했는지 키요타카를 밀치듯이 앞으로 나섰다.

"좋았어, 다 같이 홈즈의 강의를 듣자고."

그런 아키히토를 앞에 두고.

"저기, 혹시 카지와라 아키히토 씨 아니신가요?"

"그리고 '홈즈'는 뭔가요?"

'어째서 여기에 배우인 카지와라 아키히토가 있는 거지?', '어째서 이 사람은 카지와라 아키히토에게 홈즈라고 불린 거지?'라며 모두 곤혹스러운 표정을 보이고 있었다.

"……제 이름은 집 가 자에 머리 두 자를 써서 야가시라고 하는데, 그래서 '홈즈'라는 별명이 붙었습니다."

모두의 당혹감을 파악한 키요타카가 즉시 말하자,

"그게, 홈즈처럼 진짜 굉장해. 난 이 녀석의 절친이라 오늘 여기 왔어"라며 아키히토는 또다시 키요타카의 어깨에 손을 올렸다.

모두가 '왠지 모르지만 운이 좋은 것 같아' 하고 얼굴을 마주 보며 입가에 웃음을 띠는 가운데.

"어깨에 일일이 손 올리지 않아도 됩니다."

키요타카는 쌀쌀맞게 손을 뿌리치고,

"그러면 안내하겠습니다. 이쪽으로 따라오십시오"라고 말하며 다실을 향해 걷기 시작했다.

키요타카는 다실 '바이인', '쇼인', '치쿠인'을 안내해갔다.

세 다실 중 모두가 커다란 반응을 보인 것은 고보리 엔슈가 쇼카도쇼조를 위해 지은 다실 '간운켄'을 재현한 '쇼인'이었다.

현관과 네 평 넓이의 큰 방과 다다미 네 장을 나란히 깐 다실과 미즈야(부엌)로 이루어져 있고, 특히 창문에서 보이는 정원의 경치가 일품이어서 모두들 마음을 빼앗긴 듯이 우두커니 서 있었다.

"아, 마음이 정화되는군."

다실에서 정원을 바라보고 팔을 벌리며 말하는 아키히토를 보고 모두가 키득키득 웃었다.

"그건 그렇고, 이게 교토 시내 중심부에 있었다면 사람들로 붐벼서 들어가지 못할 만큼 인기를 끌 것 같은데."

혼잣말처럼 말하는 아키히토에게 키요타카는 "확실히 그렇죠"라며 고개를 끄덕였다.

"그야말로 숨은 명소입니다. 무엇보다 이 세 다실은 장소를 빌릴 수 있습니다. 다실에 따라 가격은 다릅니다만, 하루에 약 1만 5천 엔에서 2만 5천 엔이라더군요."

키요타카가 그렇게 이야기하자 모두 "어?" 하고 눈을 껌뻑였다.

"여, 여기를 빌릴 수 있는 건가요?"

"게다가 생각만큼 비싸지도 않아……."

"네. 세 시간 이용이라면 비용이 절반이 된다 하니, 많은 인원이 빌려서 다과회를 열거나 동아리에서 꽃꽂이를 하거나 혹은 약혼 예물도 교환할 수 있을 것 같습니다."

키요타카가 줄줄 말하자 모두는 "아하" 하고 감탄의 소리를 내면서 맞장구를 쳤다.

다실을 나와 '초가 다실 쇼카도'로 향하고, 그 뒤에는 고바야카와 히데아키가 봉납했다고도 알려진 '이즈미보 객전'을 둘러봤다.

키누타의 초즈바치를 설명하고 바깥 정원을 산책하듯이 바라본 다음 쇼카도 정원의 안내를 마쳤다.

자원봉사자 다섯 명은 그 후 이가와를 따라 이와시미즈하치만구로 연수를 갔고, 키요타카는 아키히토를 접대하기 위해서 인접한 일본요리 요정 '교토 킷초 쇼카도점'에서 쇼카도 도시락을 먹게 됐다.

"내 덕분에 '쇼카도 도시락'을 먹게 됐네. 잘됐지?"

가게에 들어가 자리로 안내받자마자 씩 웃는 아키히토를 보고 키요타카는 한숨을 내쉬었다.

"……접대를 받는 당신은 몰라도 저는 자비로 먹습니다."

"어, 그래?"

"이곳은 그리 크지 않은 시립 미술관입니다. 접대받는 것에 진심으로 감사하세요. 뭐, 저도 자비이기는 합니다만 이 킷초에서 쇼카도 도시락을 먹을 수 있는 것은 기쁩니다."

키요타카는 그렇게 말하고 창문으로 보이는 멋진 정원으로 눈길을 돌리고 기쁜 듯이 미소 지었다.

"그렇게 생각하면, 그런 데가 기간 한정이라고는 해도 널 잘도 고용했네."

"확실히 그렇습니다. 저는 최대한 도움이 되도록 열심히 해야겠다고 생각하고 있습니다."

"아까처럼 안내를 말이야?"

"그것도 그렇고, 더 구체적으로 이익을 올릴 수 있게끔 도움을 준다면 좋겠죠."

"어떤 식으로?"

"이 미술관에서 바라는 대로 할아버지의 보물인 청자와 시노 다완을 빌려오는 거겠죠."

"그런 건 간단하잖아."

"그게 그렇지 않습니다. 할아버지는 그것을 한 번도 어디에도 빌려준 적이 없습니다. 보고 싶으면 야가시라 저택이나 '쿠라'로 보러 오라고 말할 뿐이죠. 한번 엔쇼에게 도둑맞은 다음부터 더 신경질적이 되어서 이제 아버지에게도 빌려주지 않게 됐습니다."

"와, 그렇구나."

그런 이야기를 하고 있는데, "오래 기다리셨습니다" 하고 테이블에 쇼카도 도시락이 놓였다.

"오, 왔군. 그러고 보니 쇼카도 도시락이 쇼카도쇼조라는 승려한테서 유래됐다는 거, 오늘 처음 알았어."

"원래 농가의 종자를 보관하는 용기를 쇼카도쇼조가 다과회에서 재떨이나 소도구 용기로 사용했다고 합니다. 쇼와 초기, 킷초의 창업자인 유키 테이이치가 쇼카도쇼조의 고적에서 열린 다과회에 참석했을 때, 방 한구석에 놓여 있는 그 그릇을 발견하고 '이것을 요리 그릇으로 쓰면 어떨까' 하고 생각해 궁리를 거듭한 끝에 '쇼카도 도시락'을 완성했다고 합니다."

"호오, 그래서 킷초가 옆에 있는 거구나."

"네. 이 경치를 감상하며 쇼카도 도시락을 먹을 수 있다니 행복합니다."

키요타카는 후후후 웃고 가만히 뚜껑을 열었다.

검은 사각 도시락 상자는 네 칸으로 구분되어 있었고, 조림, 회, 구이, 깨두부가 들어 있었다.

옆에는 밥과 국물, 그리고 절임이 딸려 있었다.

"……고급스럽네. 돈가스라도 전혀 상관없는데."

"이건 젊은 당신에게는 아직 이르긴 하겠죠."

"핫, 넌 나보다 어리잖아."

"뭐, 그렇기는 하죠. 아무튼 칼로리가 있는 음식을 실컷 먹고 싶은 사람은 이 쇼카도 도시락의 매력을 알 수 없습니다. 섬세한 단면의 장식, 매혹시키는 것을 고려해 만들어진 배치, 담는 법, 재료의 맛을 살리고 몸에도 좋은 담백한 맛의 고상한 양념. 모든 것에 감동을 느낍니다. 이 아름다운 정원을 바라보면서 이것들을 하나하나 천천히 맛보며 먹는 겁니다."

키요타카는 "잘 먹겠습니다"라며 손을 모으고 깨두부를 입으로 가져갔다.

아키히토는 "흐음" 하고 고개를 끄덕이고 "그러면 나도 잘 먹겠습니다" 하고 키요타카를 따라 깨두부를 먹었다.

"아, 확실히 진짜 맛있네."

눈을 번쩍 뜨는 아키히토에게 키요타카는 "그렇죠?" 하고 고개를 끄덕였다.

"……쇼카도 미술관에 쇼카도 도시락이라. 나쁘지 않네.

제안해볼까."

다 먹을 무렵 아키히토가 혼잣말처럼 말하자 키요타카는 시선만 들어 쳐다봤다.

"『교토 나들이하기 좋은 날』 말인가요?"

아키히토가 교토를 소개하는 5분 방송 『교토 나들이하기 좋은 날』은 지금도 방송되고 있었다.

처음에는 키요타카의 행동거지를 따라해 소개했던 아키히토였지만, 본성이 드러난 지금은 원래 상태로 방송에 나오고 있었다.

하지만 그것이 반대로 시청자의 관심을 끌어서 상당히 인기 있는 방송이 되었다.

1화의 아키히토와 최근의 아키히토는 전혀 다른 사람이라는 우스갯소리도 나오고 있다고 한다.

"응, 내 의견을 꽤 들어주거든. 교토 시내를 주로 소개했지만, 키노사키와 아마노하시다테를 소개하고 싶다고 하니 좋다며 바로 기획을 통과시켜줬어."

"아아, 그랬군요. 느닷없이 교토 부 밖의, 그것도 키타킨키가 나와서 시청자가 깜짝 놀랐던 일이 기억에 떠오릅니다. 여기를 소개하는 건 좋다고 생각합니다. 쇼카도쇼조의 이름을 더 알리고 싶군요."

"그렇지? 지금은 도시락으로밖에 알려져 있지 않잖아."

"다 먹으면 이번에는 관내를 안내할 테니 이가와 씨가 돌아오면 상담해보죠."

그렇게 말하는 키요타카에게 "그래" 하고 아키히토는 손을 들고 몸을 살짝 내밀었다.

"근데 너, 요즘 아오이랑 어때?"

"어떻다니요?"

"그 애도 드디어 대학생이니 전에 말했던 '스토퍼'인가 뭔가가 사라져서 큰일인 거 아냐? 아오이는 이제 막 대학생이 됐으니까 사고치지 않도록 조심해."

심술궂게 웃으며 그리 말하는 아키히토를 보고 키요타카는 한숨을 내쉬었다.

"설마 당신에게 그런 걱정을 들을 줄이야⋯⋯."

"넌 착실하지만 아오이가 관련되면 아예 못 쓰거든."

"그건 부정하지 않지만, 애초에 그런 걱정을 끼칠 일은 없습니다."

키요타카가 식사를 계속하며 덧붙이자 아키히토는 움직임을 멈췄다.

"어⋯⋯ 너희 아직이야?"

"⋯⋯⋯⋯."

"그렇게 젊은데 몸이 안 좋으면 얼른 병원에 가봐."

안타깝다는 듯이 작은 목소리로 말하는 아키히토의 말에

키요타카는 콜록, 하고 목이 메었다.

"아니요, 그런 건 아닙니다. 굳이 따지자면 정신적인 것이죠."

"너무 긴장해서 잘 안 된다는 거야?"

"그것과도 다릅니다만……. 아오이 씨는 정말 멋진 여성이지 않습니까?"

"어, 그런가? 글쎄다. 나한테는 그저 그런 애로밖에 안 보이는데. 중상 정도이려나."

"언제나 성장을 계속하고 포용력이 있는 멋진 여성입니다. 저 따위가 '그녀에게 손을 대도 되겠냐'는 생각이 듭니다."

휴우, 하고 숨을 토하는 키요타카를 보고 아키히토는 눈을 동그랗게 떴다.

"아니, 내가 보기에 중상인 아오이가 너한테 어울릴까 싶은데"라고 말하려다 입을 다물었다.

사람의 취향은 제각각이니까, 하고 아키히토는 고개를 끄덕였다.

"아오이를 '멋진 여성'이라고 생각하는 건 좋은데, 왜 그렇게 자신을 비하하는 거야?"

"……전에 난젠지 수로각에서 당신에게 무심코 말한 적이 있죠?"

"아, 실연 때문에 자포자기해서 『깊이 엮이지 않고 끝날 상대와 일시적인 교제를 할 수 있다면 그것으로 충분하지 않겠냐고 생각하게 됐다』라는 거?"

"잘 기억하고 있군요."

"임팩트가 상당했으니까. 그래서 그게 왜?"

"저는 분명 아오이 씨가 생각하는 것 이상으로 지독하고 최저인 남자입니다. 그것을 숨긴 채 그녀와의 사이를 진전시켜도 될까 싶어서요."

"그럼 숨기지 않으면 되잖아."

"……분명 미움받을 겁니다" 하고 키요타카는 눈을 내리떴다.

"여전히 성가시구나, 너. 애초에 남자란 본능을 우선시하는 존재야. 여자 입장에서 '최저'라 해도 그게 표준인 게 당연한 거잖아. 과거에 어떤 장난을 쳤는지 몰라도 지금은 아오이를 배신하지도 않았는데 뭘 그렇게 신경 쓰는 거야. 바보 아냐?"

아키히토는 진심으로 질렸다는 듯이 말하고 디저트를 입으로 가져갔다.

그런 그를 앞에 두고 키요타카는 놀란 듯이 눈을 깜빡였다.

"그 얼굴은 뭐야."

"아니요, 상당히 좋은 말을 한다고 생각해서요."

"뭐, 절친이잖아."

그 말에 키요타카는 아무런 대답도 없이 어깨를 올렸다

내렸다.

"너 요즘 내가 '절친'이라고 해도 확실하게 부정 안 하게 됐다?"

씩 웃는 아키히토를 보고 키요타카는 또다시 목이 메었다.

3

"——네? 카지와라 씨가 나중에 또 와주시는 건가요?"

아키히토가 돌아가고 몇 시간 뒤.

사무실 책상에서 키요타카가 전한 이야기에 스기나미는 눈을 번쩍 떴다.

"네, 그가 『교토 나들이하기 좋은 날』에 여기를 소개하는 것을 검토해주기로 해서요. 그 소식을 이가와 씨께 전하니, 그러면 국보인 이와시미즈하치만구도 꼭 같이 나왔으면 좋겠다고 말씀하셨어요."

그러자 스기나미는 강하게 동의한다는 듯이 고개를 꾸벅였다.

"그래요, 그건 물론이에요. 우리는……이 아니라 우리도 하치만구의 곁에서 신세를 많이 지고 있으니까요."

"그래서 이가와 씨가 『그러면 지금부터 이와시미즈하치만구를 안내하겠습니다!』라고 말씀하셨지만, 아키히토 씨는 일이 있어서 저녁 신칸센으로 도쿄로 가야 했습니다."

"역시 연예인이네요."

"하지만 이번 토요일 심야에 오사카에서 라디오 출연이 있어서 낮에 다시 간사이로 돌아온다고 합니다. 그때 여기에 다시 오기로 했는데, 이와시미즈하치만구를 취재해 방송 스태프에게 제안하고 싶다고 했습니다."

그러자 스기나미는 "와아" 하고 눈을 빛내며 손을 모았다.

"그러면, 잘되면 우리와 하치만구가『교토 나들이하기 좋은 날』에 등장하는 거죠? 그 방송은 젊은 사람에게도 인기가 있으니까 기쁘네요."

"네, 그렇죠."

하지만 그날 저는 그 남자의 일일 매니저를 맡아야 해서 참 우울합니다, 라는 말을 키요타카는 삼키고 웃음을 지어 보였다.

"카지와라 씨는 요즘 말로 하자면 경박남 같은데 일에 열심인 면도 있구나."

"경박남인 것은 틀림없지만 무슨 일이든 비교적 전력으로 달려들거든요."

키요타카가 단언하자 스기나미는 풋, 하고 웃었다.

"그렇구나. 야가시라 씨는 카지와라 씨의 그런 부분을 인정하는 거네요."

"……글쎄요" 하고 쓴웃음을 짓는 키요타카를 보고 스기나미는 또다시 웃었다.

"야가시라 씨는 츤데레네요."

또다시 글쎄요, 하고 고개를 갸웃거리는 키요타카를 보고 스기나미는 입가를 풀며 손으로 턱을 괴었다.

"그건 그렇고 이가와 씨도 무척 기뻐할 것 같네요."

"네. 바로 하치만구로 연락하러 달려갔습니다."

"이가와 씨, 자원봉사자들을 이와시미즈하치만구까지 보내 연수를 마치고 막 돌아왔는데."

스기나미는 후후후 웃고 생각났다는 듯이 테이블에 앉아 각자 메모를 하고 있는 자원봉사자 다섯 명에게 고개를 돌렸다.

"여러분, 이와시미즈하치만구는 어떠셨어요?"

갑자기 스기나미가 말을 걸자 모두 놀란 듯이 고개를 들었지만 바로 웃음을 지어 보였다.

"아, 네. 정말 훌륭했어요"라고 말한 것은 주부인 호소카와 요리코.

이어서 대학생 남녀 타케다 코이치와 마에다 리에가 고개를 연신 끄덕였다.

"지식으로는 알고 있었는데 실제로 갔더니 생각했던 것 이상으로 역사가 느껴졌어요."

"맞아, 다이라노 기요모리가 대기실로 썼던 회랑이나 노부나가가 봉납한 황금 빗물받이라든가."

"그렇지?"

얼굴을 맞대고 말하는 두 사람에게 스기나미는 미소를 지
으며 몸을 내밀었다.

"저기, 혹시 두 분은 커플이세요?"

그러자 두 사람은 얼굴을 마주 보고 "아, 아니에요"라며
고개를 저었다.

"같은 대학의 동아리 멤버예요."

"네, 그래요."

그렇게 말하며 두 사람은 유쾌하게 웃었다.

"무슨 동아리예요?"

"일본사와 파워 스폿을 조사하는 동아리예요."

"이 쇼카도 미술관에 자원봉사자로 참가한 것도 쇼카도쇼
조의 역사를 배우는 것은 물론이거니와, 이번에 '이와시미즈
하치만구'에서 연수도 받을 수 있다는 점이 매력적이었기 때
문이에요."

그렇게 이야기하는 두 사람에게 스기나미는 "아하" 하고
맞장구를 쳤다.

"혹시 괜찮다면 다른 분들께도 자원봉사에 참가하신 이유
를 물어도 될까요? 이시다 군은 자원봉사가 아니라 학교의
직업 체험인데, 여기를 선택한 이유는 뭐야?"

우선 가장 어린 중학교 2학년 이시다 료에게 스기나미가 이야기를 돌리자 그는 낯을 가리는지 바로 눈을 내리뜨고 나직하게 입을 열었다.

"……저는 미술부라 미술관에 흥미가 있었고, 그리고 이 와시미즈하치만구의 연수를 받을 수 있다는 점이 매력적이었어요."

아주 작은 목소리였지만 어떻게든 알아들을 수 있었다.

"아하, 그렇구나" 하고 스기나미는 맞장구를 쳤다.

"저는 옛날에 큐레이터를 동경했지만 되지는 못한 사람이라서요. 결혼하고 이 야와타 시로 이사 와 살게 됐는데, 뜻밖에도 곧 자원봉사자를 모집한다는 것을 알고 이참에 뛰어들었어요"라고 30대 초반의 주부, 호소카와 요리코가 발랄하게 웃으며 말했다.

"저도 좀 비슷합니다. 저는 이곳 토박이인데, 정년퇴직을 하자 시간이 많이 남더군요. 그러던 중 모집 소식을 듣게 되었고 미술관 직원은 멋지다는 생각이 들었습니다. 그리고 쇼카도 정원이 순수하게 좋았고요."

마지막으로 하시모토 아키오가 그렇게 말하자.

"여러분, 감사합니다. 짧은 기간이지만 다시 한 번 잘 부탁드립니다."

스기나미는 감사 인사를 하며 고개를 숙였다.

그 후, 스기나미가 관내 순찰을 갔다.

키요타카는 부탁받은 서류 정리를 시작하기 전에 일단 일어나 커피를 탔다.

하는 김에 자원봉사자 다섯 명의 커피도 타서 "드십시오" 하고 컵을 내려놓았다.

그러자 열심히 뭔가를 스케치하던 중학생 이시다가 놀란 듯이 몸을 움찔 떨었다.

"아아, 놀라게 해서 미안합니다. 집중하고 있었군요."

"아, 아니에요."

이시다는 스케치북을 숨기듯이 빼며 고개를 저었다.

"뭘 그리고 있었나요?"

"…………."

곤란해하면서도 이시다는 스케치북을 조심스레 키요타카에게 보였다.

그곳에는 다실 '바이인'이 그려져 있어서 키요타카는 "호오" 하고 감탄의 소리를 냈다.

"기억에 의지해 스케치한 거군요. 훌륭합니다."

"후, 훌륭하긴요."

이시다는 볼을 붉히며 고개를 숙였다.

"아니요, 훌륭합니다."

"……어, 엄마는 그림만 그리지 말라고 하고, 아빠는 남자 주제에 운동도 안 하고 연약하다고 하는데요."

그렇게 중얼거리는 이시다에게 다른 자원봉사자들은 안쓰럽다는 눈빛을 보냈지만.

"아아, 참 다행이군요."

그런 가운데 키요타카만 미소를 지으며 그렇게 말했다.

그 말에 이시다도 다른 사람들도 눈을 동그랗게 떴다.

"어, 어째서요?"

"가족의 이해를 받아서 자유롭게 마음대로 그리는 것이 이상적일지도 모르지만, 반대로 억압받는 것도 의외로 나쁜 일은 아닙니다. 당신은 그리고 싶다는 욕구를 키워 그 재능을 더욱 키워갈 겁니다. 짧게 한정된 시간에 그리려고 하겠죠. 직업 체험 때 이곳을 선택했듯이, 사소한 기회도 헛되이 하지 않아요. 당신은 정말 훌륭합니다. 어쩌면 당신은 언젠가 자신을 억누르던 부모님을 돌이켜보고 감사할 날이 올지도 모릅니다."

싱긋 미소 짓는 키요타카를 보고 이시다는 할 말을 잃었다.

그런 그를 내려다보고.

"알았나요, 이시다 군? 모든 환경과 상황을 자신의 무기로 삼아서 자신에게 유리해지도록 만드는 겁니다. 그렇게 하면 인생은 재미있을 만큼 바뀌기 시작한답니다."

얼굴을 들여다보듯이 말하는 키요타카의 말에 이시다는 눈을 크게 떴다.

"와! 나 왠지 지금 한기를 느꼈어."

"으, 응. 계시를 받은 느낌이야."

대학생인 타케다와 마에다가 가볍게 팔을 문질렀다.

그 계시는 결코 천사에게 받은 게 아니라는 느낌은 들었지만 그것을 입 밖에 내지는 않았다.

"마에다 씨와 타케다 씨는 뭔가를 열심히 적고 계셨죠?"

키요타카가 고개를 빙글 돌리자 두 사람은 놀라면서도 웃음을 지어 보였다.

"이건 평범한 리포트예요."

"네, 쇼카도 정원·미술관과 아까 간 이와시미즈하치만구에 대해서. 이와시미즈하치만구 쪽은 동아리에서도 발표해야 해서 다른 노트에 적고 있지만요"라며 동아리용 노트를 보여주었다.

표지에 'No. ⑧'이라고 적힌 노트는 지금까지 간 사원을 바로 펼칠 수 있도록 구성했을 것이다.

'토키와 신사(이바라키 현)', '비요 신사(아이치 현)', '난류 신사(미에 현)', '스사 신사(와카야마 현)'라는 태그 스티커가 붙어 있었다.

"야가시라 씨, 내 노트도 봐주지 않겠어요?"

하시모토가 눈을 빛내며 노트를 펼쳤다.

그곳에는 '쇼카도 정원 · 미술관 · 이와시미즈하치만구 및 야와타 시에 관광객을 더욱 불러 모으려면 어떻게 해야 하는가?'라는 표제와 함께 자신의 생각이 적혀 있었다.

'야와타 시 스탬프 랠리를 기획한다'

'미술관은 더 대대적으로 사진 촬영을 허용해서 SNS의 입소문을 통해 집객을 노린다'

이처럼 초로의 남성이 낸 것이라고는 생각할 수 없는 참신한 의견에 키요타카는 감탄하며 고개를 끄덕였다.

"그렇군요. 재미있네요."

"제 고향은 이 야와타 시지만 다른 고장에서 관광 관련 직업에 종사해서 무심결에 생각해봤어요"라며 그는 웃었다.

"그리고 아까 그 배우가 조금도 불쾌한 얼굴을 하지 않고 사진을 찍어주는 것을 보고 역시 대단하다고 생각했어요. SNS를 확인해보니 다들 사진을 업로드하고 '카지와라 아키히토, 엄청 잘생기고 싹싹해서 좋은 사람'이라고 적혀 있더군요. 정보의 속도가 대단하다는 생각이 들었어요. 그는 혹시 그걸 노리고 행동한 건가?"

자신의 스마트폰으로 눈길을 떨어뜨리며 중얼거리는 하시모토에게.

"아마 자각 없이 그런 행동을 하고 있는 거겠죠"라며 키요타카는 어깨를 올렸다 내렸다.

　그러자 주부인 호소카와가 난처하다는 듯이 자신의 노트로 눈길을 떨어뜨렸다.

　"어쩌죠, 저는 오늘 받은 연수를 요약한 내용밖에 안 적었는데."

　"아니에요, 호소카와 씨. 그게 보통이죠"라며 하시모토가 웃었고, 그 후 각자 자신의 업무로 돌아갔다.

4

　부립 오키 고등학교보다 교토부대 쪽이 집에서 가까워서 나는 여전히 자전거 통학을 하고 있었다.

　하지만 학교가 끝나고 바로 집에 돌아가는 것은 아니다.

　자전거로 시모가모나카 길을 남하해 이마데가와 길에 접한 곳에서 서쪽으로 돌아 바로 보이기 시작하는 테라마치 길을 다시 남하했다.

　오른편에는 교토 교엔(궁궐), 왼편에는 교토시 역사자료관 등이 있고, 테라마치 길을 곧장 남하하여 이윽고 시청에 도착했다.

　눈앞에는 '테라마치 전문점회 상점가'의 입구.

　평소처럼 오이케 길 자전거 주차장에 자전거를 세우고 나는 아케이드를 걸어갔다.

전통문구점, 갤러리, 찻집을 바라보면서 이곳을 걸으면 어째선지 고향으로 돌아온 것처럼 마음이 편안해지는 것을 느꼈다.

이윽고 보이기 시작한 '쿠라'의 간판.

'감정·매수합니다'라는 간판은 일시적으로 떼어져 있었다.

지금 골동품점 '쿠라'에 홈즈 씨의 모습은 없다.

아는 사실이지만 아케이드를 걸을 때만큼은 살짝 쓸쓸한 기분이 든다.

휴우, 하고 한숨을 내쉬었지만 바로 마음을 고쳐먹고 문을 열었다.

'딸랑딸랑' 하고 평소처럼 울리는 도어벨.

카운터에는 드물게 오너의 모습이 있었다.

홈즈 씨가 수행을 나가면 오너가 가게로 돌아온다는 조건이 붙어 있었지만, 실제로 가게를 지키는 모습을 보는 것은 이번이 두 번째다.

좋은 아침입니다, 하고 입을 열려고 하다가 나는 움직임을 멈추었다.

오너의 맞은편에는 홈즈 씨가 앉아 있었다.

"!"

두근, 하고 심장이 소리를 냈다.

기뻐서 얼굴이 누그러들면서도 오너와 홈즈 씨의 표정이 진지해서 나는 또다시 입을 다물었다.

"왜 안 된다는 거죠?"

"니를 흔쾌히 맡아준 곳이다. 그건 감사하고 있다. 하지만 그것과 이건 별개데이. 청자와 시노 다완은 못 빌려준다. 내가 지금까지 어디에도 빌려준 적이 없다는 걸 니가 제일 잘 알고 있잖느냐."

"——네. 야가시라가의 보물이니까요. 하지만 하루면 충분합니다. 제가 확실히 지킬게요."

"땡중한테 다완을 도둑맞은 니가 무슨 소리 하는 기고"라며 오너는 어깨를 으쓱거렸다.

아무래도 홈즈 씨는 미술관 직원으로서 이 '쿠라'에 교섭하러 온 듯했다.

생각지도 못한 긴장감에 가슴이 몹시 두근거렸다.

"청자는 몰라도 시노 다완은 다른 데서도 찾을 수 있을 기다. 한데 고작 하루 전시해서 어쩌자는 기고."

"이런 기획을 생각했어요. 오늘은 여기서 물러나지만, 생각 좀 해보세요."

홈즈 씨는 갈색 봉투를 카운터에 놓고 일어섰다.

"어떤 계획인지는 모르지만 안 빌려준데이. 다른 거라면 괜찮지만."

그 말에는 아무런 대답도 없이 홈즈 씨는 "그러면 가볼게요" 하고 인사한 다음 돌아섰다.

그때 겨우 나와 눈이 마주쳤다.

홈즈 씨는 몸을 돌리지는 않았지만, 아마 내가 가게에 들어왔다는 걸 알고 있었을 것이다.

눈이 마주치자마자 싱긋, 하고 꽃이 피듯이 미소 지었다.

"아오이 씨, 수고가 많아요. 제가 자리를 비우는 바람에 당신에게 부담을 주게 되어서 면목이 없습니다."

"아니요, 그럴 리가요. 홈즈 씨야말로 수고가 많으세요."

슈트에 넥타이 차림인 홈즈 씨의 모습을 보니 그야말로 사회인이라는 분위기가 물씬 풍겼다.

"──아오이 씨."

홈즈 씨가 나를 향해 손을 뻗으려던 그때.

"놀러 온 게 아니지 않소, **쇼카도 양반**."

오너가 벌컥 화를 내며 그렇게 말했다.

홈즈 씨는 들릴 듯 말 듯 작게 혀를 차고.

"다음에 다시 천천히 얘기해요. 이따 전화할게요"라며 눈을 활처럼 가늘게 떴다.

"네, 기다릴게요."

나도 마주 웃자 홈즈 씨가 주먹을 불끈 쥐었다.

"아아, 아오이 씨는 오늘도 역시 귀엽네요. 그 미소에 치유됩니다. 저기, 머리를 쓰다듬어도 될까요?"

"썩 돌아가라!" 하고 오너가 다시 소리를 질렀다.

홈즈 씨는 재미없다는 표정을 지으며 가게를 나갔다.

"아오이, 미안하데이."

홈즈 씨의 모습이 사라지자마자 오너는 부드러운 말투로 한 손을 들었다.

"아니에요."

"저 비뚤어진 놈한테 아오이 같은 존재가 있어줘서 안심하고 있고 기쁘게도 생각하고 있지만, 평소와 전혀 다르게 저 발정 난 모습을 보면 화가 치밀어서 안 되겠데이. 도대체 남자가 여자한테 반했더라도 저런 태도로 나타나면 안 되제. 보다 보니 남사스러워서 안 되겠다. 소금 뿌려버리고 싶은 기분이 든다, 참말로."

"…………."

여전히 솔직하고 고리타분한 사람이다.

오너는 홈즈 씨가 놓고 간 갈색 봉투를 손에 들어 기획서를 꺼냈다.

"그 자슥한테도 말했지만, 청자는 몰라도 시노 다완은 다른 곳에도 있을 기다. 가족이라고 편하게 될 줄 알았나."

투덜대며 기획서로 시선을 돌리고 오너는 입을 다문 다음 응시하듯이 눈을 가늘게 떴다.

흐음, 하고 흥미로운 듯이 숨을 토했다.

어떤 기획일까?

앞치마를 걸치며 그쪽으로 신경 쓰고 있는데, 오너는 그런 나의 마음을 살피는 듯이 훗, 하고 입가를 누그러뜨렸다.

"그 자슥은 참말로 빈틈없는 놈이데이. 누구를 닮았는지."

그렇게 말하면서도 어딘가 기뻐 보이는 오너의 모습에 내 뺨도 누그러들었다.

"누구를 닮았을까요?"

"……빈틈없는 면은 내겠제. 외모는 키요미 씨일 테고. 빼 닮았다."

"키요미 씨……."

"그 자슥의 엄마 이름이다. 참말로 예쁜 아가씨였제."

오너는 그렇게 말하고 쓸쓸한 듯이 시선을 내렸다.

그렇다. 홈즈 씨의 어머니, 키요미 씨는 그가 두 살 때 돌아가셨다.

이런 오너이니까 분명 며느리가 된 홈즈 씨의 어머니를 무척 귀여워했을 것이다.

오너의 모습에 가슴이 욱신거렸다.

빼닮았다는 홈즈 씨의 어머니.

나도 만나보고 싶었는데, 라고 생각하며 눈을 내리떴다.

"침울하게 만들어서 미안하데이."

오너의 목소리에 나는 정신을 차리고 어렴풋이 고개를 저었다.

"……저기, 홈즈 씨의 기획은 어떤 건가요?"

물어봐도 될까, 라고 생각하며 조심스레 묻자, 오너는 "이거데이"라며 기획서를 내게 보였다.

"……아아, 이건 확실히 좋네요."

처음 눈에 들어온 표제어에 나는 모든 것을 납득하고 맞장구를 크게 치다가,

"참말로 빈틈없는 자슥이데이."

과장되게 어깨를 으쓱거리는 오너의 모습에 웃고 말았다.

5

그리고 토요일.

10시에는 미술관에 도착하자며 나와 카오리는 데마치야나기 역에서 만나 케이한 전철을 타고 '쿠즈하 역'으로 향하게 되었다.

카오리의 집은 니시진에 있어서 데마치야나기 역이 가깝지는 않다.

일부러 데마치야나기 역까지 온 데는 이유가 있었던 듯했다.

"내, '프리미엄카'에 한 번 타보고 싶었다. 아오이, 같이 안

탈래?"

카오리는 볼을 붉히고 주먹을 쥐며 말했다.

"'프리미엄카'?"

내가 고개를 갸웃거리자 카오리가 눈을 크게 떴다.

"뭐고, 몰랐나? 신칸센의 그린차 같은 게 생겼단다. 데마치야나기에서 쿠즈하까지 가면 고작 4백 엔 추가로 그 의자에 앉을 수 있데이. 한 번이면 되니까 그런 특별 좌석을 체험해보고 싶었다."

카오리는 팔짱을 끼고 황홀한 표정으로 눈을 가늘게 뜬 후, 정신이 돌아온 듯 이쪽을 보았다.

"아, 그치만 역시 아깝겠제?"

"아니야, 고작 4백 엔 추가로 특별 좌석을 체험할 수 있다면 괜찮다고 생각해. 타자."

홈즈 씨도 자주 『자신에게 이득이 되는 좋은 경험을 할 수 있다면 지출을 아끼지 않는다』라고 했고, 나도 그 영향을 받았는지 그렇게 생각하게 되었다.

"고맙데이. 그러면 표 사러 가자."

카오리는 아주 기쁜 듯이 미소 짓고 신나게 걷기 시작했다.

그리하여 둘이서 프리미엄카에 올라타 나란히 앉았다.

"와! 참말로 편하다. 빠질 것 같데이."

카오리는 앉자마자 입에 손을 대고 우후후, 하고 웃었다.

"프리미엄카는 전원 콘센트에 와이파이까지 완비되어 있구나. 대단하네."

와, 하고 중얼거리자 카오리가 득의양양하게 고개를 끄덕였다.

"맞제. 이 리클라이닝 시트. 쿠즈하까지 대우받는 기분이데이."

그런 그녀의 모습을 보자 내 볼이 누그러들었다.

"카오리, 왠지 홈즈 씨 같아."

"어…… 그 말을 들으니 좀 복잡하다"라며 정말로 복잡한 표정을 보이는 카오리의 모습에 나는 무심코 웃고 말았다.

참고로 '쇼카도 정원·미술관'에서 가장 가까운 역은 '야와타시 역'과 '쿠즈하 역' 두 곳이 있다고 하는데, '쿠즈하 역' 쪽이 버스가 많아서 미술관에 접근하기 좋다고 한다.

9시 8분에 데마치야나기 역을 출발해 30분도 지나지 않아 '쿠즈하 역'에 도착했다.

카오리가 말하는 '대우받는 기분'은 짧지만 아주 좋은 호강을 한 기분이라서 기뻐하며 전철에서 내렸다.

"아, 버스가 와 있어."

"참말이데이."

우리는 마침 와 있던 버스에 올라탔다. 약 10분 만에 '오시바·쇼카도 앞'이라는, 미술관에서 가장 가까운 정류장에 도착했다.

"맑아서 참 다행이다."

개원한 지 얼마 안 된 토요일의 미술관은 아직 한산한 듯했다.

나는 홈즈 씨에게 비밀로 하고 여기에 왔기 때문에 모자를 깊이 눌러쓰고 웨이브진 붙임머리를 하고 있었다. 카오리는 카스케트 안에 머리를 전부 넣고 패션 안경 등을 써서 보이시한 차림이다.

우선 정원을 둘러보려고 접수처로 향했다.

우리는 도중에 게시판으로 눈길을 돌리고 눈을 크게 떴다.

【큐레이터의 이야기를 듣자!

교토대 대학원 출신에 국선감정인 야가시라 세이지 선생님의 손자이자 제자인 야가시라 키요타카 씨가 강사로 쇼카도쇼조에 대해 이야기를 들려드립니다.

시간 11시 20분~12시 / 1층 강습실에서】

그 포스터에는 홈즈 씨의 사진까지 붙어 있었다.

"……홈즈 씨, 이렇게 사진으로 보니 역시 잘생겼데이. 아오이, 알고 있었나."

"아니, 몰랐어."

"평소에 통화하잖아."

"전화로는 홈즈 씨 직장 얘기보다 시시한 얘기를 할 때가 많거든."

"사랑 얘기?"

"아, 아니…… 평범한 잡담이야"라고 말하고 나는 달아오르는 뺨을 숨기듯이 고개를 숙였다.

"그건 그렇고 왠지 운이 좋지 않아? 정원을 다 돌아보면 시간도 딱 맞으니 몰래 듣고 갈까?"

"응. 뒤쪽에 앉아서 듣고 가자."

우리는 서둘러 접수를 마치고 정원으로 향했다.

옛날에 중학생이었던 카오리가 깨달음을 얻었다는 쇼카도 정원은 와비사비(꾸밈이 없고 조용하면서 정적인 것을 가리키는 일본의 전통 미의식을 말한다_옮긴이) 속에 치유와 아름다움이 있는 훌륭한 전통 정원이었다.

이 정원의 상징인 다실을 방문해 여기서 차를 마시고 싶다, 꽃꽂이를 하고 싶다고 이야기를 나누었고, 비애를 노래한 전통 가면극 『여랑화』의 무대가 된 '여랑화 무덤' 앞까지 왔을 때는 둘이서 손을 모으면서.

"저기, 카오리는 『여랑화』 이야기 알아?"

"아마, 여성이 도시에서 깊은 사이가 된 남자를 그리워해 여기까지 찾아왔는데 남자는 이미 다른 여성과 사이가 좋아져 있어서 실연의 충격으로 나미다가와 강에 몸을 던졌을 거야."

"엇, 너무한다."

"그러자 남자도 자책하는 마음에 사로잡혀서 마찬가지로 뒤를 따랐다는 비련의 이야기."

"……복잡한 기분이 드는 비련의 이야기네."

"참말로 그러네."

그렇게 이야기하며 무덤을 뒤로했다.

외부 정원 서쪽의 '동백 정원'에는 계절상 동백꽃은 피어 있지 않았지만 대나무 숲이 아주 아름다워서 둘이 함께 와아, 하고 숨을 내쉬었다.

"청량감이 있고 아름다워."

"참말이다. 또 깨달음을 얻을 것 같데이."

"이번에는 어떤 건데?"

"이러니저러니 해도 남자 친구가 있는 게 좋을 것 같아서 미팅을 적극적으로 할까 고민했는데."

"응."

"하지만 자신에게 맞지 않는 행동을 무리하게 하는 건 그만두고 현재를 즐기기로 했데이."

"아아, 무리하는 건 좋지 않지."

"맞다."

그렇게 이야기꽃을 피우면서 느긋하게 산책하듯이 걸었다.

그런 탓인지 상당한 시간이 흘러서, 정신을 차리고 보니 홈즈 씨의 강연이 곧 시작할 시간이었다.

우리는 황급히 모자를 깊이 눌러쓰고 서둘러 1층 강습실로 향했다.

* * *

강연회를 기다리던 키요타카는 사무실에서 서류를 훑어보며 커피를 입으로 가져갔다.

"아아, 이제 얼마 안 남았네, 키요타카 군. 사람이 엄청나게 모였어. 괜찮아? 긴장 안 했어?"

이가와가 걱정스러운 듯이 키요타카의 주위를 어슬렁댔다.

"네, 아주 긴장했지만 열심히 해보겠습니다."

컵을 놓고 싱긋 미소 짓는 키요타카를 보고 사무실에 있던 사람들 모두가 '분명 거짓말이야' 하고 마음속 목소리를 모았지만 이가와만큼은 아닌지.

"그렇겠지, 역시 키요타카 군이라도 긴장되겠지. 오후부터 카지와라 씨의 매니지먼트도 있으니까 강연이 끝나면 바로 휴식에 들어가도 돼. 아! 자, 이거 물이야"라며 미네랄워터 페트병을 건넸다.

"감사합니다. 그러면 슬슬 가보겠습니다."

키요타카가 서류와 페트병을 손에 들고 벌떡 일어서자 스기나미가 "아, 잠깐만요" 하며 달려왔다.

"우선 제가 사전 인사를 할 테니까 부르면 나와주세요."

확인하듯이 말하는 스기나미에게 키요타카는 "네" 하고 고개를 끄덕였다.

＊ ＊ ＊

──나와 카오리가 들어갔을 때 강습실은 이미 사람으로 꽉 차 있었다.

흰 벽의 강습실은 이번 강연회에 맞춘 것인지 '글씨'나 병풍, 족자가 전시되어 있었다.

정면에 교탁, 그 뒤에는 프로젝트 스크린이 있었고 여성 스태프가 마이크를 확인하고 있었다.

홈즈 씨의 모습은 아직 보이지 않아서 우리는 안심하며 살그머니 맨 뒷자리에 앉았다.

사람이 이렇게 많은 데다 맨 뒷자리, 그리고 우리는 위장한 차림새다.

분명 홈즈 씨에게 들키지 않고 강연을 들을 수 있을 것이다.

"최근 이 미술관에 들어온 사람, '야가시라 씨'란다."

"맞다, 전에 TV에 나왔던 그 유명한 감정사의 손자라대."

"잘생겨서 주목하고 있었는데 교토대 대학원을 나왔구나."

그런 속삭임이 이곳저곳에서 들려서 나와 카오리는 무의식적으로 마주본 채 얼굴의 긴장을 풀었다.

"홈즈 씨, 벌써 화제의 인물이 되었나보다."

역시 대단하데이, 하고 중얼거리는 카오리에게 나는 "응" 하고 작은 목소리로 대답하며 고개를 끄덕였다.

그러자 카오리의 옆에 앉아 있던 남성이 눈을 크게 뜨고 이쪽을 쳐다보았다.

"어라, 혹시 야가시라의 지인이야?"

그렇게 말한 그는 짧은 검은 머리에 안경을 쓴 20대 중반의 남성이었다.

"……아, 네."

"난 코히나타라고 해. 그와 같은 대학 출신이야."

아무래도 홈즈 씨의 지인인 듯했다. '홈즈'라는 애칭은 대학에서도 불렸으니 바로 지인이라는 것을 알았으리라.

잘 부탁해요, 라며 웃음을 지어 보이는 그에게 나와 카오리는 마시로입니다, 미야시타입니다, 하고 인사를 했다.

"코히나타 씨는 홈즈 씨의 친구분이세요?" 하고 카오리가 묻자.

"친구라고 해야 하나. 야가시라는 사람과 그다지 깊게 사귀지 않으면서 누구와도 얇고 넓게 사이가 좋았으니까, 이쪽이 '친구'라고 생각해도 저쪽은 그렇게 생각하지 않을 것 같은데."

그렇게 이야기하는 그에게 나는 맞장구를 쳤다.

홈즈 씨에게는 확실히 그런 면이 있다.

"학부도 다른데 알게 된 계기는, 공통 지인이 기획한 대학 내 미팅 때였지."

"미팅"이라며 우리는 눈을 깜빡였다.

"야가시라는 머릿수 좀 채워달라고 부탁받았던 모양이야. 알다시피 그는 잘생겨서 호객도 될 테니까. 대학 안에서도 인기가 많았지만 늘 한발 물러나 있더라고. 혹시 여자한테 흥미가 없나 싶어서 슬며시 물어보니『진지하게 사귈 마음도 없는데 같은 대학의 여성에게 손을 대지는 않습니다. 나중에 귀찮은 일이 생기거든요』라고 대답했어. 얼굴은 단정한데 꽤나 지독한 소리를 한다 싶어서 조금 마음에 들었지. 그다음부터 가끔 어울렸어"라고 말하며 그는 웃었다.

카오리는 멍하니 입을 벌렸고, 나는 이마에 손을 댔다.

……아아, 그야말로 홈즈 씨네.

"당신들도 야가시라의 팬이지? 그런 남자니까 조심해서 어울리는 게 좋아."

그런 식으로 말하고 그가 유쾌한 듯이 눈을 가늘게 뜨자 카오리가 눈살을 찌푸렸다.

"팬 아니에요. 저는 홈즈 씨가 거북하기도 하고요."

"오호, 그렇구나."

"그보다 그런 이야기는 상대를 제대로 확인한 다음에 하는 게 낫지 않을까요? 이 애는 홈즈 씨의 여자 친구니까요. 당신의 배려 없는 말에 상처 입었을지도 몰라요."

카오리가 째려보는 듯한 눈빛을 하자 그는 놀란 듯이 눈을 크게 떴다.

"어, 네가 야가시라의 여자 친구라고? 그러고 보니 야가시라한테 여자 친구가 생긴 것 같다는 소문은 들었는데, 너였구나."

그렇게 말하고 의외라는 듯이 나를 바라보는 그의 모습에 카오리는 눈살을 더욱 찌푸렸다.

"말 한마디, 한마디 실례되는 사람이네. 이 반응은 뭐고?"

카오리의 말투가 점점 거칠어지는 차에 나는 황급히 "고마워, 카오리. 난 괜찮아"라며 손을 뻗었다.

"아, 아니, 정말 실례했어. 야가시라가 마시로 씨처럼 귀엽고 젊은 상대를 선택한 게 의외여서 그랬어. 뭐랄까, 연상의 여성을 선택할 줄 알았거든."

의외인 그의 마음은 나도 카오리도 이해할 수 있어서 아아, 하고 맞장구를 쳤다.

"마시로 씨, 정말 실례했어요. 요 1년 동안 서로 바빠서 야가시라와는 연락을 주고받지 않았거든요. 여자 친구가 생겼다는 소문도 가짜라고 생각했어요."

"아니에요. 정말 괜찮아요."

내가 고개를 젓자 그는 안심한 기색으로 이번에는 카오리에게 눈길을 돌렸다.

"저는 코히나타 케이고라고 해요. 미야시타 씨, 성 말고 이름은 뭔가요?"

"⋯⋯카오리인데요."

"저는 지금도 교토대에서 연구를 계속하고 있는데요. 비교적 진지하게요."

"네에."

"혹시 괜찮다면 다음에 식사라도 ⋯⋯."

"왜 저한테 권유하는 건데요?"라고 말하며 카오리는 수상한 듯이 눈을 가늘게 떴다.

"카오리 씨에게 흥미를 느꼈기 때문이에요."

"저는 당신에게 좋은 인상을 가지고 있지 않아요. 죄송하지만 거절할게요."

고개를 꾸벅 숙이고 앞으로 몸을 돌리는 카오리의 모습을 보고 그는 감탄했다는 듯이 흐음, 하고 숨을 토했다.

"⋯⋯카오리 씨는 아주 멋있는 사람이네요."

"!"

그가 불쑥 읊조린 말에 카오리의 볼이 빨개졌다.

"참말로 뭐고."

카오리가 달아오른 볼을 숨기듯이 그에게서 얼굴을 돌렸다.

카오리는 나를 걱정해서 그에게 '실례되는 사람'이라고 화를 내느라 좋은 인상을 가지지 못했지만, 의외로 그는 나쁜 사람이 아닐지도 모른다.

분명 우리 두 사람을 단순히 홈즈 씨에게 동경을 품은 여자아이라고 생각해서 '저 사람은 외모와 달리 골치 아픈 사람이야'라고 충고해주었을 뿐이다.

그의 말대로 홈즈 씨는 꽤나 골치 아픈 사람이 분명하니 말이다…….

내가 그런 생각을 하고 있는데 시간이 됐는지 여성 직원이 앞으로 나서서 개시 인사를 시작했다.

"──여러분, 모여주셔서 감사합니다. 당 미술관의 큐레이터 스기나미라고 합니다. 지금 이 쇼카도 정원·미술관에 국선감정인으로 유명한 야가시라 세이지 씨의 손자이자 제자이기도 한 야가시라 키요타카 씨가 기간 한정이지만 수행을 겸해 일하고 있습니다. 저희 미술관으로서는 이 기회를 놓칠 수 없다고 생각해 강연회를 열게 되었습니다. 부디 지적이고 스마트한 미남 큐레이터 야가시라 씨의 강연을 마지막까지 느긋하게 만끽해주십시오."

그런 유머러스한 인사에 회장에 키득키득 웃음이 일었다.

"그러면 야가시라 씨, 잘 부탁합니다."

그녀의 부름에 홈즈 씨가 모습을 드러냈고, 모두 기대감 가득 찬 모습으로 손뼉을 쳤다.

젊은 여성들이 "와아" 하고 소리를 냈다.

아니, 노소를 불문하고 그랬을지도 모른다.

"소개를 받은 견습 감정사 야가시라 키요타카입니다. 견습인데 이렇게 훌륭한 곳에서 넉살 좋게 강연을 하게 되어 면목이 없습니다. 하지만 일단 큐레이터 자격은 가지고 있으니 그것만큼은 안심하십시오. 부디 잘 부탁드립니다."

홈즈 씨는 가슴에 손을 얹고 싱긋 미소 지었다.

"──그러면 여러분, '쇼카도쇼조'를 아십니까?"

그 질문에 모두 곤란한 표정으로 아주 살짝 몸을 움츠렸다.

대다수의 사람이 '잘 모른다'고 생각하는 듯했다.

"그러면 '쇼카도 도시락'은 아십니까?"

그 말에는 모두가 바로 표정을 밝게 하며 어렴풋이 고개를 끄덕였다.

"쇼카도쇼조는 쇼카도 도시락이라는 이름의 유래입니다. 어떤 인물이었느냐 하면, 이 야와타 시에 있는 이와시미즈 하치만구의 승려였습니다."

"신사인데 승려?"라며 모두가 고개를 갸웃거렸다. 이와시미즈하치만구가 정상에 있는 오토코야마 산은 에도 말기까지 신불습합의 산이었습니다, 하고 홈즈 씨는 덧붙였다.

"아주 우수한 그는 '아자리'까지 됩니다. 참고로 '아자리'라고 하면 저 유명한 과자가 연상되지만 진언밀교의 직위로, 간단히 말하자면 제자들의 모범이 되는 고승이라는 증거입니다."

홈즈 씨가 그렇게 이야기하자 '아자리 전병'을 연상했던 젊은 남녀들이 아하, 하고 소리를 냈다.

나도 얼마 전이라면 그들과 마찬가지로 '그랬구나' 하고 감탄했을 것이 틀림없다.

"쇼카도쇼조는 한 가지 재주를 갈고닦은 타입이 아니라 여러 방면으로 그 재능을 발휘했습니다. 우선 오른쪽 벽에 걸려 있는 '글씨'……"라고 말하며 홈즈 씨는 오른손으로 쇼카도쇼조의 '글씨'를 가리켰다.

왼손에 들고 있던 리모컨을 조작하자 동시에 프로젝트 스크린에 쇼카도쇼조의 '글씨'가 비쳤다.

붉고 푸른 색지에 무언가가 쓰여 있었다.

"아주 편안하고 아름다운 글씨입니다. 그러면 무엇이라고 쓰여 있는지 아시겠습니까?"

홈즈 씨의 질문에 모두가 글씨를 응시했다.

"여러분에게도 친숙할 겁니다. 새해도 그렇고, 최근에는 경기도 하고 있죠."

그러자 앞줄에 앉은 중학생 정도 되는 소년이 "백인일수?"라고 그렇게 크지 않은 목소리로 물었다.

"네, 이시다 군! 정답입니다. 이것들은 백인일수입니다. 후지와라노 데이카가 고른 '오구라 백인일수'를 쇼카도쇼조는 각각의 시에 맞춰서 아름답게 장식한 종이에 썼습니다. 표지에는 금은박을 뿌리고 여러 색으로 초목을 그렸습니다. 백 장의 색지는 단조롭지 않도록 궁리한 듯하고, 또한 글자도 상당히 읽기 쉽게 배치되어 있습니다. 이런 점을 미루어 쇼카도쇼조는 그저 미의식이 뛰어난 것이 아니라 사람을 즐겁게 하는 배려를 잊지 않는, 엔터테인먼트에 관한 재능이 무척 뛰어난 문화인이었다는 것을 살필 수 있습니다."

그 후, 쇼카도쇼조가 그린 부드러운 그림을 소개했다.

홈즈 씨는 아주 알기 쉽게 해설을 곁들여서 쇼카도쇼조가 고노에노 부타다, 혼아미 고에쓰와 함께 '간에이 삼필' 중 한 사람인 것, 그리고 그들이 활약한 시대의 일화 등을 섞어 참으로 유쾌하고 흥미롭게 이야기해주었다.

"——그러면 여러분, 시간이 다 되었으니 이쯤에서 마치겠습니다. 부족한 강연이지만 마지막까지 경청해주셔서 감사합니다."

순식간에 강연 시간이 끝났다.

모두들 더 듣고 싶다는 기색으로 제각기 자리에서 일어났다.

나와 카오리도 홈즈 씨에게 들키기 전에 강연실을 나가려고 일어섰다.

모처럼 왔으니 인접한 '킷초'에서 쇼카도 도시락을 먹고 가자며 자리를 예약해놓은 상태였다.

눈만으로 힐끗 홈즈 씨를 확인했다.

"야가시라 씨, 수고하셨어요. 오늘 강연, 아주 좋았고 즐거웠어요."

그렇게 말하며 처음에 인사했던 스기나미라는 큐레이터가 달려왔다.

"감사합니다. 이대로 휴식에 들어가도 괜찮겠죠?"

"네, 정말 수고하셨어요."

"그러면 지금부터 휴식에 들어가겠습니다."

마치 다짐을 받듯이 말하는 홈즈 씨를 보고 그녀는 조금 당황한 기색을 보이면서도 "네, 푹 쉬세요" 하고 고개를 끄덕였다.

홈즈 씨는 지금부터 휴식이구나…….

조금 떨어진 곳에서 그 말을 들으며 그대로 강습실을 나가려고 등을 돌린 그때.

"——아오이 씨!"

등 뒤에서 홈즈 씨의 목소리가 들려서 움찔 어깨가 떨렸다.

내가 돌아보니 홈즈 씨가 바로 눈앞까지 와 있어서 깜짝 놀랐다.

당황할 새도 없이 그는 내 손을 잡고 양손을 감싸듯이 움켜쥐었다.

"아아, 아오이 씨, 와주셨군요! 아주 기쁩니다. 혹시 '쿠라' 사이트를 본 건가요?"

기뻐하며 묻는 홈즈 씨.

아무래도 홈즈 씨는 '쿠라'의 홈페이지에 자신이 오늘 이곳에서 강연한다는 소식을 고지한 모양이었다. 그래서 그것을 우연히 보고 코히나타 씨가 왔던 것이리라.

"아, 아니요……."

"와주다니 감격이에요. 제가 쇼카도 정원·미술관에서 일하고 나서 아오이 씨가 오겠다는 말을 한 번도 하지 않아서 올 마음이 없는 줄 알았어요."

"아니요, 그럴 리가요. 홈즈 씨가 수행 중인 몸이라 그런 거죠……."

가도 괜찮은지 망설였을 뿐이다.

"네, 맞아요. 저도 수행 중인 몸이라서 안이하게 놀러오라고 말할 수 없었습니다. 당신이 말해주면 좋겠다고 생각했지요. 하지만 올 것 같은 분위기도 느껴지지 않아서, 애초에 일하는 내게 흥미가 없는 건가 했어요."

그렇게 말하며 눈시울을 붉히는 홈즈 씨를 보고 당황했다.

"그렇지 않아요. 사실은 당장이라도 오고 싶었어요. 오늘은 우연이지만 홈즈 씨의 강연을 들을 수 있어서 기뻤어요. 아주 이해하기 쉽고 재미있었어요."

"아오이 씨" 하고 홈즈 씨는 쥐고 있는 손에 힘을 실었다.

"홈즈 씨……."

그제야 눈치챘다.

주위 사람들이 우두커니 서서 우리를 바라보고 있다는 걸.

스마트하게 강연하던 그의 변모에 놀란 것이리라.

큐레이터인 스기나미 씨는 "야가시라 씨, 츤데레가 아니라 데레데레구나……"라고 중얼거렸고, 아까 질문을 했던 이시다 군이라는 남자 중학생은 마치 충격을 받은 듯한 얼굴을 하고 있었다.

그런 가운데 누구보다도 '믿을 수 없는 것을 봤다'는 얼굴을 하고 있었던 것이 코히나타 씨였다.

눈과 코를 있는 힘껏 벌리고 우리를 응시하고 있었다.

그의 시선을 눈치챈 홈즈 씨가 싱긋 미소 지었다.

"아아, 코히나타. 오랜만이데이. 오늘 와줘서 고맙다."

"──아, 아아, 아아, 아아, 그래."

명백하게 '아아'라는 맞장구의 수가 이상하다.

"너도 대학원을 수료했으니 '쿠라'의 경영을 시작한 게 아닐까 갑자기 생각나서 사이트를 봤는데, 거기서 알았어. 아니, 근데, 저기…… 마시로 씨, 미안해."

이번에는 갑자기 나를 보고 고개를 숙였다.

"어?"

어째서 사과를 하는지 이해할 수 없어서 눈을 깜빡이자.

"네가 야가시라의 여자 친구라는 말을 듣고 반신반의했어. 거짓말한다고 생각하지는 않았지만, 네가 일방적으로 여자 친구라고 생각하고 있는 게 아닌가 해서……."

코히나타 씨가 아는 홈즈 씨는 철저하게 여성과 교제하는 남자가 아닌 듯했다.

"아, 아니에요."

내가 고개를 젓고 있는데 옆에서 홈즈 씨가 한숨을 내쉬고 코히나타 씨를 보았다.

"……코히나타."

홈즈 씨는 코히나타 씨의 어깨에 손을 얹고 귓가에 무언가를 속삭였다.

순식간에 코히나타 씨의 얼굴이 굳어진 것으로 보아, 아마 『그러니까 옛날에 장난쳤던 얘기는 하지 말라고 했제?』와 같은 말을 했으리라.

홈즈 씨는 기분을 추스르듯 몸을 돌려 나와 카오리를 보았다.

"안녕하세요, 카오리 씨. 오늘 와주셔서 감사합니다."

"아니에요, 저도 홈즈 씨의 강연을 즐겁게 들었어요."

"이제부터 카오리와 쇼카도 도시락을 먹으러 갈 거예요."

그렇게 말하자 홈즈 씨는 "그렇군요" 하고 부드럽게 눈웃음을 지었다.

"부디 느긋하게 즐기고 오세요. 혹시 괜찮다면 다 먹고 나서 사무실에 들러주시고요. 책자를 드릴 테니."

"홈즈 씨도 혹시 괜찮다면 같이 가실래요?"

카오리가 우리를 배려해 그렇게 묻자 홈즈 씨는 가만히 고개를 저었다.

"저는 사무실에서 제가 싸온 도시락을 먹으며 확인해야 할 자료가 있어서요. 부디 친구끼리 즐거운 시간을 보내십시오."

홈즈 씨도 분명 우리를 배려했는지 싱글거리며 그렇게 말했다.

우리는 홈즈 씨에게 인사하고 그길로 옆에 있는 요정 '교토 킷초'로 향했다.

"──킷초의 '쇼카도 도시락'이 기대돼."

들떠서 말하자 카오리가 고개를 연신 끄덕였다.

"그치만 홈즈 씨가 직접 싼 도시락도 신경 쓰인다."

"응, 신경 쓰여."

"분명 호화로울 것 같데이."

키득키득 웃고 있는데 뒤에서 달려오는 발소리가 들렸다.

"마시로 씨, 카오리 씨."

돌아보니 코히나타 씨가 발을 멈추고 거칠어진 숨을 고르고 있었다.

뭐지, 하고 생각하고 있는데.

"저는 이제 돌아갈 건데, 이걸 받아주세요."

그는 주머니에서 명함을 꺼냈다.

눈앞에 내밀어진 명함에 카오리가 당황해하다가 그것을 받아 들자 그는 기쁜 듯이 미소 지었다.

"고마워요, 그럼 또 봐요."

그렇게 말하고 우리에게서 등을 돌렸다.

"대놓고 카오리한테만 명함을 줬네."

내가 무심코 웃음을 터뜨리자 카오리는 어깨를 으쓱거렸다.

"아오이한테 주면 홈즈 씨가 화내니까 그렇제. 아까 귓속 말은 분명 『내 여자한테 추근대면 안 된다』 같은 말이었을 거야."

"어, 그런가? 난 과거를 입막음한 거라고 생각했어."

"그런 건 굳이 입을 막지 않아도 알잖아."

그런 이야기를 나누며 명함으로 눈길을 떨어뜨렸다.

'교토대학 대학원 의학연구과 혈액 · 종양내과학 연구원 코히나타 케이고'라고 적혀 있어서 우리는 말을 잃었다.

"의학연구과······. 엄청난 사람의 마음에 들게 되었네, 카오리."

"놀리는 것뿐이잖아."

카오리는 한숨을 토하듯이 그렇게 말하고 명함을 백에 넣었다.

* * *

키요타카가 사무실에 들어가자 스기나미를 비롯한 직원들은 놀란 듯이 얼굴을 돌렸다.

"야가시라 씨, 휴식 시간 아직 남았어요."

"네, 지금부터 점심을 먹으려고요."

그렇게 말하고 키요타카는 자신의 책상에 앉아 가방에서 도시락통을 꺼냈다.

"아, 오늘도 도시락을 싸오셨군요."

키요타카가 이 미술관에 매일 직접 싼 도시락을 가져오고 있기 때문에 스기나미는 그다지 놀라지도 않고 납득한 기색으로 고개를 끄덕였다.

"여자 친구 일행은 혹시 '킷초'에 갔나요?"

"네."

"당연히 야가시라 씨도 같이 간 줄 알았어요."

"처음부터 약속을 했다면 몰라도 친구끼리 갖는 즐거운 점심시간에 갑자기 남자 친구가 방해하면 멋이 없죠."

그렇게 말하는 키요타카에게 스기나미는 살짝 웃으며 맞장구를 쳤다.

"야가시라 씨, 잘 알고 계시네요. 맞아요. 처음부터 약속했으면 상관없지만, 도중에 그러면 분위기가 바뀐다고 해야 할까요."

"그렇죠."

"그건 그렇고 야가시라 씨는 여자 친구에게도 츤데레 같은 사람이라고 생각했는데, 의외였어요. 여자 친구에게 그런 기세로 달려가는 타입일 줄은 꿈에도……."

거기까지 말하고 스기나미가 풋, 하고 웃음을 터뜨리자 근처에 앉아 있던 자원봉사자들도 웃으며 고개를 끄덕였다.

하지만 중학생인 이시다만은 뚱한 얼굴로 눈길을 돌렸다.

"……야가시라 씨는 더 쿨한 사람이라고 생각했어요."

명백하게 실망한 기색의 이시다에게 대학생인 타케다가 "아니지" 하고 미소 지으며 고개를 저었다.

"저는 조금 안심했어요. 야가시라 씨는 늘 너무 완벽하고 스마트한 사람이었으니까요."

그러자 주부인 호소카와도 고개를 연신 끄덕였다.

"갭이 있어서 최고예요. 오다 노부나가도 그랬죠."

갑자기 그녀의 입에서 '오다 노부나가'의 이름이 나오자 너무나 뜬금없었던 사람들은 "오다 노부나가?" 하고 되물었다.

그녀는 당황한 듯이 손을 들어 가렸다.

"아, 죄송해요. 역사를 좋아해서 그만 그런 말이 나왔네요."

그러자 마에다가 눈을 빛내며 나섰다.

"호소카와 씨, '역사 오타쿠'였어요? 저도 그래요."

"'역사 오타쿠'라고 할 만큼 잘 알지는 못해요. 대학에서 역사를 전공한 정도예요."

"아, 저도 그래요. 이 대학에서 역사를 선택했거든요. 지금 이시다 군에게 보여주고 있는데요."

마에다가 곁에 있던 교토 부내 대학의 팸플릿을 치켜들자 호소카와가 눈을 크게 떴다.

"……아! 나, 이 대학 출신이에요."

그 말에 마에다와 타케다는 눈을 빛냈다.

"정말이세요? 호소카와 씨는 저희 선배셨네요."

"세상 참 좁다."

흥분한 기색으로 말하는 두 사람에게 호소카와는 조심스레 이야기를 계속했다.

"어쩌면 세상은 더 좁을지도 몰라요. 실은 두 사람이 가져온 동아리 노트를 보고 혹시나 싶었어요. 저도 옛날에 같은 동아리에 소속되어 있었을지도 몰라요."

타케다와 마에다는 "네?" 하고 중얼거리며 움직임을 멈췄다.

"동아리 이름이 지금도 안 바뀌었다면 '코토리×2' 아니에요?"

호소카와가 그렇게 말을 잇자 타케다와 마에다는 눈과 입을 크게 벌렸다.

"마, 맞아요. 지금도 여전히 '코토리×2'예요."

"대박, 소름 돋아!"

넋을 잃은 듯이 자신을 안으며 들뜬 두 사람을 앞에 두고.

"일본사와 파워 스폿을 조사하는 동아리라고 했는데 어째서 이름이 '코토리×2'인 거지?"

곁에서 듣고 있던 하시모토가 혼잣말처럼 중얼거리며 고개를 갸웃거렸다.

그때 부관장인 이가와가 스마트폰을 든 채 사무실에 발을 들였다.

"──네? 그런 일이 있었나요? 아아, 이제 괜찮은 거군요. 그러면 예정대로 카지와라 씨가 오시면 저희 직원인 야가시라가 그쪽으로 안내하겠습니다. 네? 아아, 네. 알겠습니다. 그러면 나중에 뵙겠습니다."

이가와는 인사를 하며 전화를 끊고 스마트폰을 책상 위에 놓았다.

"어라, 이가와 씨, 혹시 무슨 일이 있는 건가요?"

스기나미가 바로 묻자 그는 "아아" 하고 뒤통수에 손을 댔다.

"코지마 씨한테 전화가 와서."

코지마 씨는 이와시미즈하치만구의 신주다. 키요타카도 젓가락을 든 손을 멈추고 이가와를 바라봤다.

"경내에 원숭이가 나타났다더군."

"원숭이가……. 그 산에 원숭이가 있었나요?"

"아니, 나는 지금까지 본 적이 없는데 말이야."

"뭔가 장난을 쳤대요?"

"얌전한 원숭이였는지 장난도 안 치고 바로 사라졌다고 해. 그래서 카지와라 씨를 데려가는 데 문제는 없을 것 같아."

"다행이다."

스기나미는 안심한 기색으로 가슴에 손을 얹었다.

"그런데 코지마 씨가 다시 한 번 자원봉사자 다섯 명을 데리고 와달라더군. 그러니까 여러분, 다시 하치만구로 가주지 않겠어요? 물론 데려다줄 거예요."

그 말에 이시다, 마에다, 타케다, 호소카와, 하시모토 다섯 명은 '저희요?'라는 눈빛을 보였고, 이가와는 고개를 끄덕였다.

6

'킷초'에서 쇼카도 도시락을 다 먹은 나와 카오리는 서둘러 요정을 나와 미술관 쪽으로 향했다.

"혹시 그럴지도 모른다고 생각했는데, 역시 홈즈 씨가 우리 음식 값을 내줬네."

"······응."

다 먹고 계산을 하려고 했을 때 "야가시라 님께서 지불하셨습니다"라고 직원이 말했다.

"좋기는 하지만 부담스럽데이."

걸으면서 어깨를 으쓱거리는 카오리에게 나도 "응" 하고 고개를 끄덕였다.

"부담스럽지. 하지만 이런 경우에 순수하게 좋아하는 편이 홈즈 씨 입장에서도 기쁠 것 같아."

"그렇구나. 참말로 대단하다. 홈즈 씨는 거품경제 시대 사람 같데이."

"그렇다기보다 오너의 가르침에서 배운 것 같아. 『절약할 때는 절약하고 쓸 때는 쓴다. 부호처럼 행동할수록 돈이 따라온다』래."

"아아, 우리 할아버지도 그랬다. 생각해보면 미야시타 포목점도 소심한 아빠 대부터 경영이 어려워지기 시작한 것 같다."

"하지만 그건 시대 탓도 있지 않을까?"

"그렇제. 그치만 언니가 사이오다이에 뽑혔을 때도 『돈이 드는데 어쩌지』하고 허둥대다가 『이런 호기를 놓치다니, 네

눈은 옹이구멍이냐!』 하고 할아버지한테 호통을 듣고 정신을 차린 모양이데이. 이건 나중에 들은 얘기지만."

"그랬구나. 카오리네 할아버지도 진짜 오너 같네."

"그렇제? 근데 홈즈 씨는 오너의 가르침을 계승해도 오너의 느낌과는 다르데이."

"응, 홈즈 씨는 오너의 가르침을 중심으로 점장님의 스마트함이 코팅되어 있거든."

"장점만 모였네."

"정말."

우리는 키득키득 웃으며 미술관 입구로 발을 들여놓았다.

그러자 꺄악거리는 관내 여성들의 새된 소리가 들려왔다.

또 홈즈 씨가 뭔가를 시작한 걸까?

그러나 여성들의 시선은 홈즈 씨……가 아니라 그 옆에 선 아키히토 씨에게 집중되어 있었다.

"──아키히토 씨?"

눈을 깜빡이고 있는데 아키히토 씨가 우리 쪽으로 몸을 돌리고 "여" 하고 손을 들었다.

"아오이에 카오리, 오랜만이야."

아키히토 씨가 눈부신 웃음을 지어 보이자 카오리는 얼굴이 빨개지더니 경직된 채 바로 고개를 숙였다.

카오리는 평소 꽃미남을 좋아한다고 말하지만, 이렇게 막상 눈앞에 나타나면 긴장하여 굳어진다.

아키히토 씨에게는 익숙해졌다고 생각했는데 오랜만에 만나니 역시 긴장한 듯했다.

"아키히토 씨도 홈즈 씨를 만나러 오신 거예요?"

"아니, 오늘은 일을 겸해서 왔어."

"일이요?"

내 물음에 홈즈 씨가 입을 열었다.

"『교토 나들이하기 좋은 날』촬영 장소 예비 조사로 이와시미즈하치만구를 시찰하러 가게 됐어요. 저도 동행하고요."

아키히토 씨가 즉시 홈즈 씨의 어깨에 손을 둘렀다.

"지금부터 반나절 동안 홈즈는 내 매니저라는 뜻이야."

홈즈 씨의 어깨를 쥐고 씩 웃는 아키히토 씨의 모습에 주위 여성들이 "꺄악" 하며 입에 손을 댔다.

"……이 손은 필요 없습니다" 하고 평소처럼 홈즈 씨는 그 손을 떼어냈다.

"그런 이유로 저는 아키히토 씨를 데리고 이제 나가야 하지만, 두 분은 느긋하게 둘러보세요. 드리고 싶은 책자는 사무실 제 책상에 놓아뒀으니 돌아갈 때 직원에게 물어보시면……."

홈즈 씨가 거기까지 말했을 때.

"그보다 아오이랑 카오리도 같이 안 갈래?"

아키히토 씨가 우리 얼굴을 지그시 들여다보았다.

엇, 하고 작게 중얼거린 것은 우리가 아니라 홈즈 씨.

놀란 듯이 눈을 뜨고 있었다.

"괜찮으십니까?"

그렇게 물은 것도 우리가 아니라 홈즈 씨.

기쁨을 억누르는 듯한 말투였다.

"응. 여자애가 같이 가면 좋고, 무엇보다 아오이가 있으면 네 기분이 좋아질 거 아냐."

"아키히토 씨, 좋은 사람이로군요. 다음에 한턱내겠습니다."

이번에는 홈즈 씨가 만면에 미소를 띠고 아키히토 씨의 어깨에 손을 올렸다.

"아오이가 얽히면 완전 단순해지는 게 좀 기분 나쁘네."

정말로 기분 나쁜 듯이 얼굴을 굳히는 아키히토 씨를 보고 우리는 웃음을 터뜨렸다.

"아오이 씨, 카오리 씨. 아키히토 씨도 이렇게 말씀하셨으니 괜찮다면 이와시미즈하치만구에 같이 가지 않겠습니까?"

마치 꽃이 활짝 핀 것처럼 웃으며 우리를 바라보는 홈즈 씨의 모습에 카오리가 웃음을 참듯이 입에 손을 댔다.

이와시미즈하치만구는 '액막이'로 유명해서 이름은 알지만 지금까지 가본 적은 없다.

동행시켜주는 것은 바라 마지않는 일이다.

"네, 꼭 가고 싶어요. 그리고 홈즈 씨, 점심 잘 먹었어요."

내가 감사 인사를 하자 카오리도 바로 고개를 숙였다.

"참말로요, 저도 잘 먹었습니다."

홈즈 씨는 아닙니다, 하고 고개를 젓고 "그러면 갈까요?" 하고 관내를 나가 걷기 시작했다.

주차장에 있는 차에는 이 미술관의 명찰을 단 남성과 남녀노소 다섯 명이 타고 있었다.

"이가와 씨, 지금 나가시는 건가요?"

홈즈 씨가 그렇게 묻자 이름이 불린 남성은 "응" 하고 고개를 끄덕였다.

"나는 자원봉사자들과 한발 먼저 가 있을 테니까 키요타카 군은 카지와라 씨 안내를 잘 부탁해. 극진하게."

그는 확인하듯이 말하고 우리에게 인사를 한 다음 승합차의 운전석에 올라타 차를 출발시켰다.

"저 다섯 명은 누구인가요?"

홈즈 씨에게 질문했던 중학생, 이시다 군의 모습도 보였다.

"자원봉사자들과 직업 체험을 하러 온 아이입니다. 그들도 지금 이와시미즈하치만구로 갑니다."

홈즈 씨는 그렇게 말하고 미술관 차로 보이는 승합차의 뒷좌석 미닫이문을 열었다.

"아, 나는 조수석에 탈게" 하고 아키히토 씨는 재빨리 조수석에 올라탔다.

"그러면 아오이 씨, 카오리 씨, 타시죠."

뒷좌석을 가리키며 말하는 홈즈 씨에게 우리는 인사를 하고 차에 올라탔다.

"——방금 본 자원봉사자들, 나이가 제각각이더라."

달리기 시작한 차 안에서 아키히토 씨는 생각났다는 듯이 입을 열었다.

"네. 대학생 남녀 두 사람만 같이 왔고, 나머지는 정년을 맞이한 남성, 30대 초반의 주부와 남자 중학생입니다."

"공통점은 미술을 좋아한다는 점이야?"

"네. 그리고 다들 가지고 있는 생각이나 취미가 꽤 흥미로웠습니다."

그렇게 말하고 홈즈 씨는 운전을 하면서 다섯 명에 대해 아는 것을 우리에게 이야기해주었다.

7

차로 달린 지 5분 정도 되었을까.

그런 이야기를 나누고 있는데 야와타시 역 앞 주차장에 도착해서 우리는 차에서 내렸다.

참배길의 입구는 야와타시 역 바로 곁에 있었고.

"——여기가 이와시미즈하치만구야?"

돌아보며 묻는 아키히토 씨의 말에 홈즈 씨는 가볍게 헛기침을 했다.

"죄송하지만, 아키히토 씨."

"뭔데?"

"차로 더 위까지 올라가 신전 근처 주차장에 차를 세울 수 있습니다. 하지만 여기에서 케이블카를 이용하는 것이 일반적이겠죠."

"오, 그렇구나. 케이블카로 가는 거구나. 전혀 상관없어."

"아니요. 케이블카를 이용하는 건 아오이 씨와 카오리 씨뿐입니다. 당신은 기슭에서 위까지 차분히 올라가 이 이와시미즈하치만구에 대한 모든 것을 알았으면 합니다."

"······시간은 얼마나 걸리는데?"

"30분 정도겠군요. 당신과 저라면 20분 만에 도착할지도 모릅니다."

아키히토는 "으에에에엑" 하고 노골적으로 싫은 목소리를 냈다.

"왜 군이 걸어서 올라가야 하는데?"

"걸어서 올라갈 때만 볼 수 있는 곳도 있습니다. 당신은 TV에서 이곳을 소개해야 하니까 모든 것을 알아야 말에 설득력이 실릴 겁니다."

"괜찮아, 설득력이라면 자신 있어."

"참고로 이 이와시미즈하치만구는 '액막이'와 '필승기원'에 영험한 신사입니다. 걸어서 올라가면 당신의 운이 더욱 트이겠죠."

홈즈 씨가 멀리 산 정상을 올려다보며 말하자 아키히토 씨가 움직임을 멈추었다.

"……하여간에. 어쩔 수 없지. 가자. 그럼 아오이, 카오리, 이따 봐."

아키히토 씨는 그렇게 말하고 한 손을 들었다.

나와 카오리는 얼굴을 마주 보고 "아니에요" 하고 입을 열었다.

"저희도 같이 올라갈게요. 신발도 스니커즈고요."

"개운 다이어트네."

그렇게 말하자 아키히토 씨의 얼굴이 환해졌다.

"오! 다 같이 올라가면 재미있을지도 모르겠어. 그럼 가자고."

그리하여 다 같이 올라가게 되었다.

홈즈 씨가 말했던 대로 돈구(임시 궁_옮긴이), 하치만 님을 모시기 전부터 있었던 '이와시미즈 사당'의 영천(靈泉)이라고 하는 용수(湧水) 등 걸어가야 눈에 들어오는 볼거리도 잔뜩 있었다.

걸어가면서 홈즈 씨는 이 오토코야마 산이 교토의 귀문이라고 불리는 북동쪽의 히에이 산과는 대극인 서남쪽에 있고 이와시미즈하치만구는 교토의 '이귀문(裏鬼門)'을 수호하는 사당이라는 것, 또한 이와시미즈하치만구가 이세신궁, 카모 신사(카미가모·시모가모 신사)와 나란히 일본 삼대 신사 중 한 곳이라는 것을 설명해주었다.

"이세신궁이나 카모 대사당과 나란히 일본 삼대 신사 중 한 곳이었군요. 몰랐어요."

"내도. '액막이의 하치만 씨' 정도로 알고 있었데이."

카오리가 그렇게 말하며 고개를 끄덕이자 홈즈 씨가 어깨를 으쓱거렸다.

"쇼카도쇼조와 마찬가지로 훌륭함이 그다지 알려지지 않은 것이 아쉽군요. 옛날에는 평생에 한 번은 이와시미즈하치만구에 가고 싶다고 닌나지의 승려가 갈망했던 사원이었습니다만……."

"닌나지의 스님이요?"

"네, 『쓰레즈레구사』에 나오는 이야기입니다. 닌나지의 노승이 평생에 한 번은 이와시미즈하치만구에 가고 싶다며 이 오토코야마 산에 찾아와서 기슭에 있는 코라 신사를 보고 그곳이 이와시미즈하치만구라고 착각하여 정상에 있는 본전에는 가지 않고 돌아가고 말았다는 이야기입니다."

그 이야기에 우리의 뺨이 누그러들었다.

차도 전철도 없었던 시대라 닌나지에서 이 산에 오는 것만으로도 힘들었을 텐데, 기껏 왔는데 기슭의 신사를 본전이라고 착각하여 돌아갔다니.

"참 안타까운 영감이네. 왠지 너희 아버지…… 점장님 같아."

"저희 아버지 말입니까? 그러네요, 그런 면도 있는 것 같네요. 요전에도 인스턴트커피를 드립고『키요타카, 이거 원두가 전부 사라졌어. 이상하구나』라고 하더군요."

그런 점장님의 모습이 쉽게 상상되어서 이번에는 소리 내웃고 말았다.

그리고 기슭의 시가지가 희미해질 무렵 토리이 세 개가 보이기 시작했다.

난소몬을 지나자 평탄한 일직선 길 저편에 이와시미즈하치만구의 건물이 보이기 시작했다.

이 산속에 보이는 선명한 주홍색 신전은 아주 아름답고 눈부셨다.

"드디어 도착했네."

정화소에서 손과 입을 깨끗이 하고 있자.

"키요타카 군, 카지와라 씨!"

이가와 씨가 크게 손을 흔들며 달려왔다.

"이가와 씨, 수고 많으십니다."

p o s t c a r d

"아니야, 다들 수고가 많아요. 아래서부터 올라온 거지?"

"네, 그에게 이와시미즈하치만구를 제대로 보여주고 싶어서요. 그런데 자원봉사자들은 어디 있나요?"

홈즈 씨는 고개를 뻗어 다섯 명의 모습을 찾았다.

"그들은 신사 휴게실에 있어. 그보다 소개하지."

이가와 씨는 몸을 돌려 물빛 하카마 차림의 남성을 바라보았다.

"이 이와시미즈하치만구의 신주님이자 홍보도 담당하고 있는 코지마 씨. 이야기로는 들었을 테지만 직접 만나는 건 처음이지?"

이가와 씨에게 소개를 받은 신주님은 30대 후반의 남성이었다.

"코지마입니다. 잘 부탁드립니다. 야가시라 씨에 대해서는 상세히 들었고, 카지와라 씨의 활약은 TV로 잘 보고 있습니다"라고 말하며 부드럽게 웃는 얼굴로 인사했다.

홈즈 씨가 "처음 뵙겠습니다, 야가시라 키요타카입니다" 하고 마주 인사하는 뒤에서,

"뭐고! 신주님, 산뜻하고 멋있는 것 같다."

카오리가 볼을 붉히며 입에 손을 대고 있었다.

그와 거의 동시에 아키히토 씨가 "호오" 하고 감탄의 소리를 내고.

"'신주'라고 하면 할아버지의 이미지를 가지고 있는데, 코지마 씨는 젊고 멋지네요. 노래방에선 뭘 부르나요?"

갑자기 그런 질문을 해서 홈즈 씨가 어이없다는 듯이 아키히토 씨의 뺨을 잡았다.

"느닷없이 무슨 엉뚱한 질문을 하는 겁니까."

"아, 아야야! 아니, 그게 말이야. 신주는 노래방에 가면 무슨 노래를 부를까 흥미가 돋지 않아?"

"그런 데 흥미를 가진 적은 없습니다. 달리 질문할 건 없습니까?"

"아프다고! 볼 잡아당기지 마. 잘생긴 얼굴이 늘어나잖아."

그런 두 사람을 앞에 두고 신주님은 후후후, 하고 웃었다.

"노래는 그렇게 잘 부르지 못하지만, 사교상 부를 때는 후쿠야마 마사하루 씨의 『벚꽃 언덕』을 조금 부릅니다."

"오, 진짜요? 역시 부르는 노래도 멋지네요."

아키히토 씨는 눈을 빛냈고, 그 옆에서 홈즈 씨는 이마에 손을 댔다.

"이상한 답변을 하시게 해서 죄송합니다, 코지마 씨."

"아닙니다, 두 분은 사이가 아주 좋아 보이는군요."

신주님은 유쾌하게 웃은 후 "지금부터 안내하겠으니 이쪽으로 오십시오"라고 말하며 걷기 시작했다.

그런 신주님의 뒤를 따라 걸으며 아키히토 씨는 주홍빛

신전을 올려다보고 눈부신 듯이 눈을 가늘게 떴다.

"와! 왠지 '극락의 궁전' 같네요."

"네. 이곳은 헤이안 시대 초기에 교토의 이귀문을 수호하기 위해 지어졌는데요, 지금의 오이타 현에 해당하는 부젠노쿠니에서 하치만오가미 님이 이 땅에 와주셨습니다. 아시듯이 오이타 현은 바다가 가까이 있지만 이곳은 산 위입니다. 일설에 의하면 이 신사는 신께서 바다를 그리워하시지 않도록 '용궁성'을 상상하여 지어졌다고 합니다."

신주님의 설명에 우리는 "아하" 하고 중얼거리며 맞장구를 쳤다.

듣고 보니 이와시미즈하치만구의 신전은 '용궁성'을 연상시켰다.

해저가 아니라 산 위에 있는 '용궁성'은 그야말로 아키히토 씨의 말대로 '극락의 궁전'이라고 할 수 있을지도 모른다.

신주님은 다시 걷기 시작해 신전의 측면에 있는 '승전(허가를 받아 신사의 신전에 오르는 것_옮긴이) 입구'의 계단을 올라가 안으로 안내해주었다.

"이쪽입니다."

우리는 신발을 벗고 슬리퍼로 갈아 신은 다음 안으로 나아갔다.

"2016년 국보로 지정된 이 이와시미즈하치만구는 헤이안 초기부터 오랜 역사가 있고, 몇 번이고 소실과 수선을 반복했습니다. 약 370년 전에 도쿠가와 이에미쓰의 손에 의해 지금의 신사가 되었습니다. 본전을 중심으로 로몬과 일체화한 180미터나 되는 회랑이 둘러싸고 있습니다. 그리고 본전은 외전·내전 두 건물이 앞뒤로 이어져 있습니다. 이런 신사의 구조를 '하치만 구조'라 하고 전국에 네 곳이 있습니다만, 가장 크고 가장 오래된 곳이 이 이와시미즈하치만구입니다."

신주님이 걸으면서 설명해주는 바로 뒤에서 홈즈 씨는 그렇다며 맞장구를 쳤다.

"국보로 지정된 것도 참으로 이해가 갑니다."

"감사합니다. 하지만 최근에 겨우 지정되어서 말입니다. 저기 보이는 것이 본전입니다"라고 말하며 신주님은 발걸음을 멈추었다.

주홍빛 테두리에 사선으로 격자가 들어간 녹색 담이 둘러진 저편에 신을 모시는 사당이 보였다.

뒤를 돌아보니 로몬이 있었고, 내려다보니 참배객들이 이쪽을 향해 손을 모으고 있었다.

아무래도 이곳은 기도소인 듯했다.

"이 담은 '미즈가키'라는 것인데, 저편이 신의 세계, 신역입니다. 그리고 이쪽이 속세입니다. 저편에 계시는 신님은 오진 천황을 주제신으로 삼고, 그 어머니인 진구 황후, 그리고 일설에 의하면 히미코 여왕이라는 말이 돌고 있는 히미오카미. 이 세 신을 '야와타 대신'이라 총칭하고 있습니다."

우리는 설명을 들으며 신을 향해 가만히 손뼉을 쳤다.

"……또한 이 신사의 볼거리 중 하나가 미즈가키의 난간에 있는 조각입니다."

신주님의 말대로 난간에는 대단히 화려하게 채색된 조각 여러 개가 보였다.

용궁성을 연상시키는 '천녀' '태양' '달', 그리고 '학과 거북과 토끼'의 조각 등도 있었다.

그 선명함과 조각의 훌륭함에 눈길을 빼앗기고 있는데 홈즈 씨가 가슴에 손을 얹고 멍하니 눈을 가늘게 떴다.

"이것들의 대부분은 에도 시대에 활약했던 조각가 히다리 진고로의 작품이군요. 훌륭해서 가슴이 뜨거워집니다. 150점이나 있다고 하니 이곳은 그의 조각 미술관이라고 할 수 있지 않을까요?" 하고 홈즈 씨가 열정적으로 말하자.

"역시 잘 아시는군요."

신주님은 미소 지었고, 그 옆에서 아키히토 씨는 "여전하네" 하고 어깨를 올렸다 내렸다.

"이곳에는 수많은 문양이 새겨져 있습니다. 천장을 둘러보십시오. 황실과 인연이 있어서 국화 문양을 비롯해 오칠

키리몬(꽃차례에 붙은 오동나무 꽃의 수가 5-7-5가 되는 문양_옮긴이), 홍
귤나무 문양 등 유서 깊은 문양이 있을 겁니다."

우리는 고개를 들어 문양을 확인했다.

국화 문양과 마찬가지로 눈에 띈 것이 곡옥 세 개가 흐르
듯이 보이는 미츠도모에(소용돌이 모양이 셋 있는 무늬_옮긴이) 문양
이었다.

"미츠도모에……."

혼잣말처럼 중얼거리자 신주님이 "네" 하고 고개를 끄덕였다.

"저것은 이 '이와시미즈하치만구'의 문양으로 '왼쪽으로 도
는 미츠도모에'입니다."

그 말에 문득 생각이 떠오른 나는 홈즈 씨에게 고개를 돌
렸다.

"확실히 홈즈 씨 집의 가문(家紋)도 미츠도모에였죠?"

"네. 하지만 저희는 '오른쪽으로 도는 미츠도모에'예요. 이
곳은 '왼쪽으로 도는 미츠도모에'이니 방향이 다릅니다."

나는 다시 한 번 천장 가로 기둥의 문양을 확인했다.

그의 말대로 '왼쪽으로 도는 미츠도모에'가 잔뜩 보였지만
방향이 반대인 '오른쪽으로 도는 미츠도모에' 문양도 있었다.

"앗! 하지만 저기에는 '오른쪽으로 도는 미츠도모에'가 있
어요."

"참말이데이."

"오른쪽도 왼쪽도 있는 거로군."

옆에 있던 카오리와 아키히토 씨가 고개를 든 채 그렇게 말했다.

"『쓰레즈레구사』에 적혀 있습니다만, '건물은 완성되면 썩어간다'고 합니다. 그리하여 앞으로의 발전을 바라며 일부러 잘못된 문양을 장식해 이 건물이 미완성이 되도록 하는 겁니다."

신주님의 설명을 듣고 "오오" 하고 아키히토 씨가 손뼉을 쳤다.

"나 그거 알아. 요전에 역사 드라마에서 봤어. 아마 닛코 도쇼구도 그럴 거야. 기둥의 문양을 딱 하나 반대로 해서 완벽하지 않도록 했다는 그거네."

"네. 닛코 도쇼구도 도쿠가와 이에미쓰가 지었는데, 이에미쓰는 『쓰레즈레구사』를 의식했을지도 모르겠습니다."

"그렇구나, 같은 사람이 한 일이구나. 그건 그렇고 여기를 지었다는 도쿠가와의 '아욱 문양'은 없네."

천장을 둘러보며 도쿠가와의 '아욱 문양'을 찾는 아키히토 씨를 보고 신주님은 후후후 웃었다.

"착안점이 상당히 좋습니다. 실은 '아욱 문양'이 있습니다. 그것은 이쪽입니다."

신주님은 몸을 돌려 로몬을 손바닥으로 가리켰다.

"네, 어디요?" 하고 우리는 쳐다보았다.

"주홍빛 가로 기둥 한가운데에 있는 금판에 도쿠가와의 아욱 문양이 딱 하나 있습니다. 참배하는 분들 입장에서는 뒤쪽이 되기 때문에 보이지 않습니다만."

미간에 힘을 더 주자 겨우 아욱 문양을 찾을 수 있었다.

"이곳은 옛날부터 조정의 기도소이기 때문에 도쿠가와의 색을 돋보이게 하지 않도록 배려했다고 알려져 있습니다."

그렇게 말하는 신주님에게 우리는 "아하" 하고 맞장구를 쳤다.

"도쿠가와가는 배려가 넘치는구나."

"참말로."

우리가 감탄하는 가운데.

"……뭐, 교묘하네요."

어렴풋이 웃는 홈즈 씨의 그 말이 인상에 살짝 남았다.

다음으로 우리는 본전을 입 구 자처럼 둘러싸는 회랑으로 나갔다.

이곳은 도요토미 히데요시가 어머니의 병환 완쾌를 바라며 기증했다는 이야기를 들으며 회랑을 걸었다.

"히데요시에 이어서 이것은 오다 노부나가가 기증했다는 황금 빗물받이입니다."

신주님은 본전의 지붕과 지붕의 접합 부분에 걸린 금 빗물받이로 시선을 돌렸다.

"우와, 진짜 금빛이잖아."

"이것은 청동으로 만든 빗물받이에 금박을 씌운 것입니다만, 빗물받이는 나무로 만들면 썩는다고 합니다. 유사시나 천재(天災)가 있을 때는 이것을 팔아서 건물을 다시 지을 자금으로 삼으라고 노부나가가 지시했다고 합니다."

그 설명에 아키히토 씨가 진심으로 감탄한 듯이 "우후아"하고 약간 얼빠진 소리를 냈다.

"오다 노부나가는 잔학무도한 이미지가 있었는데, 그런 배려도 하는 상냥한 일면도 있었구나."

"뭐, 잔학무도하기만 해서는 그렇게까지 될 수 없었겠죠. 당근과 채찍을 휘두르는 방법이 극단적일 만큼 뛰어났다고 생각합니다."

홈즈 씨가 말하자 카오리가 작게 웃었다.

"갭모에라는 거네. 홈즈 씨랑 똑같다."

"저는 잔학무도하지 않습니다만."

"냉혹과 데레의 갭이 장난 아니잖아, 너. 진짜 아오이 바보라니까."

"바보라고 하면 듣기가 거북하니 '아오이 모에'라고 해주세요."

"그, 그만하세요."

나는 부끄러워서 눈길을 돌리며 조금 빨리 걸었다.

벽 쪽에는 여전히 히다리 진고로의 조각이 이어지고 있었다.

어느 것이나 화려한 데다 정교하고 아름다웠다.

"……새가 많네요."

나는 조각을 바라보며 중얼거렸다.

"네, 후시미 신사에서 신의 종은 여우지만 이 이와시미즈 하치만구는 새…… '비둘기'가 신의 심부름꾼이에요. 그래서 비둘기를 비롯해 새가 많은 거랍니다."

"새가 신의 심부름꾼이라니, 왠지 귀엽네요."

그만 산조 길의 지역 캐릭터 '산조 버드'처럼 스이칸(귀족의 평상복 중 하나_옮긴이)에 에보시(옛날에 무사 등이 쓰던 건의 일종_옮긴이)를 쓴 포동포동한 새를 머리에 떠올리자 뺨이 누그러들었다.

"그건 역시 전서구로도 쓰이는 건가요?"

"아니요, 그렇지는 않습니다."

그런 이야기를 나누며 회랑을 나아가는데 신주님이 발걸음을 멈추고 바깥쪽 담을 올려다보았다.

"여러분, 저쪽에 있는 원숭이 조각을 보세요. 저것은 '눈 뚫린 원숭이'라고 불리고 있습니다. 저 조각도 히다리 진고로가 만들었는데, 너무나도 정교하게 만들었기 때문인지 저곳을 빠져나와 마을로 내려가 장난을 치게 되었다고 합니다. 그래서 오른쪽 눈에 대나무 못을 박자 원숭이는 저곳에서 빠져나올 수 없게 되어 마을에 나타나지 않게 되었다는 이야기입니다."

그런 전설을 흐뭇하게 들으며 우리는 멀리 담 위에 있는 원숭이 조각을 바라보았다.

"여기까지는 흔히 있는 전설입니다만."

그렇게 말을 잇는 신주님에게 우리는 "응?" 하고 고개를 돌렸다.

"헤이세이 23년(2011년) 이 사당이 대수선에 들어갔을 때 '눈 뚫린 원숭이'를 저곳에서 떼어냈습니다. 그때 눈의 못도 일단 뽑았는지 진짜 원숭이가 경내에 나타나서 소소한 뉴스가 되었습니다. 그리고 그 후 다시 저곳에 '눈 뚫린 원숭이'를 돌려놓자 나타나지 않게 되었습니다."

"와! 그런 일이 있었구나. '눈 뚫린 원숭이', 대박이네. 안 그래, 홈즈?"

아키히토 씨는 옆에 선 홈즈 씨를 보자마자 응? 하고 미간을 찌푸렸다.

홈즈 씨는 '눈 뚫린 원숭이'를 응시한 채 미동도 하지 않았다.

"왜 그래?"

"아닙니다. 저기…… 코지마 씨. '눈 뚫린 원숭이'의 못 말입니다만, 뽑혀 있는 것 아닌가요?"

말하기 거북한 듯이 묻는 홈즈 씨에게 신주님은 쓴웃음을 지었다.

　"……눈이 아주 좋으시군요. 대부분 육안으로는 알아차리지 못했는데 말입니다. 이것은 여기서만 하는 이야기입니다만, 사실 '눈 뚫린 원숭이'의 대나무 못은 누군가에 의해 뽑혔습니다."

　곤란하다는 듯한 표정으로 꺼낸 신주님의 말에 우리는 엇, 하고 놀라 움직임을 멈추었다.

8

　다른 사람에게 이야기가 들리는 것을 우려해서 우리는 사무실의 응접실로 안내를 받았다.

　이가와 씨나 자원봉사자 다섯 명은 같은 사무실의 별실에 있다고 한다.

　"'눈 뚫린 원숭이'의 못 말입니다만, 부끄럽지만 저희도 언제 뽑혔는지 확실히는 알지 못합니다. '눈 뚫린 원숭이'는 보셨다시피 높은 곳에 있어서 눈이 웬만큼 좋지 않고서는 육안으로 확인할 수 없어서……."

　신주님은 씁쓸한 표정으로 그렇게 말하고 "하지만" 하고 테이블 위의 노트북을 펼쳤다.

　"나흘 전 오후, 와카야마에서 오신 단체 손님에게 경내 설명을 드렸습니다. 그 손님 중 한 분이 DSLR 카메라로 '눈 뚫린 원숭이'의 사진을 찍어 자신의 SNS에 올리셨습니다. 일부러 올려도 되겠느냐고 확인차 연락을 주셨기 때문에 안 일입니다만."

그는 마우스를 클릭해 본명으로 활동하는 SNS의 페이지를 열었다.

그곳에는 이와시미즈하치만구의 사진이 몇 개나 실려 있었고, 그중에 '눈 뚫린 원숭이'의 사진도 있었다.

DSLR 카메라답게 사진은 무척 아름다웠고, 원숭이의 눈에 꽂힌 검은 대나무 못도 똑똑히 찍혀 있었다.

사진은 나흘 전 오후 3시쯤에 찍힌 것인 듯했다.

"다음에 경내를 안내한 것은 그다음 날입니다. 쇼카도 정원·미술관에 와 있는 자원봉사자 다섯 분에게요. 그 후 경내 안내 없이 지금에 이르렀습니다."

신주님은 그렇게 말하고 노트북을 덮었다.

"……그래서 자원봉사자 다섯 명을 다시 부르신 건가요?"

홈즈 씨는 납득한 기색으로 맞장구를 쳤다.

"오해하지 않으셨으면 합니다. 자원봉사자 다섯 명이 했다고는 생각하지 않습니다. 다만 사진을 찍은 사람이 없는지 확인을 하고 싶었습니다."

이해했다는 기색으로 홈즈 씨가 고개를 끄덕이자 신주님

은 복잡한 표정으로 한숨을 토했다.

"그런데 더 기묘한 일이 일어났습니다."

"경내에 원숭이가 나타난 일인가요?"

"네. 이가와 씨에게 알렸습니다만, 경내에 원숭이가 나타났습니다. 이 오토코야마 산에 원숭이는 없다고 생각했고, 있다 해도 요 몇 년 동안 나타나지 않았습니다. 그렇습니다, 아까도 말씀드렸다시피 헤이세이 23년 이후로 처음 있는 일입니다."

조각이 너무나도 정교한 바람에 원숭이가 빠져나와 장난을 쳤다. 그래서 원숭이 조각의 눈에 못을 박아서 그것을 막았다.

하지만 못이 뽑힘으로써 다시 원숭이가 나타났다.

——그런 일이 일어날 수 있을까?

모두가 입을 다문 가운데 방문을 노크하는 소리와 함께 "코지마 씨, 잠깐 괜찮으세요?" 하는 남자의 목소리가 들렸다.

"죄송합니다, 잠시 실례하겠습니다."

신주님은 일어나 방을 나갔다.

"기묘한 이야기데이. 어째서 그런 걸……."

카오리가 오도카니 중얼거리자 그 옆에서 아키히토 씨가 "그러게" 하고 고개를 끄덕였다.

"야, 홈즈. 어떻게 생각해?"

"······어떻게 생각하느냐고 물으셔도."

홈즈 씨는 희미하게 어깨를 으쓱거렸다.

확실히 지금 얻은 정보만으로는 아무것도 알 수 없으리라.

잠시 후 신주님이 다시 방으로 돌아와 복잡한 표정을 띠며 테이블 위에 갈색 봉투를 놓았다.

"이것이 사무실 우편함에 들어 있었다고 합니다."

"안에 무엇이 들어 있나요?"라고 홈즈 씨가 묻자 신주님은 가만히 안에 든 것을 꺼냈다.

검은 대나무 막대와 세 번 접힌 A4 크기의 복사용지였다.

【눈 뚫린 원숭이의 못입니다. 호기심 때문에 못을 빌렸습니다. 정말 실례했습니다. 돌려드리겠습니다】

그 종이에는 그런 문장이 인쇄되어 있었다.

"············."

우리는 여우에 홀린 듯한 기분으로 그것들로 시선을 떨어뜨렸다.

"어, 뭐고? 혹시 이걸로 해결?"

카오리가 곤혹스러운 듯이 홈즈 씨와 신주님을 번갈아 바라보았다.

"글쎄요. 저희로서는 돌려받았다면 일을 크게 만들고 싶지 않습니다만……."

"어, 하지만 기분 나쁘지?"

아키히토 씨가 모두의 마음을 대변하자 우리는 다 같이 맞장구를 쳤다.

"제가 살펴봐도 되겠습니까?"

홈즈 씨는 안주머니에서 흰 장갑을 꺼내기 시작했다.

"네, 부탁드립니다."

"실례합니다."

홈즈 씨는 갈색 봉투와 종이, 못을 빤히 바라보았다.

갈색 봉투에는 우표도 소인도 전혀 없었다. 세 번 접힌 A4 용지 일부에는 주름이 잡혀 있었다.

"……아마 서둘러 이 문장을 친 것 같군요."

홈즈 씨는 종이를 바라보며 오도카니 읊조렸다.

"서둘렀다니, 어떻게 알아?"

"익명으로 이런 사죄문을 첨부하려 생각했을 때는 최대한 새 종이를 쓰려고 하겠죠. 나와 있던 종이에는 자신의 지문 이나 필압의 흔적이 남아 있을 가능성도 있습니다. 복사용 지는 5백 장 세트로 팔기도 하니까 그 다발 속에서 한 장을 뽑았지만, 초조했기 때문인지 잡아당긴 듯한 주름이 생겼습 니다. 하지만 새로운 종이를 꺼낼 마음의 여유도 없었던 것 아닐까요?"

홈즈 씨는 그렇다는 기색으로 종이를 테이블 위에 놓았다.

"그건 무슨 소리야? 왜 그렇게 초조해한 건데? 범인의 정체가 들통날 것 같아서?"

다가서는 아키히토 씨의 말에 홈즈 씨는 글쎄요, 하고 턱 앞에서 깍지를 꼈다.

"예를 들어 자원봉사자 다섯 명 중에 못을 뽑은 인물이 있다고 가정하겠습니다. 수단이 무엇인지는 일단 제쳐두고, 그 편지의 내용을 믿는다면 '호기심' 때문에 못을 뽑아 품에 넣었어요. 아주 높은 곳에 있는 조각입니다. 한동안 들키지 않을 거라고 생각했을지도 모릅니다. 하지만 어떤 뉴스가 귀에 들어옵니다."

"……신사의 경내에 원숭이가 나타났다는 뉴스인가요?"

내가 조용히 묻자 홈즈 씨는 "그렇습니다" 하고 고개를 끄덕였다.

"게다가 신사에서 자원봉사자 다섯 명을 불러달라는 연락이 있었던 겁니다."

홈즈 씨의 말에 우리는 납득하고 씁쓸한 표정으로 맞장구를 쳤다.

'눈 뚫린 원숭이'의 못을 훔친 뒤에 경내에 원숭이가 나타나고, 게다가 신사에서 호출을 받는다면 아주 두려워질 게 틀림없다.

범인은 큰일로 번지기 전에 돌려주려고 생각했던 것이다.

"야가시라 씨는 역시 그 다섯 명이 수상하다고 생각하십니까?"

"이 사죄문이 직접 우편함에 들어 있었다는 것은 상당히 뚜렷한 증거라고 생각합니다. 하지만……."

홈즈 씨가 뒷말을 이으려 할 때.

"자, 잠깐 기다려주세요."

아마 복도에서 이야기를 듣고 있었으리라.

갑자기 문이 열리고 이가와 씨와 자원봉사자 다섯 명이 모습을 드러냈다.

"코지마 씨와 키요타카 군은 이분들 중에서 못을 뽑은 인물이 있다고 생각하는 겁니까?!"

눈을 크게 뜨고 묻는 이가와 씨의 뒤에서 자원봉사자 다섯 명은 제각기 다른 표정을 띠고 있었다.

중학생인 이시다 군은 '성가신 일을 만났다'는 듯한 불쾌한 표정.

대학생인 마에다 씨와 타케다 씨는 글자 그대로 곤혹스러운 기색으로 얼굴을 마주 보았다.

주부인 호소카와 씨는 믿을 수 없다는 표정으로 눈을 가늘게 떴고, 초로의 하시모토 씨는 어이가 없다는 표정으로 어깨를 올렸다 내리고 있었다.

"──'눈 뚫린 원숭이'는 아주 높은 곳에 있지 않소? 어떻게 못을 뽑았다는 거요? 우리가 사다리를 꺼냈다면 한층 눈에 띄었을 텐데."

하시모토 씨가 그렇게 말하자 나는 확실히 그렇다며 고개를 끄덕였다.

'눈 뚫린 원숭이'는 육안으로는 원숭이의 눈이 제대로 보이지 않을 만큼 높은 곳에 있기 때문이다.

사다리가 없으면 못을 뽑기도 어려우리라.

다른 사람도 같은 생각이었는지 고개를 끄덕이며 맞장구를 치고 있었다.

그런 가운데 홈즈 씨가 "아니요" 하고 입을 열었다.

"'눈 뚫린 원숭이'에서 조금 떨어져 있지만 담의 지붕을 받치는 기둥이 두 개 있었습니다. 바깥쪽 기둥은 불안정했지만 안쪽 기둥은 튼튼했으니 거기로 올라가 지붕을 따라가면 원숭이까지 도달하지 않았을까요. 나름대로 몸놀림이 가벼운 사람이 아니면 힘들다고 생각합니다만."

홈즈 씨의 그 이야기에 아키히토 씨가 입을 떡 벌렸다.

"너, 그런 면이 진짜 '홈즈' 같아."

"하지만 그러면 나는 제외해야겠구려. 나이 먹은 아저씨는 힘들 것 같소."

하시모토 씨는 안심한 기색으로 가슴에 손을 얹었다.

그 얼굴을 보고 아키히토 씨는 눈살을 찌푸렸다.

"아, 홈즈, 미안해. 나 범인을 알아냈을지도 몰라."

머리 뒤에 손을 대고 다리를 꼬며 말하는 아키히토 씨에게 홈즈 씨는 "네에" 하고 맥 빠진 대답을 했다.

"그 반응은 뭐야. 나는 차 안에서 너한테 자원봉사자 다섯 명에 대한 얘기를 똑똑히 들었어. 느낌이 확 왔지."

"그러면 당신의 견해를 들려주세요."

홈즈 씨는 기대하지 않는 기색으로 힐끗 쳐다보았다.

"그래."

아키히토 씨는 일어나 자원봉사자 다섯 명을 응시했다.

"애초에 이 다섯 명에게는 제각기 동기가 있어."

아키히토 씨가 탐정처럼 잘라 말하자 다섯 명은 "어?" 하고 눈을 깜빡였다.

"우선 거기 있는 남자 중학생. 넌 화가가 되고 싶어서 자투리 시간에도 그림을 그리며 연습을 하고 있다는 얘기를 들었어. 그런 네 앞에 생명이 깃들어 뛰쳐나올 만큼 정교한 원숭이 조각이 나타난 거야. 가까이서 보고 싶지 않을 리가 없어. 그래서 너는 기둥을 기어 올라가 지붕을 타고 원숭이에게 가서 그만 못을 뽑고 말았어……."

아키히토 씨가 거기까지 말하자 이시다 군이 "네에?" 하고 한쪽 눈을 가늘게 떴다.

"바보 아니에요? 보고 싶다고 해도 굳이 올라가지는 않았을 테고, 애초에 못에 흥미도 없어요."

"바보는 너지. 얘기는 아직 안 끝났어. 그런 가능성도 생각할 수 있겠지만, 어른의 눈을 신경 쓰는 어두운 꼬맹이가 그런 짓을 한다는 건 너무 대담해서 각하야."

"뭐야, 험담을 한 것뿐이야?"

이시다 군은 얼굴을 새빨갛게 붉히고 소리를 높였다.

이시다 군이 정말 안쓰러웠다.

"그리고 대학생인 남녀 두 사람. 역사나 뭔가에 흥미가 있는 사람들이야. 물론 '눈 뚫린 원숭이'를 앞에 두고 호기심이 발동하지 않을 리가 없어. 『있잖아, 원숭이 눈에 박힌 못을 보고 싶어』라는 말을 여자한테 듣고 『좋아, 내가 못을 뽑아와서 네 마음에 박을게』 같은 상황이 됐다고 생각할 수 없는 것도 아냐."

뚜벅뚜벅 걸으며 의기양양하게 이야기하는 아키히토 씨를 보고 홈즈 씨는 이마에 손을 대고 있었다.

"아니, 역사에 흥미는 있지만 못을 뽑을 정도는 아니에요."

"맞아."

그렇게 말하고 얼굴을 마주 보는 타케다 씨와 마에다 씨의 모습.

"뭐, 그렇겠지. 이것도 각하야."

아키히토 씨는 고개를 끄덕이고 다음으로 주부인 호소카와 씨를 보았다.

"지금 주부층 사이에서 손쉽게 할 수 있는 인터넷 경매가 유행하고 있는 것 같은데, 호소카와 씨는 한 적이 있나요?"

"이, 있는데요."

"'눈 뚫린 원숭이의 못' 같은 것을 출품하면 비싼 가격이 붙을지도 모른다고 생각해서 못을 뽑았지만 이런 걸 팔면 범인이 자신이라는 게 들통난다. 그래서 못을 훔쳤지만 꼼짝 못 한 채 있었다."

아키히토 씨의 추리에 호소카와 씨는 눈을 동그랗게 뜨다가 바로 풋, 하고 웃음을 터뜨렸다.

"그건 너무 엉성한 추리 아니에요?"

"뭐, 그렇겠죠. 그래서 이것도 각하. 남은 건 마지막 한 사람! 하시모토 씨, 당신이에요."

아키히토 씨는 명탐정처럼 뒤를 돌아 하시모토 씨를 가리켰다.

"저 말인가요?"

하시모토 씨는 눈을 크게 뜨고 자신을 가리켰다.

아키히토 씨는 "네" 하고 고개를 끄덕이고 하시모토 씨의 팔 위쪽에 손을 댔다.

"아아, 역시. 근육이 잘 붙어 있는 좋은 몸이네요. 노인인 척

해도 소용없어요. 당신에게는 기둥을 올라갈 근력이 있어요."

"아니요, 무리라고 생각합니다. 하지만 그럴 수 있다 해도, 어째서 저를 범인으로 보시는 겁니까?"

"당신은 이 이와시미즈하치만구나 미술관, 무엇보다 야와타 시에 관광객을 불러 모으려면 어떻게 해야 좋을지를 매우 고민하고 있다고 하던데요."

"네, 뭐 그렇죠."

"만약 '눈 뚫린 원숭이'의 못이 뽑혀서 경내에 원숭이가 나타났다는 뉴스가 전국에 퍼진다면, 계기는 네거티브라 해도 엄청난 선전이 되지 않겠습까?"

눈을 빛내며 묻는 아키히토 씨의 말에 나와 카오리는 무심코 얼굴을 마주 보았다.

그것은 지금까지 나온 동기 중에서 가장 설득력이 있어서 그럴 수도 있다고 생각했다.

하시모토 씨가 당황한 표정을 보이고 있었다.

"와, 아키히토 씨 대단하데이."

카오리가 아주 작은 목소리로 중얼거린 그때.

"아니, 아니에요. 저는 카지와라 씨의 추리를 듣고 알았습니다."

갑자기 이가와 씨가 큰 소리를 냈다.

"어, 뭘 알았는데요?"

"물론 진범입니다."

이가와 씨는 떨리는 듯 천천히 말했다.

진범?

이가와 씨의 말에 모두가 숨을 삼키는 것을 알 수 있었다.

"누가 범인이라고 생각하심까?"

"카자와라 씨가 말씀하셨듯이 만약 '눈 뚫린 원숭이'의 못이 뽑혀서 경내에 원숭이가 나타나면 그것은 상당한 뉴스가 될 겁니다. '눈 뚫린 원숭이'의 전설부터 이 이와시미즈하치만구에 대해 자세히 다루어질지도 모른다⋯⋯. 그것은 하시모토 씨처럼 이 야와타 시를 더 알리고 싶어 하는 사람의 범행이라고 생각합니다."

"그러면 역시 하시모토 씨 아님까?"

"아니, 하시모토 씨는 확실히 정년퇴직한 연세라고는 생각할 수 없을 만큼 정정하시지만, 아무리 그래도 기둥을 올라가 원숭이의 못을 뽑기는 어려울 겁니다. 여기에 또 한 사람이 있습니다. 이 '이와시미즈하치만구'를 누구보다 생각하고 더 많은 사람에게 알리고 싶다고 강하게 생각하는 인물이⋯⋯."

이가와 씨는 거기까지 말하고 숨을 꿀꺽 삼킨 다음 신주님을 응시했다.

"'눈 뚫린 원숭이'의 못을 뽑은 것은⋯⋯ 코지마 씨, 당신이죠?"

이가와 씨가 강한 어조로 말하자 신주님은 눈을 크게 떴다.

이 이와시미즈하치만구의 신주인 코지마 씨가 '눈 뚫린 원숭이'의 못을 뽑았다.

그 동기는 화제를 만들어 이곳을 보다 많은 사람에게 알리기 위해서.

정말 그런 걸까?

방에 정숙과도 같은 침묵이 찾아들었다.

나는 곤혹스러운 상태로 시선을 신주인 코지마 씨에게 살며시 옮겼다.

멍한 상태를 보이던 코지마 씨는 훗, 하고 뺨을 누그러뜨리고 입을 열었다.

"이가와 씨."

"아, 네."

"아닙니다. 제가 아니에요."

코지마 씨가 덧붙이자 이가와 씨는 "네?!" 하고 소리를 높였다.

이어서 홈즈 씨도 "네" 하고 맞장구를 쳤다.

"코지마 씨는 아닙니다. 만약 코지마 씨가 범인이라면 굳이 자원봉사자 다섯 명을 부르지 않았겠죠."

그 말에 '생각해보니 그렇다'며 나뿐만 아니라 모두가 놀라 눈을 크게 떴다.

"저는 물론 이 이와시미즈하치만구를 보다 많은 사람에게 알리고 싶다고 늘 생각하고 있지만, 신의 뜻에 반하는 방법은 이용하지 않습니다."

"어, 그래? 아니야? 아아, 아니구나. 다행이다. 스스로 말하면서도 코지마 씨가 범인이면 어쩌나 했어. 아, 죄송했습니다."

당황한 듯이 말하고 고개를 숙이는 이가와 씨에게,

"아닙니다, 신경 쓰지 마십시오. 지금부터는 부디 저를 '용의자 코지마'라고 불러주십시오."

미소 지으며 코지마 씨가 한 말에 나와 카오리는 웃음이 터져 나올 뻔해서 입을 손으로 눌렀다.

산뜻한 신주라고만 생각했던 코지마 씨는 아무래도 홈즈 씨와 동종이었던 모양이다.

"뭐, 그도 교토 남자니까요."

오도카니 읊조린 홈즈 씨의 말에 또다시 생각이 간파당했다는 것을 깨닫고 나는 콜록 기침을 했다.

"잠깐만! 그러면 누가 한 거야? 결국 외부인이라는 거야?"

아키히토 씨는 양손으로 관자놀이를 누르듯이 머리에 손을 댔다.

"……그러네요. 이처럼 못도 돌아왔고 코지마 씨도 큰일로 만들고 싶지 않다고 말씀하셔서 이 건은 이대로 넘어가는 게 좋을지도 모르겠습니다만, 아까 아키히토 씨가 한 촌극처럼 저도 멋대로 견해를 말해도 될까요?"

다리를 꼬고 턱을 괸 상태로 묻는 홈즈 씨의 말에 모두는 왠지 모르게 얼굴을 마주 보고 희미하게 고개를 끄덕였다.

"감사합니다. 어디까지나 저의 망상이라고 흘려들으셔도 상관없습니다."

홈즈 씨는 천천히 일어섰다.

"만약 이 다섯 명 중에 범인이 있다고 가정하겠습니다. 이번 사건은 계획적인 것이 아니라 우발적인 것이었을 겁니다. 코지마 씨의 안내로 '눈 뚫린 원숭이' 이야기를 듣고 무슨 일이 있어도 그 못을 확인해보고 싶어졌다."

이야기를 들으면서 어째서 '보고 싶어졌다'가 아니라 '확인해보고 싶어졌다'인 거지, 라고 생각하며 미간을 찌푸렸다.

홈즈 씨는 그런 내 표정을 봤으면서도 이야기를 계속했다.

"아마 다섯 분은 경내의 안내를 다 받은 뒤에도 이곳저곳을 둘러보지 않으셨습니까?" 하고 확인하듯이 다섯 명을 보았다.

그들이 고개를 살짝 끄덕여서 실제로 그랬다는 것을 알 수 있었다.

"그런 가운데 마침 인기척이 없자 '지금이라면 할 수 있다'는 마음이 들어서 저지른 것이 아닐까 합니다. 그렇다면 범인은 몸이 아주 날랜 인물입니다. 아키히토 씨가 말씀하신 대로 하시모토 씨는 환갑을 넘겼다고는 생각할 수 없을 만큼 정정하시지만 그런 돌발적인 움직임을 취할 수 있을 정도라고는 생각할 수 없고, 애초에 하시모토 씨는 '눈 뚫린 원숭이'에 대해 이미 알고 있었을 테니 그런 충동에도 휩싸이지 않았겠죠. 그런고로 소거법을 따르자면 하시모토 씨는 후보에서 제외됩니다."

홈즈 씨는 하시모토 씨의 어깨에 손을 턱 올렸다. 그는 이번에야말로 진심으로 안심한 듯이 표정을 풀었다.

"이로써 남은 것은 이시다 군, 마에다 씨, 타케다 군, 호소카와 씨군요. 이시다 군은 그림 소재로 원숭이를 가까이서 보고 싶다고 생각했을지도 모릅니다. 하지만 만약 올라갔다 해도 못을 뽑아갈 필요는 없겠죠. 그는 본 것을 머릿속에 담아두는 타입이고, 그런 대담한 짓을 할 만큼 못에 집착을 가지고 있지도 않을 겁니다. 그런고로 이시다 군도 제외됩니다."

이번에는 이시다 군의 어깨에 손을 올린 후 홈즈 씨는 방향을 바꿔 마에다 씨, 타케다 씨, 호소카와 씨를 응시했다.

"남은 것은 세 분. 세 분에게는 같은 대학의 같은 동아리에 소속되었다는 공통점이 있습니다. 동아리 이름은 '코토리

×2'. 이것도 약간은 암호로군요."

홈즈 씨는 유쾌한 듯이 눈을 가늘게 뜨고 입 앞에 검지를 세웠다.

"암호?"

무심코 목소리를 낸 내게 홈즈 씨는 "네" 하고 고개를 끄덕였다.

"'코토리(小鳥)×2'이니까 '코토리코토리'가 됩니다. 한자를 바꿔서 아이를 붙잡는다(子を捕る(일본어로 코오 토루라고 읽는다_옮긴이))로 적고 '코토리코토리(子捕り子捕り)'라는 호칭을 쓰는 놀이가 있습니다. 이게 무엇인지 아시겠습니까? '카고메카고메(눈을 가리고 앉아 있는 술래 주위를 여러 명이 에워싸고 노래하며 돌다가 노래가 끝나 멈춰 섰을 때, 술래가 자기 등 뒤에 있는 사람이 누구인지 맞히는 놀이와 그때 부르는 노래를 말한다_옮긴이)'의 별칭입니다."

'카고메카고메'는 일본인 대부분이 아는 유명한 동요이자 어린이 놀이다.

"'카고메카고메'에는 커다란 의미가 포함되어 있다고 생각하는 사람들이 있습니다. 그것은 거의 도시전설의 영역에 들어갑니다만, '카고메카고메'에는 어떤 보물의 소재가 숨겨져 있다는 겁니다. 아마 '코토리×2'는 그 보물의 소재를 찾는 동아리가 아닐까요?"

"그래서 '카고메카고메'에 숨겨진 보물은 뭔데?"

아키히토 씨는 이 이상이라고 할 수 없을 만큼 최대한 앞으로 몸을 내밀고 있었다.

"그래서 어디까지나 도시전설의 영역입니다. '카고메카고메'에 숨겨진 보물이란 '도쿠가와 매장금'이라고 합니다."

"도, 도쿠가와 매장금?!"

우리는 다 같이 눈을 깜빡였다.

한편 호소카와 씨, 마에다 씨, 타케다 씨는 곤란한 표정을 보이고 있었다.

동아리 이름을 암호로 하고 있을 정도니까 표면적으로는 '역사나 파워 스폿을 조사한다'고 주장하며 '보물찾기'라는 진짜 활동을 공공연히 내세우지는 않았으리라.

바꿔 말하면 그만큼 진심으로 몰두하고 있다고도 할 수 있다.

"마에다 씨와 타케다 군이 가져온 동아리 노트에는 '토키와 신사', '비요 신사', '난류 신사', '스사 신사'라고 적혀 있었습니다. 모두 도쿠가와가 관련된 신사지요. 또한, 그 노트 표지에는 'No. ⑧'이라고 적혀 있었습니다. 어쩌면 'No. ①' 노트에는 닛코 도쇼구나 아카기야마 산 같은 유명한 곳의 포스트잇이 붙어 있을지도 모릅니다. 그 노트와 '코토리 ×2'라는 동아리 이름을 듣고 도쿠가와 매장금의 소재를 찾는 동아리구나, 라고 저는 생각했습니다."

싱긋 미소 짓는 홈즈 씨를 보고 세 사람의 안색이 굳어졌다.

"그 동아리는 호소카와 씨의 시절부터 계속 이어져왔지만 매장금의 수수께끼에는 도달하지 못했습니다. 그래서 아마 지금까지 동아리에서 주목하지 않았던 '이와시미즈하치만구'로 눈길을 돌린 차에 같은 야와타 시에 있는 쇼카도 정원·미술관이 자원봉사자를 모집하고 있다는 사실을 안 겁니다. 그곳에 자원봉사자로 가면 이와시미즈하치만구의 연수도 받을 수 있다는 이야기를 듣고 두 분은 참가했습니다. 그래서 두 분은 누구보다 열심히 코지마 씨의 설명을 듣지 않았습니까?"

"그러면 이 두 사람이 범인이야?"

기다리다 지쳤다는 듯이 묻는 아키히토 씨에게 홈즈 씨는 "글쎄요" 하고 고개를 갸웃거렸다.

"아까도 말했지만, 이 사건은 충동적으로 일어났다는 느낌이 듭니다. 예를 들어 대학 동아리에서 열심히 활동하던 학생이 졸업하고 이윽고 결혼해 안정됐을 무렵, 갑자기 같은 동아리의 후배들과 만났어요. 그러면 사람은 과거의 청춘이 되살아나는 법입니다. 그분은 놀람과 동시에 과거의 자신을 떠올리고 가슴이 두근대지 않았을까요. 그런 가운데 후배들이 진지하게 이와시미즈하치만구를 조사하고 있습니다. '이거 어쩌면' 하고 그분은 생각했지요."

이름은 확실히 밝히지 않았지만 명백하게 호소카와 씨를 가리켜 이야기하는 홈즈 씨에게 그녀는 메마른 웃음을 지어 보였다.

"그렇다면 그 사람은 어째서 눈에 박힌 못 따위를 뽑아야 했을까요?"

"저도 어떤 책에서 읽기만 해서 기억이 희미하지만, '카고메카고메' 동요에 숨겨진 도쿠가와 매장금. 우선 동요를 떠올려주십시오."

카고메카고메 새장 속의 새는
언제 언제 나올까 새벽의 밤에
학과 거북이가 미끄러졌다 뒤의 얼굴은 누구게?

"'카고메'란 '카고메(籠目)', 즉 새장의 눈을 가리킵니다. 그 책에 대나무 새장의 눈은 육망성의 형태를 띠고 있기 때문에 도쿠가와 연고의 사원을 선으로 이으면 육망성이 되고, 그 중심에 '닛코 도쇼구'가 있다……고 적혀 있었는데, 제가 보기에 진위가 의심스럽습니다. 도쿠가와 연고의 사원은 셀 수 없을 만큼 많기 때문에 그것들을 연결하는 것은 정신이 아득해지는 일입니다."

우리는 입을 다물고 홈즈 씨의 이야기를 들으면서 맞장구를 쳤다.

"물론 '코토리×2'의 여러분도 도쿠가와 연고의 사원을 육망성으로 연결해 조사해갔겠죠. 그러던 가운데 여기에 도달했습니다. 그리고 한 번 와보니 속세와 신역의 경계에 있는 '미즈가키'가 마치 '새장의 눈'처럼 되어 있었습니다. '새장 속의 새'——새는 하치만구의 신의 심부름꾼입니다. 그리고 '학과 거북'의 조각, 돌아보면 도쿠가와의 아욱 문양. 그래요, '뒤의 얼굴은 누구게'입니다."

홈즈 씨가 거기까지 이야기하자 등줄기가 선뜩하게 차가워졌다.

"어느 정도 예비 조사를 하고 참가한 현 동아리 멤버와 달리 어쩌다 참가한 전 동아리 멤버인 선배는 충격을 받았을 겁니다. 도쿠가와 매장금의 단서는 이곳에 있는 게 틀림없다고."

홈즈 씨는 한 박자 쉬고 다시 입을 열었다.

호소카와 씨는 고개를 약간 숙인 채 아랫입술을 깨물고 있었다.

"동요가 전하는 '새벽의 밤에'. 이것은 아침 햇살이 비쳐서 생긴 그림자를 나타낸다고 합니다. 그 책에는 '닛코 도쇼구에 있는 학과 거북의 조각상에 아침 햇살이 비쳐서 생긴 그림자'를 가리키고 있다고 적혀 있었습니다만, 그분은 그 '눈 뚫린 원숭이'에 꽂힌 검은 못을 '아침 해의 그림자'라고 해석

한 게 아닐까요?"

그 말에 타케다 씨와 마에다 씨는 수긍하는 기색으로 맞장구를 살짝 쳤다.

"그 못——혹은 눈 안에 무언가 커다란 비밀, 세기의 보물에 대한 단서가 숨겨져 있을지도 모른다고 생각했다. 그래서 가만히 있을 수 없었던 게 아닐까요?"

그 심경을 이해할 수 있는지 타케다 씨와 마에다 씨 두 사람은 안타까운 표정으로 연신 맞장구를 쳤다.

"그 뒤로는 아까 제가 말씀드렸다시피 경내에 원숭이가 나타났다는 뉴스와 신사로 호출받은 일로 동요하여 못을 돌려준 것이 아닐까 합니다. 그 편지의 문장은 간단했지만 학생이 아니라 성인이 썼다는 느낌이 전해져왔고 말입니다."

홈즈 씨는 숨을 크게 내쉬고 고개를 들었다.

"뭐, 이건 '만약 이 안에 못을 뽑은 범인이 있다면' 하고 망상하여 펼친 가정입니다. 실례했습니다."

홈즈 씨는 마치 자신이 지은 이야기를 들려주고 그것을 끝낸 듯 아주 상쾌한 웃음을 지어 보였다.

당사자인 호소카와 씨는 몸을 조금씩 떨며 여전히 고개를 숙이고 있었다.

"호소카와 씨, 틀렸다면 『아니야, 이 애송이야!』라고 말해도 된다. 이 남자는 이름은 말하지 않았지만 명백하게 당신에 대해 말했으니까요."

아키히토 씨가 홈즈 씨의 머리를 잡았다.

호소카와 씨는 무언가를 말하려고 입을 열었다가 바로 꽉 다물고 고개를 숙였다.

"……저, 정말 실례 많았습니다……."

떨면서 호소카와 씨가 고개를 깊숙이 숙이자 홈즈 씨는 바로 일어나 문을 열었다.

"——이가와 씨, 여러분, 우리는 나가죠."

우리는 고개를 숙이고 신주인 코지마 씨와 호소카와 씨를 남겨두고 방을 나섰다.

9

"근데 '도쿠가와 매장금'이었구나. 그렇지, 그 소재를 알 수 있을지도 모른다고 생각하면 못을 뽑고 싶어지겠지."

사무실을 나와서 나와 홈즈 씨, 카오리와 아키히토 씨 네 명은 경내를 산책하듯이 걷고 있었다.

그런 말을 진지하게 중얼거리는 아키히토 씨를 보고 홈즈 씨는 쓴웃음을 지었다.

"발견했다고 자신의 것이 되는 건 아니지만요."

"그건 뭐, 보물찾기의 낭만이란 거겠지."

"그걸 모르는 바는 아닙니다. 어떤 보물인지 보고 싶군요."

홈즈 씨는 턱에 손을 대고 미소 지었다.

"……홈즈 씨는 여기에 '도쿠가와 매장금'이 있다고 생각하지는 않으세요?"

조용히 물은 카오리에게 홈즈 씨는 고개를 갸웃거렸다.

"글쎄요. '닛코 도쇼구'에 있을 것도 같고, 여기에 있어도 이상하지는 않습니다."

"있어도 이상하지 않아요?"

"그 '카고메카고메'는 그야말로 이 이와시미즈하치만구를 가리키고 있는 듯했습니다. '새장 속의 새는 언제 언제 나올까'는 '미즈가키 안의 신은 언제 나오는 건가'라는 것. '새벽의 밤에', 그것은 '밤이 밝기 전의 밤', 즉 세상이 변하기 전. '학과 거북이 미끄러졌다'의 '미끄러지다'는 '지배하다(지배하다와 미끄러지다의 일본어는 발음이 같다_옮긴이)', 권력자를 의미하는 듯합니다.

이것들을 조합하면 '이 세상을 지배해온 권력자가 바뀌는 때 새로운 세상을 맞이한다. 그때 신이 숨기고 있던 보물이 공개적으로 드러나리라'라고도 해석할 수 있습니다. 그것은 어쩌면 오다 노부나가가 『유사시나 재해 때 자금으로 쓰라』며 황금 빗물받이를 여기에 기증했듯이, 이에미쓰도 그것을 모방해 이 나라에 위기가 닥쳤을 때 여기에 숨겨둔 보물을 쓰라는 뜻을 암묵적으로 나타낸 것일지도 모릅니다. 그렇게 생각하면 낭만이 있지요."

후후후 웃는 홈즈 씨의 말에 내 몸이 부르르 떨렸다.

그것은 아키히토 씨와 카오리도 마찬가지였는지 "우와! 소름 돋았어", "저도요"라며 자신의 몸을 끌어안고 있었다.

"뭐, 농담입니다. 하지만 '매장'은 하지 않았지만 보물은 여기에 있습니다."

홈즈 씨는 주홍빛 신전을 올려다보았다.

"과거에 '평생에 한 번은 이곳에 오고 싶다'고 일컬어졌던 산 정상의 용궁성. 이 이와시미즈하치만구야말로 도쿠가와 가 지은 보물이 아닐까요?"

그 말에 우리도 고개를 들어 신전을 바라보았다.

"……그러고 보니 도쿠가와의 '숨겨진 아욱'을 보고 『교묘하네요』라고 말씀하셨는데, 그건 무슨 뜻이었나요?"라고 나는 물었다.

"아아, 도쿠가와의 약삭빠름을 말한 거예요. 조정에는 사양하는 것처럼 꾸미고, 실은 신의 정면에 대놓고 황금 가문을 새겼으니까요. 사람에게는 보이지 않아도 되니 신께서 봐주십시오, 라는 어필. 그런데도 세간에는 사양하는 듯한 행동거지. 참으로 교묘합니다."

진심으로 감탄한 듯이 고개를 연신 끄덕이는 홈즈 씨의 모습에 우리 세 사람은 눈을 맞추고 웃음을 터뜨렸다.

"왜 그러십니까?"

"아니, '그야말로 홈즈 씨'라고 생각해서요."

"참말이데이."

키득키득 웃는 우리를 보고 홈즈 씨는 뺨을 누그러뜨렸다.

"그러면 다시 참배하고 이곳의 명물인 '비둘기 제비'라도 뽑아볼까요?"

걷기 시작하는 홈즈 씨의 말에 우리는 "네" 하고 웃으며 그의 뒤를 따랐다.

──참고로 호소카와 씨는 코지마 씨를 비롯해 이와시미 즈하치만구에 사죄했고, 신사 측은 그 죄를 용서하는 대신 한 달 동안 경내를 청소해 몸을 정화하도록 했다고 한다.

못은 원숭이의 눈으로 무사히 돌아왔다. 그랬더니 이번에도 신기하게도 경내에 야생 원숭이는 나타나지 않게 되었다나.

"좋았어, 돌아가면 방송 스태프한테 기획을 제안해야지."

돌아가는 길. 차 안에서 아키히토 씨는 분발하듯이 주먹을 쥐었다.

"도쿠가와 매장금 이야기는 하지 않아도 됩니다."

"알아. 우선 찍은 사진을 정리해둬야지."

혼잣말처럼 말하는 아키히토 씨에게 홈즈 씨가 부드럽게 미소 짓는 것을 거울 너머로 알 수 있었다.

"저도 제 기획을 위해 열심히 노력해야겠군요."

그렇게 말하고 홈즈 씨는 차를 달렸다.

"네 기획이 뭔데?"

"미술관의 기획입니다. 하루지만 제가 직접 짜게 되어서요."

홈즈 씨의 그 이야기에 나는 오너에게 건넨 기획서를 떠올리고 작게 웃었다.

"오너에게 OK 사인이 나왔나요?"

"네."

"역시 대단하시네요."

"감사합니다."

홈즈 씨는 기쁜 듯이 눈을 가늘게 떴다.

그 후, 아키히토 씨는 이와시미즈하치만구를 방송에서 소개해 화제를 불러일으켰고, 홈즈 씨는 '쇼카도 정원 · 미술관'에서 어떤 기획을 개최했다.

그 기획이란 '전설의 국선감정인 야가시라 세이지의 보물전'.

오너의 보물을 전시하고 오너의 강연회도 여는 것.

지금까지 이런 기획은 없었다면서 오너는 의외로 크게 기뻐하며 흔쾌히 승낙했다.

미술계의 저명인을 초대했다.

모처럼 야와타 시까지 왔으니까 가보자면서 사람들은 이와시미즈하치만구를 참배하고 나서 쇼카도 정원·미술관을 방문했다고 한다.

강연은 홈즈 씨의 아이디어로 다실에서 쇼카도 도시락을 먹으며 오너의 이야기를 듣는 형태가 되었는데, 그것도 대호평이었다나.

그런 까닭에 '전설의 국선감정인 야가시라 세이지의 보물전'은 대성공을 거두었다고 한다.

"──신세 많이 졌습니다."

그 후, 홈즈 씨는 호평이었던 강연회를 몇 번 더 열거나, 오너의 라이벌인 야나기하라 선생님이나 리큐 군의 할아버지 사이토 우콘 씨를 비롯해 여러 미술품 수집가에게 전시 작품을 빌리는 등 미술관에 공헌하고 '쇼카도 정원·미술관'에서 3개월 수행을 무사히 마쳤다.

"키요타카 군, 정말 고마워."

"언제든지 또, 꼭 놀러 와주세요."

"네, 물론입니다."

직원들이 아쉬워하며 성대한 송별회를 열어주었다고 한다.

그리고 홈즈 씨는 다음 수행 장소로 이동했는데…….

그것은 또 다음 이야기.

제2장 『작은 홈즈』

1

"오늘은 10시에 회의, 11시 반에 거래처 사장과 회식, 오후 2시에 A사에서 협의, 오후 3시에 교토 오쿠라 호텔에서 고객과⋯⋯."

사내 통로를 걸으면서 줄줄 나오는 비서의 말에 지긋지긋해하며 어깨를 으쓱거렸다.

"키요타카, 한 번에 다 들으면 맥 빠진다. 하나가 끝날 때마다 다음 일정을 가르쳐도고."

우에다 쿠니미츠가 한숨을 내쉬듯이 말하자 야가시라 키요타카는 수첩을 탁 덮었다.

"알겠습니다."

검은 슈트에 눈이 부실 만큼 흰 셔츠, 차분한 색의 넥타이가 아주 잘 어울렸다.

지금 키요타카는 우에다 쿠니미츠가 경영하는 'UED 컨설턴트'에서 사장 비서를 맡고 있다.

"요즘에 '수첩'이 뭐고."

"네, 태블릿 등도 이용하지만 고리타분한 기질의 인간이라서 수첩이 안정감을 줍니다."

키요타카는 검은 가죽 장정의 작은 수첩을 안주머니에 넣고 사장실 문을 열었다.

"오늘은 종일 일정이 가득 차 있지만 회의가 시작되는 10시까지는 한가로우니 느긋하게 커피라도 드시고 계십시오."

그렇게 말하고 바로 커피를 준비하기 시작했다.

우에다는 사장 책상 앞 의자에 앉아서 커피를 드립하는 스마트한 키요타카의 모습을 바라보며 참말로 다 컸데이, 하고 웃음 지었다.

동시에 그리운 대화가 머리를 스쳤다.

『——우리 집 계단은 몇 개고?』

옛날에 나는 키요타카에게 그런 질문을 했다.

그 질문은 퀴즈를 더 내달라며 달라붙는 어린아이들을 적당히 상대하기 위한 것.

분명 바로 계단을 세러 달려갈 거라고 생각했다.

그러나 이 애는 달랐다.

『열다섯 개!』

즉시 대답하고 그 총명해 보이는 눈을 빛냈다.

아주 살짝 득의양양하게 미소 짓는 그 얼굴은 놀랄 만큼 '그녀'를 닮았다.

——키요미.

나도 모르게 입에서 그 이름이 나올 뻔해서 황급히 입을 다물었다.

무리도 아니다. 모자지간이니 닮은 게 당연하다.

그렇다, 키요미는 이 애의 엄마니까…….

우에다는 과거를 회상하며 훗, 하고 입가를 누그러뜨렸다.

"——드십시오."

커피가 눈앞에 놓이자 우에다는 정신을 차리고 "고맙데이" 하고 말하며 컵을 들었다.

근데 그게 언제 적 일이었더라.

우에다는 천장을 올려다보며 의자를 빙글빙글 돌렸다.

"그렇게 돌리면 쓰러집니다."

"안 쓰러진다. 늙은이 취급 마라. 니는 참말로 초등학생 때부터 건방지데이."

그렇게 말하고 맞다, 하고 의자를 멈췄다.

그건 키요타카가 초등학교 저학년 무렵의 일.

타케시가 키요타카를 데리고 우리 집에 놀러왔다.

키요타카를 만난 건 그게 처음이 아니었다.

마지막으로 만난 건 두 살 때——키요미의 장례식 때였으니까. 잠시 못 본 사이에 이렇게 컸구나, 하는 생각이 들어 그리운 마음이 일었다.

……애초에 그때 타케시는 왜 초등학생 키요타카를 데리고 우리 집에 놀러왔을까.

우에다는 애매해진 자신의 기억을 뒤지다가 일어나 창밖을 바라봤다.

눈 아래에는 오사카 우메다의 거리가 펼쳐져 있었다.

야가시라 오너가 기간 한정으로 키요타카를 받아줄 곳을 모집한다는 소식을 들었을 때, 이때까지 키요타카의 모습을 볼 때마다 '비서로 고용하고 싶다'고 생각하기도 해서 재빨리 나섰다. 최근까지 고용했던 비서가 출산 휴가에 들어가서 타이밍이 딱 맞아떨어지기도 했다.

고용하는 기간은 고작 세 달.

아무리 실력이 좋다고는 하나 사회인으로서는 초년생이다.

분명 업무를 배울 즈음에 다른 수행 장소로 가는 형태가 되리라.

그렇게 생각하고 키요타카가 여기에 온 지 한 달 반.

아무런 문제도 없이 처음부터 마치 베테랑처럼 비서 업무를 처리하고 있다.

옛날부터 어떤 실수도 없이 하는 아였제, 라고 생각하며 우에다는 다시 의자에 앉았다.

"……아아, 맞다."

생각이 떠올라서 우에다는 손뼉을 쳤다.

키요타카와 만났을 무렵, 나는 전처와 결혼해서 테즈카야마에 집을 지었다.

그 집을 보러 타케시가 키요타카를 데리고 놀러와 줬다.

"초등학생이 된 키요타카를 언뜻 보고 깜짝 놀랐제."

숨을 토하듯이 말하고 커피를 입으로 가져갔다.

"뭐에 놀라셨습니까?"

책상에 앉아 컴퓨터를 앞에 두고 있던 키요타카가 냉정하게 물었다.

"아니, 아무것도 아니데이."

우에다는 서랍에서 수첩을 꺼내 펼쳐서 그곳에 끼어 있는 사진 한 장으로 눈길을 떨어뜨렸다.

사진에는 우에다와 여성의 모습.

쇼트커트에 피부가 희고 총명해 보이는 미녀가 일정한 거리를 두고 조심스러운 웃음을 띠고 있었다.

그녀는 키요타카의 어머니——키요미다.

한눈에 반했다.

대학 캠퍼스에서 처음 키요미를 봤을 때 숨이 멎는 줄 알았다.

그 당시 그녀는 눈처럼 새하얀 피부에 형태 좋은 선명한 칠흑 눈동자. 날씬하고 키가 큰 데다 보기에도 총명한 미인이었다.

무엇보다 인상적이었던 것은 검고 윤기 있는 쇼트커트 머리.

그 후 그녀는 머리를 길러 중단발이 되었지만…….

그런데 참말로 키요타카는 지금도 키요미랑 똑같데이.

"슬슬 회의실로 이동하셔야 합니다."

일어서는 키요타카에게 우에다는 "그래" 하고 고개를 끄덕이고 사진을 다시 수첩에 꺼서 서랍 안에 넣었다.

2

그것은 지금으로부터 약 17년 전.

『──처음 뵙겠습니다, 이주인 선생님. 남편에게 말씀은 많이 들었어요. 저는 선생님 작품의 팬이랍니다.』

새집으로 찾아온 내 절친 야가시라 타케시를 앞에 두고 아내는 밝게 인사한 다음 그대로 시선을 타케시의 옆에 선 키요타카에게로 옮겼다.

『그리고 아들인 키요타카 군. 정말 귀엽네.』

아내의 말대로 타케시가 데려온 아들 키요타카는 소녀처럼 귀여운 미소년이었다.

『그렇죠, 여보?』

동의를 구하는 아내에게 나는 『그러게』 하고 간단히 맞장구를 쳤다.

평정을 가장했지만 나는 동요를 숨기는 게 고작이었다.

이렇게나 키요미를 닮았다니, 하고…….

『오랜만이야. 축하해.』

타케시는 예전과 다르지 않은 온화한 말투로 인사했고, 그 옆에서 키요타카가 고개를 숙였다.

『안녕하세요, 오늘 초대해주셔서 감사합니다.』

그 목소리는 소리를 지른 것도 아닌데 또렷하게 들렸고, 결코 시끄럽지 않았다.

『선생님, 키요타카 군, 이쪽으로 오세요.』

아내에게 재촉받은 키요타카는 신발을 벗어 바로 현관 가장자리에 놓았다.

그 인사와 행동만으로도 얼마나 제대로 예의를 교육받은 아이인지 미루어 알 수 있었다.

『키요미랑 똑같데이.』

엇갈리면서 타케시의 귓가에 속삭이자 타케시는 마치 희비가 교차하는 표정을 띠며 어렴풋이 고개를 끄덕였다.

『……그렇겠지.』

과거에 있는 힘껏 사랑하다 잃은 여성과 아주 닮았다는 것은 기쁘고 애달픈 일일지도 모른다.

키요타카는 어른들의 뒤를 조용히 걷고 있었다.

아주 살짝 신기하다는 듯이 지나치게 노골적인 느낌으로

집 안을 둘러보고 있었다.

『어떻노, 꽤 좋은 집이제?』

그 작은 등을 가볍게 치자 키요타카는 싱긋 미소 지었다.

『네, 아주 멋진 집이네요.』

예상대로라고 할까 의외라고 할까, 키요타카는 무난한 대답을 했다.

마치 준비된 듯한 대답을 들으니 그야말로 '어른이 바라는 착한 아이'였다.

모범적인 '착한 아이'는 그다지 좋아하지 않는다.

이것 참, 하고 어깨를 으쓱거린 그때.

『우에다 씨는 보리스를 좋아하시나요?』라고 이어서 말해서 『어?』하고 목소리가 뒤집어졌다.

『틀렸다면 죄송합니다. 이 집의 분위기는 보리스를 방불케 해서요.』

깜짝 놀랐다.

보리스는 메이지 시대에 수많은 서양 건축물을 지은 기독교 계열의 미국인 건축가다.

풀 네임은 윌리엄 메렐 보리스.

그가 지은 건축물은 간사이 이곳저곳에 있고 그 어느 것이나 훌륭해서, 키요타카가 말한 대로 나는 그를 존경해 마지않았다.

놀라면서도 책상물림인 애송이를 앞에 두고 장난기도 살짝 솟아났다.

『어디가 보리스를 방불케 한다는 기고?』

보리스뿐만 아니라 메이지, 다이쇼, 쇼와 시대에 활약한 건축가는 많다.

교토 시청을 지은 타케다 고이치도 그렇고, 알렉산더 넬슨 한셀이나 제임스 가디너 등도 있다.

그들의 작품은 얼핏 보기에 비슷한 분위기를 가지고 있다.

어차피 보리스의 이름밖에 모르겠제.

그렇게 생각하면서도 어른스럽지 않은 질문을 한 것을 바로 후회했다.

이런 작은 아한테 무슨 소리를 하는 기고, 하면서.

『보리스는 원래 선교사로 일본에 왔습니다. 그런 그가 지은 작품은 '외양의 아름다움'뿐만 아니라 '질과 합리성의 추구'도 갖추고 있었다고 생각합니다. 우에다 씨의 이 집은 기독교 계열 서양 건축을 방불케 하는 고풍스러운 디자인과, 그럼에도 불구하고 합리성이 갖추어져 있어서 보리스를 연상했습니다.』

막힌 데 없이 그렇게 대답한 어린 키요타카를 앞에 두고, 정신을 차리고 보니 나는 눈과 입을 크게 벌리고 있었다.

옆에 있던 아내도 깜짝 놀란 기색으로 우두커니 서 있었다.

그러자 타케시가 곤란하다는 듯이 머리를 긁적였다.

『이거 미안해. 계속 노련한 어른들에게 둘러싸여 있어서 상당히 조숙한 애로 자랐어.』

『그, 그래…….』

아마 오너가 계속 데리고 다녔다고 그랬지?

하지만 이게 '조숙하다'는 수준일까?

똑똑한 건 알겠지만 이런 꼬마는 안 좋아하는데, 하고 무심코 미간을 찌푸렸다.

그러자 키요타카는 자신이 너무 건방지게 말한 것을 후회하는 기색으로 바로 입을 다물더니, 아주 약간 씁쓸한 표정을 띠며 눈을 내리떴다.

마치 내 생각을 즉시 헤아린 듯한 행동에 이번에는 이쪽이 씁쓸한 기분이 들었다.

다시 키요미를 떠올리고 말았다.

──어떤 남자 좋아하노? 라고 물었을 때.

『다정하고 둔한 사람』이라고 그녀는 대답했다.

둔한 사람?

당황하는 나를 앞에 두고 그녀는 쓴웃음을 지었다.

『나, 남보다 여러 가지를 민감하게 감지하는 면이 있거든. 나와 마찬가지로 예리한 사람은 거북해. 그러니까 다정하고 둔한 사람이 좋아. 안심이 되어서.』

그렇게 말한 그녀는 그 말대로 다정하고 둔한 남자……
타케시와 결혼했다.

우에다는 옛날 일을 돌이켜보고 지금도 초조한 감각이 일어서 작게 한숨을 내쉬었다.

그 역시 나름대로 예리한 편이라서 알아차리고 말았다.

『그러니까 우에다 군, 넌 거북해.』

그렇게 돌려서 거절했다는 것을…….

키요미에 대한 마음은 이루어지지 않았다. 그 살결이나 입술도 만져보지 못하고 절친과 이어진 억울함이나 원통함이 남아 있는 것이리라.

그녀가 죽어서 이제 완전히 잊었다고 생각했는데, 너무나도 똑같은 아들을 앞에 두자 마치 과거로 타임슬립한 듯이 그 시절의 마음이 선명하게 되살아났다.

유전자는 멋지고 때로는 무시무시한 것이다.

그녀에게 양육 받은 기억은 없을 텐데도 키요타카는 그 외모뿐만 아니라 사소한 때의 행동이 그녀와 겹쳐 보일 만큼 아주 비슷했다.

그 키요타카는 이제 완전히 어른스럽게 굴었다.

아마 지금까지도 아이답지 않은 성숙한 언동 탓에 어른에게 불쾌한 시선을 받아서 상처 입은 적이 있으리라.

키요타카는 예의 바르게 소파에 앉아 있었다.

어른들의 대화에 끼어들려 하지 않고, 그렇다고 지루해하는 기색도 없이 그곳에 있었다.

지금까지 어른들이 있는 자리에 얼마나 많이 이끌려가서 이렇게 있었던 걸까.

너무나도 예의 바른 그 모습에서 안쓰러움마저 느꼈다.

아내와 타케시가 담소를 나누는 가운데, 나는 가만히 자리에서 일어나 키요타카의 앞에 웅크려 앉았다.

『야, 니, 소리 내 웃은 적 있나?』

갑작스러운 질문에 키요타카는 눈을 크게 뜨나 싶더니 바로 활처럼 가늘게 떴다.

『있습니다.』

『참말로? 뭐고, 상상이 안 간다. 웃겨도 되나?』

그 말에 키요타카는 쓴웃음을 지으며 『그러세요』 하고 고개를 끄덕였다.

『아저씨의 비장의 웃긴 얼굴이데이.』

양손으로 얼굴 피부를 옆으로 잡아당겨서 비장의 웃긴 얼굴 '넙적이'를 선보였다.

아내와 타케시는 웃음을 뿜었지만,

『……재미있는 얼굴이네요.』

키요타카는 조심스레 입가를 끌어올릴 뿐이었다.

『하여간에, 점잔 떠는 꼬맹이데이. 어떻게 해서든 웃기고 싶어졌다.』

이번에는 강행 수단을 써서 키요타카의 몸을 간질였다.

『잠깐! 하지 마세요. 하지 마, 아하, 아하하하, 그만하세요.』

옆구리 아래쪽과 배를 간질이자 드디어 키요타카는 얼굴을 새빨갛게 붉히고 몸을 버둥거리며 소리 내 웃었다.

『뭐고, 제대로 웃을 줄 아는구먼.』

『이런 건 반칙이에요!』

부끄러운지 키요타카는 입을 삐죽이며 나를 노려봤다. 희미하게 볼이 붉어진 걸 보고 겨우 아이다움을 느끼게 되어 기뻤다.

『야, 키요타카. 비행기는 좋아하나?』하고 그 어린 얼굴을 들여다보며 물었다.

『비행기 말입니까? ……뭐, 좋아합니다.』

특별히 좋아하는 것도 아니지만 싫어하지도 않는다. 굳이 따지자면 좋아하는 편이다, 라는 기색으로 대답하는 키요타카.

나는 씩 웃고 키요타카의 몸을 번쩍 들었다.

『자, 비행기다!』

키요타카의 몸은 생각했던 것보다 가벼워서 편하게 휘두를 수 있었다.

『저기요, 우에다 씨!』

처음에 크게 놀랐던 키요타카도 이내 체념했고, 즐거워지기 시작했는지 갑자기 눈을 반짝였다.

『자, 추락이데이! 여차, 다시 잡았다!』

그렇게 노는 사이에 키요타카는 아하하, 하고 천진난만하게 웃기 시작했다.

그 웃는 얼굴에 다시 안심하고.

『착륙한데이.』 그렇게 키요타카의 몸을 내려놓자.

『우에다 씨, 한 번 더요! 비행기 한 번 더 태워줘요!』

지극히 평범한 애처럼 다리에 달라붙어 졸라댔다.

어쩌면 키요타카에게 어른이 지금까지 이런 식으로 놀아준 적이 없었는지도 모른다.

그 모습이 너무 귀여워서 가슴이 먹먹했다.

『할 수 없군, 딱 한 번만이데이.』

그렇게 말하고 다시 키요타카의 몸을 안아들었다.

그게 잘한 일인지, 키요타카는 그 후 완전히 나이에 맞는 어린애로 돌아왔다.

비행기를 태워준 뒤로는 수수께끼나 퀴즈를 냈지만, 키요타카는 영리해서 바로 정답에 도달했다.

『또 다른 문제는 없나요? 우에다 씨 문제는 재미있어요.』

눈을 빛내고 몸을 내밀며 졸랐다.

그런 얼굴로 이렇게 조르면 뭐든지 들어줄 것 같데이. 하지만 아무리 그래도 피곤하구먼, 하고 쓴웃음을 지으면서.

『문제는 이제 없다.』

『에이』하고 불만스러운 목소리를 내는 키요타카.

『그라믄 마지막이데이. 10초 이내에 대답해야 한다. 우리집 계단은 몇 개고?』

『열다섯 개!』

즉답한 키요타카를 보고 놀라 말문이 막혔다.

틀림없이 계단을 세러 뛰어갈 거라고 생각했기 때문이다.

우리 집 계단은 열다섯 개.

그것은 정답이었다.

『뭐고, 니 어림짐작이가? 대충 대답했제?』

『아니에요, 한 번 봤잖아요.』

『니, 계단을 보면 숫자까지 아는 기가.』

『네, 아는데요?』

마치 '당연한 일 아니냐'는 기색으로 키요타카는 미간을 찌푸렸다.

『……니, 마치 홈즈 같데이.』

『홈즈?』

『셜록 홈즈다. 알제?』

『알기는 하지만 읽은 적은 없어요.』

『뭐고, 의외데이. 니처럼 특이한 관찰안을 가진 탐정이 주인공이다. 좋아, 오늘부터 니는 '홈즈'다.』

그렇게 말하고 키요타카의 등을 가볍게 쳤다.

솔직히 '홈즈'라는 별명은 내게 '회피'였다.

무심코 키요타카를 '키요미'라고 부를 뻔한 것을 피하기 위한 방법.

――해가 지기 시작해서 저녁은 바비큐로 하자며 정원으로 이어지는 긴 창문을 즐겁게 열었다.

오늘은 처음부터 밤에 바비큐를 하자고 마음먹었기 때문에 사전 준비는 마친 상태였다.

아내가 냉장고에서 준비한 식재료가 담긴 접시를 꺼냈다.

우에다는 불을 피우면서 틀림없이 키요타카도 크게 좋아하고 있을 거라며 시선을 돌렸지만, 그 얼굴은 들떠 있지 않았다.

『뭐고, 키요타카. 바비큐는 안 좋아하나?』

『해본 적 없어요.』

『처음이가. 그거 좋네.』

『밖에서 구워먹는 건 위생 면에서 안 좋지 않나요?』

말하기 거북하다는 듯이 오도카니 중얼거렸다.

『그런 건 구우면 멸균된다.』

『………….』

그 설명에는 납득하지 못했는지 키요타카는 불쾌한 듯 얼굴을 찌푸렸다.

이 자식은 꼬맹이 주제에 결벽증이가, 하고 진저리가 났지만 바로 퍼뜩 떠올랐다.

키요미가 감기가 악화돼 타계한 다음부터 오너가 키요타카를 과보호하게 됐다는 이야기가 떠올랐다.

세균투성이인 곳에는 보내지 않는다며 유치원이나 보육원에도 보내지 않고 자신을 따라다니게 했다.

그 바람에 초등학교에 들어간 키요타카는 익숙하지 않은 균에 내성이 없는지 감기를 달고 다닌다는 이야기도 타케시한테 들었다.

원래 오너는 대담한 사람이라서 그런 섬세한 부분이 있었다는 것을 믿을 수 없었지만, 그만큼 며느리의 죽음에 충격을 받아서 이러다 손자까지 잃는다면, 하고 두려워졌으리라.

그렇게 자라면 결벽증이 생기는 것은 어쩔 수 없는 일일지도 모른다.

『키요타카, 이쪽으로 와보래이.』

그렇게 손짓해 부르자 키요타카는 주뼛대며 다가왔다.

『불 피우는 거 도와주지 않을래?』

집게를 들고 그렇게 묻자 키요타카는 놀란 듯이 눈을 떴다.

『그래도 돼요?』

아마 불은 위험하다며 가까이 가지 못하게 했을 것이다.

『그래, 목장갑 끼고 이 집게로 이 숯을 배치하는데……
아, 이런.』

그렇게 말하며 이마에 손을 대자 키요타카는『왜 그러세
요?』하고 고개를 갸웃거렸다.

『착화제 준비하는 걸 잊어버렸다. 그게 없으면 안 된데이.』

『착화제가 없으면 불을 붙이기 어렵나요?』

『그렇지. 신문지를 태워 불을 붙이기도 하는데, 이게 꽤나
고생스럽다. 바비큐는 포기하고 집에서 핫플레이트로 구울
까』하고 키요타카의 머리에 손을 올렸다.

키요타카는 심각한 얼굴로 미간을 찌푸린다 싶더니.

『아, 이렇게 하면 신문지라도 불이 빨리 붙을지도 몰라요.』

집게를 들고 숯을 늘어놓기 시작했다.

우선 비교적 평평한 숯을 깔듯이 늘어놓고, 이번에는 그
것을 둘러싸듯이 '井'의 형태로 숯을 짜 맞춰갔다.

『이 숯의 중심에 불붙인 신문지를 넣어보세요.』

『그래.』

바로 신문지에 불을 붙여 '井'의 한가운데 넣자 불은 숯의
중심에서 기세 좋게 계속 타올라서 고작 몇 분 만에 빠직거
리며 숯에 옮겨붙었다.

『참말로 이렇게 붙었다.』

『해냈다』하고 키요타카는 눈을 빛내며 주먹을 쥐었다.

『키요타카, 부채로 부치래이.』

『응!』

그 모습을 보고 있던 아내와 타케시가 우습다는 듯이 웃고 있었다.

『마치 부자지간 같군.』

아무것도 아닌 그 한마디에 가슴이 욱신거리는 동시에 비할 데 없는 기쁨이 솟아올랐다.

불이 안정되자 철망을 올리고 키요타카에게 고기와 야채를 굽게 했다.

키요타카는 즐거워 보이면서도 어딘가 위생을 신경 쓰는 듯했다.

『키요타카, 청결한 건 좋은 일이데이. 하지만 그게 전부가 되면 안 된다. 세상 어디든 세균이 가득하다. 거기에 대항하려면 균을 받아들여서 이겨낼 필요가 있어. 니는 너무 무균 상태로 자라서 반대로 몸이 약한 기다.』

그렇게 말하자 키요타카는 고개를 꾸벅였다.

『오너는 신경질적으로 변했을지도 모르지만, 그 사람 자신은 너 만한 나이 때 흙투성이가 되면서 자라서 지금도 그렇게 튼튼한 거데이. 알았나, 키요타카. 강약 조절이다. 청결도 좋지만 세균에 겁먹지 마라.』

강한 어조로 말하자 키요타카는 눈을 피하지 않고 이쪽을 올려다봤다.

　아주 똑똑한 아이이니 내 말은 제대로 전해졌으리라.

　잠시 후 키요타카는 다부진 눈빛으로 고개를 크게 끄덕였다.

『알겠습니다.』

키요타카는 정말 알아들은 듯했다.

　내가 구운 고기나 야채를 녀석은 볼이 미어지게 먹으면서.

『맛있어, 못 참겠어요』하고 얼굴을 구기며 미소 지었다.

　그런 키요타카를 앞에 두고 나 스스로도 뻔뻔스럽다는 것을 자각하면서, 이 애의 또 하나의 아버지 같은 존재가 될 수 있으면 좋겠다고 생각했다.

3

　——그때부터 한가해지면 교토까지 발길을 뻗쳐서 테라마치 산조의 골동품점 '쿠라'에 얼굴을 내밀게 됐다.

　키요타카는 학교를 마치면 집에 가지 않고 늘 이 가게에 왔다.

　카운터 구석에 다소곳이 앉아 숙제를 하거나 책을 읽고 있었다.

『여, 홈즈』하고 가게에 얼굴을 내밀면.

『우에다 씨, 이제 '홈즈'라고 그만 불러주시겠어요?』

　키요타카는 그렇게 말한다.

이 대사를 하는 것은 가게에 새로운 손님이 있을 때다.

갑자기 어엿한 어른이 '홈즈' 하고 부르며 가게에 들어오면 아무것도 모르는 손님은 대부분 깜짝 놀란다.

저 사람이 나를 '홈즈'라고 부른 건 단순한 별명이기 때문입니다, 라는 의도를 키요타카는 이 말로 손님에게 전하는 것이다.

이쪽도 다 알고『뭐 어떻노』라고 말하며 키요타카 옆에 앉았다.

눈앞에서는 타케시가 평소처럼 원고지 위에 펜을 움직이고 있었다.

이미 완전히 인기 시대소설가다.

키요타카는 자기 아버지를 힐끗 쳐다봐 원고에 집중하고 있다는 것을 확인하고.

『우에다 씨, 커피 괜찮으세요?』라고 말하며 자리에서 일어났다.

『그래, 고맙데이.』

최근에는 키요타카가 커피를 타주게 되었다.

탕비실로 들어가는 뒷모습을 바라보면서 잠시 못 만난 사이에 또 컸구나, 하고 웃음 지었다.

조만간 확실히 '남자'가 되어 키요미의 모습도 옅어지리라.

그래서 쓸쓸하기도 하고 빨리 그렇게 됐으면 싶기도 하는 복잡한 기분이다.

키요타카가 탕비실로 들어가 커피를 타기 시작했을 때 가게에 있던 손님이 머뭇대며 카운터로 걸어왔다.

40대 정도 되는 여성이다.

『……저기』하고 타케시에게 말을 걸어도 타케시는 집필에 빠져 있어서 알아차리지 못했다.

하여간에, 이래서 가게를 보겠나. 주의가 부족하데이, 하고 어이없어하면서.

『점장, 손님이데이』하고 타케시의 팔을 가볍게 두드렸다.

『아, 이거 실례했습니다.』

타케시는 정말로 지금 알았는지 미안하다는 듯이 머리에 손을 댄 후『자, 앉으십시오』하고 손님에게 자리를 권했다.

그때 마침 커피를 타던 키요타카가 쟁반을 들고 탕비실에서 나왔다.

손님 것도 제대로 준비했다.

모두의 앞에 컵을 놓은 후 자신은 방해가 되지 않도록 카운터 구석으로 의자를 더 이동시켜 소리 없이 앉았다.

『………….』

이 아는 참말로 둔한 타케시랑은 완전 다르데이, 하고 무심코 쓴웃음을 지었다.

『감정을 부탁드리고 싶은데요…….』

아마 그녀는 골동품점에 물건을 가져와 의뢰하는 것이 처음이리라. 아주 어색한 말투로 그렇게 말했다.

『그러면 물건을 잠시 맡아두겠습니다. 지금 저희 감정사가 자리를 비워서 말입니다. 일단 물건을 보여주시지 않겠습니까?』

『아, 네, 이거예요. 저희 아버지 유품인데, 혹시 진품 라쿠다완이 아닐까 해서요.』

그녀는 머뭇대며 가방에서 수건 덩어리를 꺼냈다.

아무래도 수건으로 싼 듯했고, 거기서 그녀는 천천히 다완을 꺼냈다.

광택 없는 질감의 칠흑 반통형 다완이었고, 라쿠 다완이 아닐까 하고 생각하는 것도 무리가 아닌 겉모습이었다.

잠깐 살펴봐야겠다 싶어서 몸을 살짝 내밀어 멀리서 다완을 관찰하다가.

『아아, 이것은 저도 알겠습니다. 라쿠 다완과 분위기는 비슷하지만 아니군요.』

타케시가 술술 대답해서 나는 놀랐다.

대단하데이, 타케시. 자기는 감정을 못 한다고 한탄했으면서 언제 그렇게 단련했노.

감탄하고 있는 나의 옆에서.

『가짜라는 건가요?』

그녀는 아쉽다는 기색으로 물었다.

『가짜라기보다…… 뭐라 해야 하나, 그렇지, '모방품'입니다.』

아무래도 어색한 타케시의 모습에서 위화감을 느꼈다.

『저기…… 만약 이걸 판다면 얼마 정도 될까요?』

『으음, 글쎄요.』

그러자 타케시는 카운터 구석에 앉은 키요타카에게 시선을 힐끗 보냈다.

키요타카는 바로 손님에게는 보이지 않도록 펼친 손을 보였다.

『5만…….』

그렇게 운을 떼는 타케시에게 키요타카는 즉시 고개를 저었다.

『아, 아닙니다, 잘못 말했네요. 5천 엔 정도일 듯합니다.』

타케시는 황급히 그렇게 말하고 얼버무리듯이 헛기침을 했다.

『그런가요…….』

양질의 라쿠 다완이라면 일곱 자리 가격이 붙는 일도 드물지 않다.

그녀는 그것을 기대했는지 어깨를 축 늘어뜨리고 가게를 뒤로했다.

우에다는 그런 그녀의 등을 전송하면서 멍하니 타케시를 보았다.

『……타케시, 니 지금 키요타카한테?』

진위를 물었던 거가?

그렇게 이으려 했지만 놀라서 말이 제대로 나오지 않았다.

그러자 타케시는 난처하다는 듯이 웃었다.

『이 애는 원래 좋은 안목을 가지고 있는 데다 아버지로부터 영재 교육을 받았거든. 어리지만 어엿한 감정가야. 지금은 아버지 주위에 있는 어른들도 신음하게 만들고 있어.』

보통 부모라면 조금 자랑스럽게 이야기할 부분일지도 모른다.

그러나 타케시의 말투에는 그런 감정이 전혀 없었다.

성숙해서 곤란하다는 분위기가 얼핏 느껴졌지만 그 안에 뭔가가 숨어 있었다.

그것은 아마 질투.

문득 타케시의 데뷔작이 머릿속을 스쳤다.

재능이 넘쳐나는 제자를 괴로울 만큼 질투하는 스승을 그린 이야기.

'⋯⋯⋯그렇구나.'

그건 니 자신의 얘기였나, 하고 마음속으로 이어 말했다.

타케시도 분명 죽은 애처 키요미를 아주 닮은 키요타카에게 엄청난 애정을 품고 있을 것이다.

사랑하는 아이의 그런 천부적인 재능을 질투한다.

아마 그것은 갈 곳 없는 갈등임에 틀림없다.

그는 그 모든 것을 토하듯이 글을 쓴 것이다.

어째서 타케시가 소설을 쓰기 시작했는지 겨우 이해하고 남모르게 고개를 살짝 끄덕였다.

그가 소설상을 받았을 때, '그 녀석, 소설을 썼던가' 하고 놀랐다.

하지만 의외라고 생각하지는 않았다.

타케시는 만났을 때부터 예술가 기질이 있었다.

얼핏 온화하고 인상이 좋기만 한 데다 특별히 장점 없는 남자로 보이지만, 길러준 부모에게 배웠다는 첼로 실력은 상당하다.

대학 행사에서 그가 첼로를 연주했을 때는 평소와 너무나도 다른 모습에 모두가 깜짝 놀란 적이 있는데, 그때의 기억이 떠올라서 문득 그리워졌다.

——의외다. 야가시라 군은 이런 특기도 가지고 있구나…… 멋지네.

내 옆에서 키요미가 얼굴 앞에서 기도하듯이 양손을 모으고 뜨겁게 그리 중얼거리고 있었다.

아마 키요미가 타케시에게 끌린 것은 그 이벤트가 계기였으리라.

지금도 욱신거리는 가슴에 진절머리가 나서 가만히 키요타카에게 시선을 보냈다.

키요타카는 얌전하게 책을 읽고 있었다.

표지의 제목은 『셜록 홈즈』.

갑자기 애정이 솟아올랐다.

눈을 내리뜬 그 모습은 역시 키요미와 아주 닮았다.

……참말로 이 아는 죄 많은 아데이, 하고 작게 한숨을 내쉬었다.

4

그리고 얼마 후의 일이다.

결혼 생활은 3년도 하지 못했는데 아내와 이혼하게 됐다.

이유는 여럿 있지만 결정타가 된 것은 나의 바람기.

그 대가는 커서, 거액의 위자료를 내기 위해 테즈카야마의 집을 매각하게 됐다.

매각 전에 집에 친구와 지인을 불러서 '어리석은 남자를 질타하고 위로하는 모임'이라 이름 붙인 홈파티를 열었다.

수많은 친구가 모인 가운데 타케시와 키요타카도 와줬다.

썰렁한 흰 벽의 거실에 지금은 테이블과 소파밖에 없었다.

거기에 배달된 요리를 차려놓고 모두를 맞이했다.

친구들은 샴페인이나 와인 등 '남지 않는 것'을 손에 들고 찾아와서, 나를 보고 바보라며 쓴웃음을 짓고 어깨나 등을 두드려주었다.

여기에 여성이 있었다면 분명 모멸하는 눈으로 한마디 비아냥거리는 말을 던졌겠지만, 모두 남자다.

내가 벌인 멍청한 짓을 저지르지는 않겠지만 마음으로는 조금 이해하는 부분도 있는지 동정의 눈빛을 보내주었다.

『계속 쌓아두고 있었던 거야?』

『아니, 참말로 내가 잘못했다. 아내는 내한테 잘해주는 좋은 여자였는데.』

친구와 그런 이야기를 나누는 나를 키요타카가 조금 먼 곳에서 빤히 바라보고 있었다.

그 시선을 눈치채고 키요타카에게 다가갔다.

『이런 은밀한 모임에 와줘서 고맙데이. 하지만 니 교육상 안 좋은 모임이다. 아니, 반면교사가 되려나.』

그 작은 머리를 쓰다듬으며 웃자 키요타카는 가만히 고개를 갸웃거렸다.

『우에다 씨는 왜 바람을 피우셨어요?』

『왜냐니?』

그늘 없는 눈동자를 보니 내가 아주 더러운 존재라는 생각이 들었다. 겸연쩍어서 눈길을 돌리자.

『혹시 일부러 바람을 피우신 건가요?』

키요타카가 눈을 피하지 않고 그렇게 이어 말하자 어깨가 움찔 떨렸다.

『일부러?』

동요로 목소리가 높아졌다.

『그게, 우에다 씨가 진심으로 나쁜 짓을 하려고 생각했다면 절대로 들키지 않도록 할 수 있었겠죠? 만약 들켰다 해도 분명 부인에게 사과해 설득했을 거라고 생각해요.』

이야기를 들으면서 심장은 세차게 쿵쿵 울리고 있었다.

『혹시 자신이 나쁜 사람이 되어 이혼하기 위해서 일부러 바람을 피우신 거 아닌가요?』

키요타카의 견해에 나는 할 말을 잃고 이마에 손을 댔다.

완벽했다.

키요타카는 완벽하게 모든 것을 꿰뚫어보고 있었다.

『……역시 테라마치 산조의 작은 홈즈데이.』

그렇게 말하고 자조적으로 웃었다.

그렇다. 나는 '일부러', 그리고 '들키도록' 바람을 피웠다.

그녀와의 결혼 생활을 지속하는 것이 괴로웠기 때문이다.

결정타는 그녀가 내 서재에 들어가 내가 학창 시절 때부터 계속 보관하고 있던 수첩을 멋대로 본 일.

거기에 키요미의 사진을 끼워두었다.

정확히 말하자면, 끼워둔 채로 뺄 수 없었다.

키요미가 타케시와 사귀기 전에 대학 모임에서 딱 한 번 둘이 찍은 사진.

그 무렵에는 언젠가 이 애와 사귀겠다고 생각하고 있었다.

내 옆에 서서 쇼트보브 머리를 귀로 넘기고 수줍은 듯이 미소 짓는 키요미의 모습은 정말 귀여웠다.

이윽고 그 머리는 자랐지만.

——야가시라 군이 머리 긴 여자를 좋아한다는 이야기를 들었거든.

그렇다, 키요미는 타케시의 취향을 듣고 머리를 기르기로 했다.

『이 사진은 뭐야? 이 사람…… 키요타카 군이랑 꼭 닮았네. 키요타카 군은 혹시 당신과 이 여성의 애 아냐?』

아내는 사진을 들고 험악한 표정으로 그렇게 말했다.

그 말에 나도 모르게 웃을 뻔했다.

설마 키요타카를 나와 키요미의 자식이라고 착각하다니.

그랬다면 얼마나 좋을까, 라고 생각했다.

즉시 오해를 바로잡으려 했다.

그녀가 결실을 맺지 못한 내 첫사랑이었다는 것을…….

키스조차 못하고 친구와 맺어진 여성. 손에 넣지 못했기 때문에 눈부신 존재라서 사진을 버릴 수 없었다는 것을…….

『그렇다면 이 여자는 최악이네. 이주인 선생님과 결혼했으면서 당신 아이를 임신하고 그대로 낳다니. 학생 때도 있었어. 청순해 보이는 얼굴을 하고 있지만 뒤에서는 음탕한 여자. 이 여자는 그런 부류야.』

그 말이 단순히 질투심에 사로잡혀서 나온 말이라는 건

알고 있다.

그래도 도저히 그냥 넘어갈 수 없었다.

하지만 그런 말을 내뱉은 아내를 앞에 두고 나는 화를 내거나 하지 않았다.

그녀가 서재의 책상을 뒤져볼 마음을 먹었던 것도, 그런 말을 한 것도 모두 내 책임이다.

아마 불안하게 만들었던 것이리라.

흥분한 아내에게 이 사진 속 여자는 키스조차 하지 못한 단순한 내 첫사랑일 뿐이고, 사진을 빼는 걸 잊어버렸을 뿐이라는 사실을 전했다.

그리고 이미 죽고 없는 여성에게 그런 식으로 말하는 것은 너무 슬프다고도.

아내는 그 자리에서 울며 주저앉아 사과했다.

『아니, 내가 불안하게 만들었겠제. 미안타.』

나도 그렇게 사과했지만······.

그 사건을 계기로 내 마음이 완전히 아내에게서 떠나고 말았다.

이렇게 되면 이제 모두 글렀다.

결혼 생활이 고통으로만 느껴지게 되었다.

지금까지 있었던 일을 돌이켜보고 휴우, 하고 한숨을 내쉰 다음 키요타카를 내려다봤다.

지금도 이쪽을 빤히 올려다보고 있었다.

『……걱정해주는 거가?』

상냥한 아데이, 하고 이어 말하려 했지만, 키요타카는 고개를 붕붕 가로저었다.

『걱정 안 해요.』

『뭐?』

『그게, 우에다 씨…… 어깨의 짐이 내려간 얼굴을 하고 있거든요.』

키요타카의 그 말에 졌다 싶어서 다시 이마에 손을 댔다.

그때 집에 온 친구가.

『여, 우에다. 바람이 들통나 위자료를 뜯기고 이혼이라니, 혼쭐났겠는데.』

그렇게 거침없이 말을 걸었다.

그러나 종기를 만지는 듯한 취급을 받는 것보다 이렇게 스스럼없는 쪽이 나로서는 편하다.

『그렇지 뭐.』

『앞으로는 어디 살 건데?』

『일단 우메다에 있는 사무실에서 살기로 했다.』

『최악이로군.』

『참말이데이』하고 마주 웃었다.

바람을 피워서 내는 위자료의 시세는 아이가 없는 경우

백만 엔~3백만 엔이라고 하지만, 아내가 원하는 대로 주겠다고 쾌히 승낙했기 때문에 이 집을 넘기게 됐다.

옆에서 봤다면 정말로 '최악인 상태'이리라.

하지만 기분은 결코 최악이 아니었다.

『낭비하는 김에 그림 사지 않겠어? 재출발 기념으로.』

그는 미술상을 해서 가끔 좋은 물건이 들어오면 가지고 오기도 했다.

『그림?』

『응, 네가 좋아하는 화가의 그림이 들어왔어. 차에 실려 있는데, 가져와도 될까?』

『그래, 좋데이.』

나는 안목은 좋지 않지만 미술품을 아주 좋아한다.

그의 말대로 얼마 남지 않은 돈으로 그림이라도 사서 완전히 재출발하는 것도 좋을지도 모른다.

친구는 일단 차로 돌아가 그림을 들고 다시 거실로 왔다.

테이블 위를 간단히 정리하고 천에 싸인 회화를 올려놓았다.

『오, 그림 가져온 거야?』

『이런 때 우에다한테 그림 파는 거야?』

친구들이 유쾌하게 웃으며 모여들었다.

『분명 가지고 싶은 마음이 들 만큼 좋은 그림이야.』

그는 입가를 끌어올리고 천의 매듭을 풀었다.

그것은 어느 일본인 여성이 테이블에 턱을 괴고 이쪽을 보고 있는 구도의 그림이었다.

『티파니에서 아침을』에서 오드리 햅번이 취한 포즈와 같은 이미지였다. 그 화풍은 큰 특징이 있어서 감정사가 아닌 나도 누가 그린 것인지 바로 알 수 있었다.

『레오나르 후지타로군.』

『그래.』

후지타 츠구하루. 세례명 레오나르 후지타.

전쟁 중 파리에서 활약한 일본인 화가다.

자신의 첫 개인전에서 피카소에게 주목을 받은 화가로도 알려져 있다.

대표작은 『침실의 나부 키키』, 뉴욕에 대한 마음이 담긴 『카페에서』.

이 그림은 그 『카페에서』와 구도는 완전히 똑같지만, 모델인 여성이 달랐다.

『이건 후지타의 아내인 키미요를 그린 거래.』

그 말에 심장이 강하게 소리를 냈다.

레오나르 후지타는 사랑이 넘치는 남자로 알려져 있다.

몇 번이고 결혼과 이혼을 반복했고, 그 횟수는 다섯 번에 달한다.

늘 오래가지 못한 그였지만, 마지막에 '키미요'라는 운명의 여성과 만나 생애를 같이 보냈다.

그런 후지타를 보고 이성 관계가 경박하다고 생각하는 사람이 많을지도 모른다.

그러나 나는 알 것 같았다.

'이 사람일지도 모른다'고 생각했지만 아니었을 것이다.

영원한 사랑을 맹세했지만 결국에는 같이 있을 수 없게 되었을 것이다.

하지만 이 '키미요'만큼은 달랐다.

언젠가 나도 후지타의 '키미요'와 같은 여성을 만날 수 있을까?

『……얼마고?』

그림으로 눈길을 떨어뜨린 채 묻자, 그는 가만히 손가락 세 개를 펴 보였다.

3백만 엔인가.

그렇게 생각하던 그때.

『이것은 레오나르 후지타에 대한 존경이 담긴 작품이군요. 손가락 세 개라는 것은 3만 엔이나 한다는 뜻인가요?』

키요타카가 그렇게 물었다.

모두 놀라 키요타카를 쳐다봤다.

『아니지, 꼬마야. 이건 후지타에 대한 존경이 담긴 작품이 아니라 후지타의 작품이야.』

친구는 미소 지으며 그렇게 답했다.

『하지만 이건 어떻게 봐도 후지타의 작품이 아니에요.』

키요타카는 그림으로 눈길을 떨어뜨린 채 피부를 가리켰다.

『레오나르 후지타의 최대 특징은 '유백색 피부'입니다. 후지타는 그 비밀을 평생 말하지 않았지만, 탄산칼슘과 염기성 탄산납을 독자적인 배합으로 섞은 물감을 칠한 것이 아니냐는 추측을 받고 있습니다. 이 그림은 후지타의 화풍이나 피부색에 가까워지려고 노력은 했습니다만 역시 다른 것입니다.』

술술 그렇게 이야기하는 키요타카를 보고 친구들은 할 말을 잃었다.

『이 작품에서는 악의가 아니라 순수한 동경이 전해집니다. 아마 후지타에게 동경을 품은 창작자의 작품이겠죠. 키미요 씨를 모델로 '카페에서'의 구도로 그리다니, 후지타의 인생에도 정말 심취한 분이겠군요. 위작도 아니고 좋은 그림이라고 생각합니다. 3만 엔이라도 가치는 있다고 생각해요, 우에다 씨.』

그렇게 말하고 싱긋 미소 짓는 키요타카를 보며 친구는 명백하게 당황하고 있었다.

『이, 이 애는 뭐야.』

『……이 아는 타케시의 아들인 야가시라 키요타카. 즉, 그 오너의 손자데이.』

키요타카의 어깨에 손을 올리자 그는 눈을 더욱 크게 떴다.

『국선감정인 야가시라 세이지의 손자…….』

미술 업계에서 오너의 이름을 모르는 사람은 없다.

최근에는 그 오너가 늘 데리고 다니는 손자의 존재도 화제에 오르고 있는 듯했다.

『……그, 그렇군. 과연 대단해. 레오나르 후지타의 그림이라고 한 건 농담이고, 그 애가 말했듯이 후지타에 대한 존경이 담긴 작품이야. 3, 3만 엔에 어때?』

그 모습을 보고 그가 진정으로 후지타의 그림이라고 믿었던 것이 아니라 후지타가 아닌 것을 알고 이야기를 꺼냈다는 사실을 알 수 있었다.

보고 있자니 부끄러워질 만큼 괴로운 거짓말이었지만 나는『그래』하고 고개를 끄덕였다.

『후지타의 그림이 아니라도 좋은 그림이다. 내가 살게.』

이 그림은 사지만 이 남자와의 친분은 이걸로 끝이다.

그림을 손에 들면서 우에다는 그렇게 생각했다.

그 후, 친구들은 돌아가고 타케시와 키요타카만 집에 남았다.

술이 그다지 세지 않은 타케시는 단 하나 남은 소파에서 곯아떨어져 있었다.

3만 엔에 산 그림은 벽에 세워놓았다.

키요타카는 그 그림을 바라보며 살며시 미간을 찌푸렸다.

『……우에다 씨도 사람이 좋으시군요.』

『그 그림을 산 것 때문에 그러는 거가?』

키요타카는 고개를 꾸벅였다.

『후지타의 그림이 아니라도 이 그림에 매료된 건 확실하다. 후지타라 믿고 3백만 엔을 냈다면 속이 뒤집어져서 돌려줬겠지만, 3만 엔에 샀다면 참말로 잘 샀다고 생각한다. 고맙데이, 키요타카.』

그렇게 말하고 키요타카의 머리를 쓰다듬은 다음 그림으로 눈길을 돌렸다.

『이 그림은 우메다의 사무실에 장식할 거다. 재출발이데이.』

『우에다 씨, 다시 결혼하고 싶으세요?』

그림으로 눈길을 돌린 채 불쑥 물은 키요타카의 말에 나는 쓴웃음을 지었다.

『지금은 생각 안 하지만, 언젠가 그렇게 생각할 수 있으면 최고겠제.』

키요타카는 아무 말 없이 이쪽을 보았다.

어른스러운 아이이면서도 눈동자는 아주 순진무구했다.

『……키요타카, 잘 들으래이. '사랑받고 결혼하면 행복해진다'는 말이 있는데, 그게 적용되는 건 기본적으로 여성이라고 생각한다.』

키요타카는 가만히 맞장구를 쳤다.

『여성은 자기가 참말로 좋아하는 사람과 결혼했다 해도 그 녀석이 자신을 사랑해주지 않으면 행복해질 수 없다. 그러면 두 번째, 세 번째로 좋아하지만 자신을 가장 사랑해주는 사람과 결혼해 철저하게 사랑받는 편이 좋지. 뭐, 물론 예외는 있겠지만 그런 사람이 많다고 생각한다. 하지만 남자는 반대다.』

『반대?』

『하모. 자기가 참말로 참말로 좋아하는 여자랑 결혼 못 하면 행복해질 수 없다. 아니, 좋아하는 여자를 위해서만 힘낼 수 있고, 좋아하는 여자가 아니면 못 견디는 경우가 많다. 타케시를 보래이. 제일 좋아하는 여자랑 결혼했으니까 그녀가 죽은 지금도 어딘가 행복해 보인다 아이가.』

그렇게 말하고 우에다는 소파에서 자고 있는 타케시에게 시선을 보냈다.

참말로 부러울 정도데이.

『그러니까 키요타카. 결혼은 자신이 가장 좋아하는 여자랑 하는 거데이. 결혼 전 교제 상대로 삼을 거라면 두 번째 상대, 세 번째 상대라도 상관없다. 사귀다가 참말로 좋아지는 경우도 있고. 남자는 단순해서 자기를 좋아해주는 사람을 더 좋아하게 되기도 한다. 하지만 결혼은 타협하면 안 된데이.』

다시 키요타카에게 시선을 돌리고 강한 어조로 말하자 키요타카는 『네』하고 힘차게 고개를 끄덕인 다음 가만히 타케시 쪽을 쳐다봤다.

『……하지만 아버지는 정말로 행복할까요?』

『그래. 무엇보다 타케시한테는 니가 있다 아이가.』

그렇게 말하자 키요타카는 부끄러운 듯이 미소 지었다.

그 얼굴이 키요미와 너무 닮아서 가슴이 먹먹했다.

『키요타카는 키요미…… 엄마를 기억하나?』

이런 지독한 질문을 할 생각은 없었지만, 정신을 차리고 보니 이미 입 밖으로 튀어나와 있었다.

그러자 키요타카는 눈을 내리뜨고 애달픈 표정을 띠었다.

『기억하는 건 조금이에요. 감기에 걸린 엄마는 그게 독감이라는 것을 알고 안쪽 방에 틀어박혔어요. 제가 문을 두드려도 열어주지 않고 감기가 옮으니까 안 된다면서 문 저편에서 기침하는 소리가 났어요. 하지만 저는 엄마를 만나고 싶어서 계속 두드렸어요. 그렇지만 그 문은 열리지 않았어요. 엄마가 돌아가실 때까지…….』

키요타카는 그렇게 말하고 등을 돌렸다.

『……그 뒤에 기억하고 있는 건 관 안에 누운 엄마의 모습으로, 마치 인형처럼 피부가 딱딱하고 창백해져 있었어요.』

나도 키요미의 장례식을 떠올리고 괴로워서 미간을 찌푸렸다.

『엄마가 제 몸을 진심으로 걱정해준 건 알아요. 하지만 저는…… 문을 열어줬으면 했어요. 옮아도 좋으니까…… 엄마를 만나고 싶었어요.』

키요타카의 작은 어깨가 조금씩 떨렸다.

울고 싶은 것을 참고 있으리라.

『……울어도 된데이.』

『안 돼요. 남자는 울면 안 된다고 할아버지가 늘 말씀하셨어요.』

키요타카는 등을 돌린 채 고개를 붕붕 흔들었다.

『……그렇겠제. 하지만 그건 조금 다르데이, 키요타카. 남자라도 울어도 된다. 하지만 그 눈물을 남한테 보여서는 안 된다. 오너도 혼자 있을 때는 울었을 기다. 내도 그렇고.』

그렇게 말하고 뒤에서 키요타카의 양어깨에 손을 올렸다.

『지금 타케시는 자고 있고 여기에는 내밖에 없다. 아무도 없는 거랑 똑같다. 확실히 울어야 할 때는 울어야 한데이.』

그 머리를 쓱쓱 쓰다듬으며.

『참 외로웠구나, 키요타카. 참말로 감기가 옮아도 되니까 엄마한테 안기고 싶었구나.』

부드럽게 말하자 키요타카는 힘차게 몸을 돌리고 소리 내 울기 시작했다.

나는 그런 키요타카의 작은 몸을 꼭 안았다.

달라붙어 우는 키요타카의 등을 쓰다듬으면서 내 눈에도 눈물이 고였다.

그와 동시에, 어째서인지 내 안에 계속 맺혀 있던 키요미에 대한 마음이 조금이나마 정화된 듯한 기분이 들었다.

어쩌면 키요미가 이끌어준 걸까?

그렇게, 어울리지도 않게 감상적으로 생각했다.

잠시 후 키요타카는 울음을 그치고 눈물을 닦은 다음 조금 부끄러운 듯이 시선을 돌렸다.

『……제가 운 건 아무에게도 말하지 마세요.』

볼을 살짝 붉히고 오도카니 읊조렸다.

『음~ 그건 약속 못 하겠는데?』

『!』

『알고 있다. 오너와 타케시한테는 말 안 한다. 남자의 약속이다.』

그렇게 말하자 키요타카는 안심한 듯이 뺨을 누그러뜨렸다.

그대로 그림을 바라보고.

『언젠가 우에다 씨에게도 '키미요'가 나타나면 좋겠네요.』

바로 평소처럼 되바라진 말을 꺼내는 키요타카를 보고 나는 어깨를 올렸다 내렸다.

『그렇제. 그리고 언젠가 니한테도 말이다.』

서로 곁눈질로 시선을 교환하며 키득 웃었다.

그것은 참말로 키요타카와의 그리운 추억————.

* * *

"그래서 말이데이, 아오이. 그때의 키요타카는 내한테 달라붙어 엉엉 울어서 참말로 귀여웠데이."

오후 4시 반.

홈즈 씨와 우에다 씨가 갑자기 '쿠라'를 방문했다.

들자하니 교토 호텔 오쿠라에서 고객의 이야기를 들은 후, '키요타카를 조금 기쁘게 해줘야겠다고 생각해서'라며 여기에 들렀다고 한다.

그리고 카운터에서 추억 이야기가 펼쳐졌는데…….

"——그런 일이 있었군요."

우에다 씨와 홈즈 씨의 과거를 듣고 나는 열띤 숨을 내쉬었다.

생각해보면 어딘가 결벽적인 분위기를 가진 홈즈 씨가 의외로 그렇지 않은 모습을 보일 때나 바비큐를 좋아했던 일 등은 모두 우에다 씨의 영향 덕분이었으리라.

내가 납득하고 맞장구를 치는데 홈즈 씨는 노골적으로 미간을 찌푸리며 커피를 입으로 가져갔다.

"……제가 운 이야기 말입니다만, 『아무한테도 말 안 한다, 남자의 약속이다』라고 말씀하지 않으셨습니까?"

"아이다. 『오너와 타케시한테는 말 안 한다』고 했제"라고 우에다 씨는 자신 있게 가슴을 펴며 대답했다.

"그랬나요?"

"하모. 내는 처음부터 니한테 '키미요'가 나타나면 그 사람한테는 이 얘기를 해야겠다고 생각하고 있었데이."

씩 웃음을 지어 보이는 우에다 씨에게 홈즈 씨는 눈을 깜박이고서 훗, 하고 표정을 누그러뜨렸다.

"키미요?" 하고 내가 고개를 갸웃거리자.

"레오나르 후지타 이야기입니다. 옛날에 우에다 씨는 완전히 무명 화가의 그림을 후지타의 작품이라 믿고 3백만 엔에 구입할 뻔한 적이 있었어요."

"어, 네에?"

"야, 키요타카! 그 얘기는 하지 마래이!"

"자신의 실수는 전혀 꺼내놓지 않고 제 부끄러운 이야기만 하니까 그렇죠."

"부끄러운 얘기가 아니라 귀여운 얘기데이."

그렇게 말다툼하는 두 사람을 앞에 두고 나는 웃음을 참을 수 없어서 키득키득 웃고 말았다.

"정말 부자지간 같네요."

"자주 듣는다."

우에다 씨는 조금 기쁜 듯이 눈을 활처럼 가늘게 떴고, 홈즈 씨는 미소 지으며 고개를 끄덕였다.

"네, 저는 우에다 씨를 또 한 명의 아버지처럼 생각하고 있어요. 이렇게 보여도 정말 감사하고 있습니다. 할아버지나 아버지와 마찬가지로, 지금의 제가 있는 건 우에다 씨 덕분이라고 생각합니다."

"!"

홈즈 씨의 말에 우에다 씨가 놀란 듯이 움직임을 멈추고 명백하게 동요한 듯이 시선을 방황했다.

"뭐, 뭐고, 키요타카의 입에서 그런 소리를 듣는 건 처음이라서 깜짝 놀랐다."

오도카니 그렇게 읊조리나 싶더니 순식간에 우에다 씨의

얼굴이 빨개져갔다.

"아! 자, 슬슬 가보제이. 키요타카."

당황한 듯이 일어나는 우에다 씨에게 홈즈 씨는 "네" 하고 고개를 끄덕이고 가방을 들었다.

"돌아갈 때는 내가 운전해서 오이케 길에 차를 빼 놓을 테니 니는 천천히 나와도 된다."

우에다 씨는 그렇게 말하고 마치 도망치듯이 새빨간 얼굴 그대로 가게를 나갔다.

나와 홈즈 씨는 얼굴을 마주 보고 피식 웃었다.

"우에다 씨는 정말 좋은 사람이네요."

"네."

홈즈 씨는 조용히 고개를 끄덕이고 가만히 나를 내려다보았다.

"──아오이 씨. 지금만 규칙을 어길게요."

"규칙?"

당황하는 목소리를 낸 순간 내 얼굴에 그의 입술이 닿았다.

두근, 하고 심장이 소리를 냈다.

"……다녀올게요."

이마에서 입술을 떼고 그렇게 말한 홈즈 씨.

"──네, 다녀오세요."

심장이 마구 뛰는 가운데 나는 웃으며 손을 흔들었다.

'딸랑딸랑' 울리는 도어벨.

어린 시절 이야기를 들은 탓일까, 테라마치 길 북쪽을 걸어가는 홈즈 씨의 등이 전보다 크고 더 어른스러워 보였다.

기쁨과 자랑스러움과 동시에 초조함 같은 것도 생겨났다.

그가 두고 가지 않도록 나도 열심히 해야겠다는 마음이 일어서 주먹을 쥐었다.

제3장 『성모의 눈물』

1

1870년(메이지 3년)에 창설된, 뉴욕 시 맨해튼 5번가에 접한 세계 최대급 미술관——메트로폴리탄 미술관은 루브르나 에르미타주 등과 나란히 세계 유수의 미술관 중 하나다.

할아버지가 제안한 '수행'이 처음부터 내키지 않았던 나였지만, 짧은 기간이라도 그의 밑에서 조수로 일할 수 있는 것은 다시 없을 행운이자 얻기 힘든 경험이리라.

키요타카는 만족스럽게 고개를 끄덕이고 메트로폴리탄 미술관 1층에 설치된 홀의 계단에 서서 단상에서 강연하고 있는 초로의 남성에게 시선을 돌렸다.

『여기에 모인 젊은 큐레이터의 대부분은 버나드 베렌슨의 이름을 알고 있을 겁니다. 20세기 초기에 활약한 미술사가이자 아주 우수한 감정사로 알려져 있습니다. 화려한 것을 좋아하고 일반적인 윤리는 신경 쓰지 않았다는 그는 좋은 의미로 상식에 얽매이는 면이 없는 타고난 감정사였어요. 그런 그는 동료들에게 이렇게 이야기했다고 합니다. '내가 어떻게 위작을 알아볼 수 있는지 설명을 제대로 할 수 없다. 내 속에서 안 된다고 말한다고밖에 말할 수 없다'고. 이처럼 위작을 알아보는 감정가는 귀중해서 천부적인 재능을 가진 자라고 할 수 있습니다. 위작을 순식간에 알아본다는 것은 제6감이라고도 할 수 있는 특이한 능력을 가진 인물이라고 할 수 있겠죠. 그것은 학습해서 얻을 수 있는 것이 결코 아닙니다. 여기에 모인 여러분은 그런 제6감을 가진 귀중한 존재입니다. 하지만 그것만큼은 주의해주었으면 합니다. 때로 지식이나 상식이 제6감의 판단을 둔하게 합니다. 이 세계는 새로운 발견으로 인해 늘 상식이 뒤집어지는 불확실한 곳이고, 선택받은 자가 가진 감각만이 의지가 되는 때도 있습니다. 부디 지식과 마찬가지로, 아니 그 이상으로 자신의 눈과 감각과 후각을 갈고닦는 것을 잊지 말았으면 합니다.』

이상입니다, 하고 말한 후 그는 헛기침을 하고.

『아아, 마지막으로 한마디만 하겠습니다. 얼마 후면 크리스마스입니다. 부디 즐거운 크리스마스를 보내시길 바랍니다.』

그렇게 말하고 미소 짓는 그에게 홀에 모여 있던 큐레이터들은 아낌없는 박수를 보냈다.

그는 『여기에 모인 젊은 큐레이터』라고 말했지만, 젊지 않은 사람도 많았다.

하지만 곧 환갑을 맞이하는 그에게는 모두가 젊은이로 보이리라.

키요타카도 박수를 보내며 미네랄워터를 손에 들고 과거 메트로폴리탄 미술관의 우수한 큐레이터이자 전 세계 미술관에 정통한 미술계의 권위자, 토마스 홉킨스에게 향했다.

『수고하셨습니다.』

에비앙 생수의 페트병을 내밀자 그는 『음』 하고 미간을 찌푸렸다.

『어제까지는 에비앙을 마셨지만 지금은 그럴 기분이 아니야.』

입을 삐죽이며 손을 내젓는 그의 말에 키요타카는 가방 속에서 새로운 페트병을 꺼냈다.

『그렇게 말씀하실 거라고 생각해서 콘트렉스도 준비했습니다. 드십시오.』

그러자 홉킨스는 『오오』 하고 눈을 빛내며 병을 받았다.

『자네는 정말 용의주도하군. 일본인은 다들 빈틈없는 부분이 있지만 자네는 더 특별해. 훌륭하군』이라고 말하고 콘트렉스 병을 입으로 가져갔다.

『감사합니다. 제 스승도 변덕이 심해서 익숙하답니다. 참고로 페리에도 준비했으니 탄산수가 필요하면 말씀해주십시오.』

키요타카가 숄더백 안을 보이자 홉킨스는 웃음을 터뜨렸다.

『세이지 씨가 자네의 수행 장소를 모집했을 때는 조숙한 소년이던 자네가 얼마나 성장했는지 흥미로워 신청했네만,

설마 이렇게 우수할 줄은 몰랐네.』

『조수로서 말씀이십니까?』

키요타카는 단상의 자료를 가방에 넣고 가만히 어깨를 으쓱한 다음 걷기 시작했다.

『그것도 물론 그렇지. 자네 덕분에 내 비서는 안심하고 휴가를 떠났어. 그리고 자네는 그렇게 젊은데 감정사로서도 훌륭한 재능을 타고났지. 뭐, 이건 원래 알고 있던 거네만.』

홀을 나가 메트로폴리탄 미술관의 통로를 걸었다.

지금까지 홉킨스의 강연을 듣던 큐레이터들은 그의 모습을 보자마자 눈을 빛내며 인사했고, 그는 한 손을 드는 것으로 답했다.

미술관은 12월의 토요일이기도 해서 아주 붐볐다.

관내를 흥미롭게 둘러보며 걷는 키요타카를 보고 홉킨스는 후훗, 하고 웃었다.

『메트로폴리탄 미술관에 온 건 오랜만인가?』

『네, 입구가 깔끔해졌군요.』

『그래, 개축 공사를 했지. 이어서 말하겠네만, 자네는 내가 생각했던 것보다 특이하고 재미있어.』

『특이한가요?』

『그래. 자네는 존재감이 아주 넘치지만 그 존재감을 완전히 지울 수 있어. 어울리기 어려울 것 같은데 어느새 동화되어 있지. 흠잡을 데 없는 아주 독특한 타입이야. 임팩트가 있는데 동화되다니, 카멜레온 같군.』

『……역시 파충류로군요.』

『역시라니?』

『일본에서는 뱀 같다는 놀림을 자주 받았습니다.』

키요타카가 그렇게 말했을 때 뒤에서 큭큭 웃는 소리가 나서 두 사람은 발걸음을 멈추고 돌아보았다.

그곳에는 안경을 쓴 동양인 남성이 유쾌한 눈빛을 보이고 있었다. 크림색 재킷에 베이지색 치노팬츠에 셔츠라는 자연스러운 코디는 부드러운 얼굴에 잘 어울렸다.

『키요타카 군이 '뱀'이라니, 돌직구가 따로 없네.』

『오랜만에 뵙는군요. ——아마미야 시로 씨.』

키요타카는 한 걸음 앞으로 나서며 싱긋 입가를 끌어올렸다.

『지금은 '아마미야'가 아니야. 인륜에 어긋나는 짓을 해 체포된 아버지와는 연을 끊었으니까. 지금은 어머니의 성인 '키쿠카와 시로'야. 잘 부탁해.』

시로는 미소 지은 채 부끄러워하는 기색도 없이 악수를 청했다.

키요타카는 마찬가지로 마주 미소 지으며 그 손을 잡았다.

『그렇군요. 약물로 사람을 조종하고 세뇌해 자금을 모으다니, 사람이 할 짓이 아니죠. 연을 끊은 마음은 이해합니다.』

『키요타카 군은 여전히 거침이 없네. '사람이 할 짓이 아니다'라. 그러면 '뱀' 같다고 불리는 너는 어떻지?』

『저 말인가요?』

『그래, 네게는 그런 소양이 있을 것 같아. 너라면 약물을 쓰지 않고도 사람을 세뇌해서 조종할 수 있을 것 같은데?』

『아니요, 저는 그런 짓 안 합니다. 그보다 사람을 세뇌해 뜻대로 조종하는 것은 당신 아닙니까?』

키요타카는 입가를 끌어올린 채 고개를 갸웃거리며 시로를 쳐다봤다.

시로는 방금까지와는 달리 일그러진 듯한 웃음을 순간 띠었지만 이내 표정을 바로 했다.

『역시 너는 재미있어. 나는 조만간 일본에 돌아가려고 하는데, 너를 또 만날 수 있기를 기대하고 있을게.』

시로는 키요타카의 어깨에 손을 올리고 그대로 등을 돌렸다.

키요타카가 미간을 찌푸리고 시로의 등을 전송하고 있는데.

『저건 자네의 사업상 경쟁자인가?』

홉킨스가 그렇게 물어서 쓴웃음을 지었다.

『그렇게 보이셨습니까?』

『처음에는 연적인가 했지만 아무래도 그런 것 같지 않아서. 굳이 따지자면 사업상 경쟁자가 아닌가 하네만.』

『정확하지는 않지만 비슷합니다.』

『그러면 같은 업계의 라이벌인가?』

『아니요…… 그건 따로 있습니다.』

엔쇼의 모습을 떠올리고 키요타카는 어깨를 살짝 으쓱거렸다.

『얼핏 인상이 좋아 보이지만 상당히 만만찮은 사람 같더군. 자네는 꽤나 골치 아픈 남자를 적으로 돌렸을지도 몰라.』

『네, 저도 그렇게 생각합니다.』

키요타카는 낮은 목소리로 기침하고 가만히 고개를 끄덕였다.

『그러면 일 하나를 마쳤으니 술이라도 마실까.』

『이 뒤에 미술지의 인터뷰가 있으니 그게 끝나면요.』

『그런가, 아직 일이 남아 있었군』하고 그는 어깨를 늘어뜨렸다.

『그 뒤에 술을 드신다면, 비크만 타워 호텔 26층의 'Top of the Tower'라는 바는 어떠십니까?』

『그곳을 추천하는 이유는?』

『경치가 아주 좋고 관광객이 적어서 차분하게 즐길 수 있습니다. 그리고 토요일 밤에는 당신이 만나고 싶어 했던 신사가 반드시 찾는다더군요.』

『혹시 샤갈의…… 그 그림의 주인인가.』

『네, 언젠가 메트로폴리탄 미술관에 장식하고 싶다고 말씀하셨던 샤갈의 그 그림의 주인입니다. 절대로 품에서 놓지 않겠다고 했던 그입니다만, 나이를 먹었기 때문인지 자신의 소중한 수집품이 관심도 없는 자에게 상속되는 것보다 미술관에 걸리는 편이 나을지도 모른다고 생각을 바꿨다고 합니다. 그리고 당신의 이야기를 한 번 들어봐도 좋겠다는 생각을 주위에 흘렸다나요. 만약 이 타이밍에 당신과 만난다면 그는 운명을 느낄지도 모릅니다.』

『······내가 설득할 수 있다고 생각하나?』

『글쎄요. 하지만 도전할 가치는 있다고 생각합니다. 또 한가지, 이 세상의 보물이 미술관에 걸려 많은 사람의 눈에 보이는 기회를 만드는 것은 좋은 일이라고 생각합니다.』

『참고로 자네 집에서 소유하고 있는 청자도 언젠가 그렇게 하겠다고 생각하고 있나?』

『······생각해보겠습니다.』

『교토 사람의 '생각해보겠습니다'라는 말은 거절의 표현이라고 세이지 씨에게 들은 적이 있네만?』

홉킨스가 곁눈으로 힐끗 보자 키요타카는 무심코 웃음을 터뜨렸다.

『그러네요. 언젠가 미술관에 기증하겠다는 생각도 없는 것은 아닙니다만, 그 전에 생각해둔 게 있어서 말입니다.』

『뭔가?』

『그것은 아직 말할 단계가 아닙니다.』

걸으면서 그렇게 이야기하는 키요타카에게 홉킨스는 『그런가』하고 고개를 끄덕였다.

『그건 그렇고 이제 곧 기일이 다가오는군. 자네는 일본으로 돌아가겠지.』

키요타카가 그의 조수를 맡은 지 이제 곧 두 달이 된다.

『이럴 줄 알았다면 두 달이 아니라 가장 긴 세 달로 할 걸 그랬어. 어떤가, 연장하지 않겠나? 이 뉴욕에서 크리스마스를 보내는 것도 괜찮은 일이야. 자네가 있으면 아내도 기뻐하겠지.』

『아주 영광스러운 말씀입니다만, 제게는 크리스마스를 같이 보내고 싶은 사람이 있습니다.』

『그런가, 그렇겠지. 소년이었던 자네도 어엿한 어른이 됐어.』

『부디 부인과 멋진 크리스마스를 보내시기 바랍니다.』

키요타카는 후훗, 하고 웃고 통로로 눈길을 돌렸다.

시로의 모습은 이미 아무 데도 없었다.

2

"홈즈 씨가 이제 곧 돌아오는구나."

맞은편에 앉은 카오리는 밀크티를 마시며 호오, 하고 중얼거렸다.

나는 "응" 하고 고개를 끄덕이고 카오리의 뒤에 펼쳐진 식물원의 경치로 시선을 보냈다.

이곳은 교토 식물원에 인접한 카페 레스토랑. 우리는 대학 수업을 마치고 산책 겸 이곳에 차를 마시러 왔다. 12월의 식물원은 단풍도 완전히 져서 약간 쓸쓸해 보였다.

겨울에는 사람이 그다지 찾지 않는다고 생각했던 식물원이지만, 1년 내내 따뜻한 온실의 식물이 아름답고 일루미네이션도 상당히 볼만하다고 한다.

"홈즈 씨는 지금은 뉴욕에 있제?"

나는 따뜻한 카페오레를 마시면서 그렇다고 고개를 끄덕였다.

여전히 수행 중인 홈즈 씨는 저번 달부터 뉴욕에 가 있다.

수행을 내키지 않아 했던 그였지만, 존경하는 미술계 권위자 중 한 사람인 토마스 홉킨스 씨의 밑에서 일하게 되었을 때는 아주 기뻐하는 기색이었다.

"15일 일본에 도착한대. 그 뒤에는 연초까지 '쿠라'에 와 있을 것 같아."

"잘됐다."

"응. 그리고 홈즈 씨가 돌아온다는 얘기를 가족한테 했더니 우리 엄마랑 동생이『그러면 키요타카 군을 집에 불러 환영회를 열자』라고 말을 꺼내서 말이야."

내가 못 말리겠다는 기색으로 어깨를 늘어뜨리자 카오리가 풋, 하고 웃음을 터뜨렸다.

"어머니도 동생도 홈즈 씨를 만나고 싶어 하는 모양이네. 뭐, 멋진 사람이니까."

"말은 그렇게 하지만 카오리는 홈즈 씨를 불편해하잖아."

"나는 뭐, 과거에 홈즈 씨에게 범행을 폭로당한 쪽 사람이라 그때의 공포 같은 게 남아 있다고 해야 하나. 그게 없었다면 평범하게 '멋진 사람'이라고 생각했을지도 모른다. 그래도 약간 불편한 타입이긴 하지만."

솔직한 카오리의 말에 나는 무심코 웃고 말았다.

"근데 홈즈 씨는 뭐라 하노?"

"홈즈 씨에게 넌지시 엄마가 이런 말을 꺼냈다고 이야기했더니 『참 기쁘네요』라며 꽤나 흥미를 보여서, 진짜 우리 집에서 '환영회'를 열게 됐어. 그것도 홈즈 씨가 일본에 도착한 다음 날인 16일에."

"와아. 오랜만의 재회인데 단둘이 못 있는구나. 아오이는 아쉽제?"

"아, 그렇지는 않아. 만나는 것만으로도 즐겁고, 무엇보다 가족의 요청을 흔쾌히 받아들여줘서 기뻐."

"그렇겠다. 그건 확실히 그렇데이."

"하지만 그다음에 『아아, 하지만 긴장되네요. 속이 음흉하다는 게 들통나지 않도록 해야겠어요. 아오이 씨, 지원 부탁해요』라고 했어."

그렇게 말하자 카오리는 진심으로 놀랐다는 듯이 눈을 깜빡였다.

"홈즈 씨는 아오이한테는 그런 것까지 말하는구나."

"어, 응, 뭐."

원래 내게는 진심이 새어나온다고 했던 홈즈 씨지만, 최근에는 그 부분에 박차가 가해지고 있는 것 같다는 생각이 들었다.

카오리는 좋겠데이, 하고 흐뭇한 듯이 눈을 가늘게 떴다.

"그러면 크리스마스도 같이 보낼 수 있겠네. 잘됐데이."

"응."

"그러고 보니 아오이는 홈즈 씨한테 뭘 줄 거고?"

"어?"

"크리스마스 선물."

"아, 아아!"

맞다, 크리스마스 선물!

"홈즈 씨한테 뭔가 선물하려면 힘들 것 같데이."

"맞아. 뭐니 뭐니 해도 감정사니까."

"그리고 홈즈 씨가 주는 선물도 굉장할 것 같다. 지금까지 해외여행 때 사온 기념품에 무하의 석판화나 스위스의 팔찌

시계도 받았잖아?"

"……응."

그뿐만 아니라 지금까지 온갖 곳에 데려가주기도 하고 밥을 사주기도 했다.

그렇다, 키부네의 카와도코에서의 점심(이건 점장님의 조치지만), 첫선, 폰토초에서의 식사, 생일 파티 때 받은 드레스에 신발에 목걸이. 나는 대체 얼마나 많이 받아왔던 걸까…….

이제 이 이상은 받으면 안 되겠어.

나는 카오리와 계속 수다를 떨면서 그런 생각을 하고 작게 한숨을 내쉬었다.

3

그리고 16일 오후 4시.

드디어 홈즈 씨가 우리 집에 오는 날이 되었다.

그가 우리 집에 오는 것은 세 번째다.

첫 번째는 우에다 씨의 카페에 가기 전에 우리 집에 들러 할아버지 유품을 감정해주었을 때.

두 번째가 교제하기로 하고 인사하러 왔을 때. 그리고 이번이 세 번째가 된다.

"그러면 갔다 올게요."

우리 집에는 차를 두 대나 주차할 공간이 없기 때문에 홈즈 씨는 버스로 '시모가모 신사 앞'까지 오기로 했다.

모처럼 와주니 이번에도 버스 정류장까지 마중 가려고 현관에서 신발을 신고 있는데 엄마가 부엌에서 허둥지둥 나왔다.

"아오이, 저녁은 정말 '다키고미밥(쌀에 야채, 닭고기, 어패류 등의 재료를 넣고 소금, 간장, 술 등으로 간해 지은 밥_옮긴이)'과 '고로케'면 돼? 환영회인데 정말 그런 걸로 괜찮을까?"

"응. 그래서 고로케 만들 준비를 나도 한 거야."

나머지는 튀기기만 하면 되는 상태인데 이제 와서 무슨 소리를 하는 걸까.

환영회를 하자는 말을 꺼냈으면서 생각이 너무 많아 무엇을 만들어야 좋을지 알 수 없게 된 엄마는 『키요타카 군한테 뭘 먹고 싶은지 직접 물어봐!』라고 말을 꺼냈다.

나는 숨김없이 그대로 홈즈 씨에게 물어보기로 했다.

그러자 홈즈 씨는 『뭐든 기뻐요』라고 예상했던 대답을 했다.

『그러면 홈즈 씨가 좋아하는 음식을 만들게요. 홈즈 씨가 좋아하는 음식 세 개 정도를 꼽아주지 않으실래요?』

그 결과 '다키고미밥' '감자 고로케' 두 가지가 나왔다.

『나머지 하나는 그때그때 기분에 따라 달라지지만 이 두 가지는 늘 좋아합니다.』

그 대답이 아주 의외라고 느껴지는 동시에 혹시, 하고 나는 의심했다.

『저희 집을 신경 써서 서민적인 메뉴를 말한 건가요?』

홈즈 씨네 집 같은 부자는 아니라도 우리 집 역시 초밥 정도는 준비할 수 있다.

하지만 무엇을 먹고 싶으냐는 요청을 받고 『초밥입니다』라고 대답하기는 어려우리라.

이 질문은 실수였을지도 모른다.

아무것도 묻지 말고 초밥을 준비하면 무난하게 기뻐해주었으리라.

『아니요, 아버지나 미에코 씨가 물어도 그 두 가지가 나왔을 거예요. 다키고미밥이나 감자 고로케는 좋아하긴 해도 어지간해서는 직접 만들지 않거든요. 햄버그는 양식 가게에서 먹을 기회가 있고요. 가끔 다키고미밥이나 찰팥밥을 받으면 아주 기쁘답니다.』

홈즈 씨가 그렇게 이야기하자 나는 겨우 납득했다.

그는 늘 식사는 '외식' 아니면 '간단한 볶음'이나 '생선 구이'라고 전에 이야기했었다.

가족이 모일지 말지 알 수 없는 야가시라가에서 다키고미밥이나 감자 고로케를 일부러 만드는 일은 적으리라.

"홈즈 씨가 좋아한다고 했으니까 괜찮아."

엄마와 그런 이야기를 하다가 생각 외로 시간을 잡아먹어서 나는 자전거로 버스 정류장까지 가기로 했다.

걸어서는 약 10분 걸리지만 자전거라면 순식간에 도착한다.

겨울바람이 차갑지만 오늘은 날이 맑아서 햇살은 따듯하다.

자전거로 경쾌하게 달린다고 말하고 싶지만 끽끽끽끽대며 우는 낡은 자전거가 시끄러운 것이 유감이다.

중학교에 입학했을 때 받은 것으로, 학교 지정인 회색 자전거.

이제 수명이 다 되었을지도 모른다.

이왕이면 디자인이 귀여운 새 자전거를 가지고 싶지만 자전거에 수명 같은 건 없을 테고, 무엇보다 아직 탈 수 있어서 아깝다.

이제 슬슬 관리를 해야 할지도 모른다.

멍하니 그런 생각을 하며 자전거를 달리던 나는 버스와 엇갈려 지나쳐서 깜짝 놀라 고개를 들었다.

방금 버스에 타고 있었는지 버스 정류장에 홈즈 씨의 모습이 있었다.

재킷에 청바지 차림으로 내 모습을 보자마자 손을 크게 흔들었다.

"홈즈 씨!"

나는 자전거에서 내려서 종종걸음으로 자전거를 밀었다.

"아오이 씨, 일부러 나와 줘서 고마워요."

"오, 오랜만이에요. 그리고 어서 오세요, 홈즈 씨."

"다녀왔데이, 아오이."

싱긋 미소 짓는 홈즈 씨를 보고 가슴이 먹먹해졌다.

오랜만에 만난 홈즈 씨는 여전히 스마트하고 전보다 어른스럽게 느껴졌다.

"갈까요?"

홈즈 씨는 평소처럼 자전거 손잡이를 잡았다.

"아, 죄송해요."

"아니에요, 자전거 바구니에 짐 좀 넣을게요" 하고 홈즈 씨는 바구니에 종이봉투를 넣었다.

귀여운 일러스트에 영어 로고가 보였다. 뉴욕에서 가져온 선물일까.

무심코 빤히 바라보고 있는데.

"아아, 이건 선물인 '팻 위치 베이커리'의 브라우니예요. 여기서도 살 수 있는 것이라 면목 없지만 맛있어서요."

"먹어본 적이 없어서 기대돼요. 뉴욕은 어땠어요?"

"아주 좋은 경험이 됐어요. 무엇보다 메트로폴리탄 미술관은 몇 번을 가도 멋지고 감동이었어요."

"아마 세계 최대 규모였죠?"

"네. 하루에는 다 볼 수 없어서 보고 싶은 곳을 좁혀서 돌아보는 편이 좋을 만한 크기예요. 그리고 놀랍게도, 훌륭한 일급품만 전시돼 있는데도 자유롭게 촬영하거나 조각을 만져도 주의를 주지 않아요."

"어, 그래요?"

"도가 지나치면 혼날지도 모르지만, 사람들이 다 같이 모여서 로댕의 조각을 만지고 있었어요. 저도 만졌지요. 언젠가 같이 가고 싶네요."

"네!"

이야기를 들으며 아직 간 적 없는 메트로폴리탄 미술관으로 생각이 뻗어가서 설레기 시작했다.

"고작 두 달이지만 홉킨스 씨의 밑에서 일을 할 수 있어서 시야가 넓어진 듯한 기분이 들어요."

원래 넓은 시야를 가지고 있던 홈즈 씨다.

지금보다 시야가 더 넓어지면 그것은 굉장한 일이자 오너의 의도가 성공했다고 말할 수 있을지도 모르리라.

그런 홈즈 씨를 눈부시게 생각하면서도 내 가슴에 초조함 같은 것이 생겨났다.

대학에서 평범하게 배우는 것밖에 할 수 없는 내가 점점 뒤처지는 듯한 감각에 사로잡히는 것이다.

"아오이 씨는 대학은 어때요?"

"지금은 아직 제가 생각한 것보다 전문적인 공부에 들어가지 않아서요…… 이제부터라고 생각하지만요."

"네, 이제부터라고 생각해요. 아오이 씨도 아직 열아홉 살이니까 이제부터 세계가 더더욱 넓어질 겁니다."

"그럴까요?"

"네, 지금 와서 돌이켜보면 열아홉 살 때의 저는 정말 어렸다고 생각해요. 그때는 어른에게 지지 않겠다는 마음으로 지냈어요."

"알 것 같아요" 하고 나는 작게 웃었다.

시시한 대화지만 방금 전까지 느꼈던 초조함이 옅어진 것을 알 수 있었다.

홈즈 씨니까 내 마음속을 헤아려 조언해준 것이리라.

"그보다 묻고 싶었던 것은 대학에서 보내는 사생활이에요."

"네?"

"같은 대학 남자에게 『마시로, 돌아갈 때 밥 먹으러 안 갈래?』라든가 『아아, 이제 아오이라고 해도 되지? 다음에 한잔하러 갈래?』라든가 『나 아오이가 신경 쓰여서 못 참겠어. 우리 집에 와 줄래?』 같은 말을 듣지는 않았나요?"

아주 구체적으로 질문을 받는 바람에 내 입에서 콜록, 하고 기침이 나왔다.

"그건 뭔데요. 어째서 홈즈 씨의 망상 속 남자와 저의 관계가 서서히 좁혀지는 거죠?"

"노린 여자를 함락시키는 남자는 거리를 능숙하게 좁히니까요. 여성은 느닷없이 접근하면 싫어하잖아요. 저는 당신과 떨어져 있는 동안 너무 걱정되어 혼났어요."

"그런 것치고는 여성에게 거리를 좁히는 방법을 자세히 아시네요."

나도 모르게 차갑게 힐끗 보자 이번에는 홈즈 씨가 작게 기침했다.

"일반론입니다."

"그러고 보니 계속 신경 쓰였는데요. 홈즈 씨는 옛날에 이즈미 씨에게 배신당한 충격으로 출가하려고 생각했을 정도였는데, 결국은 자포자기해서 『출가와는 정반대 생활을 보냈다』라고 말씀하셨죠?"

"……그랬나요?"

"대체 어떤 상태였어요?"

"글쎄요. '출가와는 정반대'였으니까요. 머리를 금발로 했었어요."

"네에? 진짜요?"

홈즈 씨가 금발이라니! 하고 깜짝 놀랐지만, 홈즈 씨는 바로 "농담입니다" 하고 미소 지었다.

"그건 그렇고 아오이 씨네 집도 세 번째 방문하는군요. 아직도 두근거립니다."

어떻게 생각해도 화제를 돌리려는 것으로밖에 보이지 않

앉지만, 이야기하고 싶어 하지 않는 듯해서 추궁은 그만두기로 했다.

"진짜 두근거리세요?"

"네. 가슴에 손을 대보겠어요?"

그렇게 말하고 짓궂게 미소 짓는 홈즈 씨를 보고 움찔해서 말문이 막혔다.

"아, 아니요, 그건 사양할게요."

"아쉽네요."

"아쉽다니요."

둘이서 웃으며 느긋하게 걸어서 작은 교회 앞까지 왔을 때 나는 가만히 발걸음을 멈추었다.

"이 교회. 요즘 저희 엄마가 지구 임원 일로 자주 가는 곳이에요."

그곳은 '성모 유치원'이라는 이름의 유치원과 인접한 비교적 작은 교회였고, 안뜰에 새하얀 마리아상이 있었다.

12월인데도 불구하고 나무들이 잎을 달아 녹색으로 둘러싸여 있는 것이 인상적이었다.

"바자회를 돕는 건가요?"

"그것도 있고, 크리스마스 모임에서 가스펠을 부르게 된 것 같아요."

"가스펠을."

홈즈 씨는 호오, 하고 중얼거렸다.

"네. 원래 '성모 유치원'의 보호자들이 가스펠 서클 같은 걸 만들었는데, 멤버가 부족해서 지구 임원에게 참가를 부탁했대요. 엄마는 다른 일을 맡는 것보다 노래 쪽이 괜찮은 것 같아서 받아들였대요."

"그거 정말 즐거울 것 같네요."

"그렇죠? 억지로 떠맡은 느낌이었지만 활기차게 연습하러 다니고 있어요. 모두 합창부였다나 봐요."

그런 이야기를 나누며 우리는 교회 앞을 지나쳤다.

"다녀왔습―."

집에 도착해 현관문을 열자.

"――네? 또요?"

복도에서 엄마 목소리가 들려서 우리는 조금 놀라 발걸음을 멈추었다.

"아, 네, 알겠습니다. 지금 갈게요."

아무래도 엄마는 거실에서 통화를 하고 있는 모양이다.

엄마는 통화를 하면 목소리가 커지는 버릇이 있다.

다음 순간, 거실 문이 열리고 엄마가 복도로 모습을 드러냈다. 우리를 보고 "앗" 하고 소리를 높이고는 꾸미듯이 웃음을 지었다.

"어머나, 키요타카 군. 어서 와요."

"실례하겠습니다. 오늘 초대해주셔서 감사합니다."

"지금 수행 중이죠? 요전까지는 뉴욕에 갔다고 하던데. 정말 대단해요. 열심히 하고 있네요."

엄마는 부자연스럽게 빨리 말한다 싶더니 바로 내 쪽으로 몸을 돌렸다.

"아오이, 엄마 잠깐 교회에 갔다 올게. 저녁 준비 시간까지는 돌아올 거야."

서둘러 신발을 신는 엄마를 보고 나와 홈즈 씨는 무심코 얼굴을 마주 보았다.

"엄마, 무슨 일인데?"

"괜찮으세요?"

우리가 그렇게 묻자 엄마는 발을 멈추고 곤란한 얼굴을 보았다.

"어, 으음, 그게……."

"제가 뭔가 도울 수 있는 일이 있다면 주저 없이 말씀해주십시오."

"……실은 오늘 말이죠, 키요타카 군이 오면 상담을 부탁하려 했어요. 앗, 그래서 부른 건 아니에요."

당황한 듯이 말하는 엄마에게 홈즈 씨는 알 것 같다는 기색으로 맞장구를 쳤다.

"홈즈 씨에게 상담이라니, 혹시 엄마, 뭔가 트러블에 휘말렸어?"

내가 눈을 부라리자 거실에서 이야기를 엿듣던 모양인 동생 무츠키가 "어, 진짜?" 하고 고개를 내밀었다.

"내가 휘말린 건 아니지만 신세를 지고 있는 교회에서 최근 기묘한 일이 일어나고 있어서……"라고 말하며 엄마는 뺨에 손을 댔다.

"기묘한 일이라니?" 하고 나와 동생의 목소리가 모였다.

"……응, 뭐랄까, 악질적인 장난이라고 생각하는데. 안뜰의 마리아상이 말이지…… 피눈물을 흘리게 됐어."

얼굴을 굳히고 웃는 엄마의 말에 우리는 모두 경직되고 말았다.

4

"그건 그렇고 마리아상이 피눈물을 흘리다니, 무슨 소리야?"

일단 문제의 교회로 향하게 되었고, 당황하며 묻는 내게 엄마는 곤란한 듯이 얼굴을 찌푸렸다.

"그러니까 말 그대로야. 교회의 마리아상이 피눈물을 흘리게 됐어. 기묘한 일이라서 발설하지 않도록 주의하자고 했는데, 아까 또 피눈물이 흐르고 있었대."

"엄마, 그거 오컬트 현상이잖아. 전에 『세계의 놀라운 뉴스』라는 방송에서 이탈리아의 마리아상이 피를 흘리는 걸 봤어."

한창 혈기가 왕성할 나이의 동생은 오컬트 같은 이야기에 흥분한 듯이 눈을 빛내고 있었다.

홈즈 씨는 우리의 한 걸음 뒤에서 걸으며 아무 말 없이 이야기를 듣고 있었다.

"마리아상이 피눈물을 흘리다니. 이탈리아에서도 이런 낮에는……."

나는 거기까지 말하다 놀라 고개를 들어 몸을 돌리고 홈즈 씨를 보았다.

"그리고 보니 저와 홈즈 씨, 아까 교회 앞을 지났죠? 하지만 피눈물은 흐르지 않았던 것 같아요. 그렇다면 그때부터 지금까지 사이에 일어난 사건이라는 뜻이네요."

"아오이 씨, 우리가 지나왔던 길에서는 나뭇잎에 가려서 마리아상의 목에서부터 아래까지만 보였어요. 그러니 피눈물을 흘리고 있었는지 흘리지 않았는지는 모른답니다."

줄줄 나온 반론에 말문이 막혔다.

여전히 잘 보고 잘 기억하는 사람이다.

생각해보니 마리아상의 하얀 실루엣을 확인한 것만으로 전부를 본 것 같은 기분이었는데, 그건 목에서부터 아래까지의 모습이었구나.

그리고 걷기를 몇 분.

우리는 '성모 교회'에 도착했다.

정문은 닫혀 있어서 뒷문으로 안에 들어갔다.

안뜰에는 중년의 백인 목사님과 여섯 명의 여성의 모습이 보였다.

"아, 마시로 씨" 하고 손을 든 것은 엄마와 같은 지구 임원인 스즈키 씨.

스즈키 씨는 엄마와 동년배이고 다른 여성 다섯 명은 '젊은 엄마'라는 분위기였다.

아마 '성모 유치원'의 엄마들이리라.

"잠깐만 스즈키 씨, 또야?" 하고 달려가는 엄마에게 스즈키 씨는 험상궂은 표정으로 고개를 끄덕였다.

"……봐봐."

시선 끝에는 가슴 앞에 손을 모은 성모 마리아상.

내리뜬 눈에서 다갈색 눈물을 흘리고 있었다.

"――!"

나도 모르게 『힉』 하고 소리를 낼 뻔했다.

오컬트 같은 게 아니다.

솔직히 말해서 오싹한 광경이었다.

지금까지 들떠 있던 동생도 얼굴에서 핏기가 사라져 있었다.

안뜰에 있는 목사님도 젊은 엄마들도 심각한 얼굴이었다.

그런 가운데 홈즈 씨는 흰 장갑을 끼고 마리아상에 다가가 안주머니에서 돋보기를 꺼냈다.

잡아먹을 듯이 빤히 바라보다가 잠시 후 가만히 입을 열었다.

"……아무래도 이것은 진짜 혈액인 것 같군요. 무슨 피인지는 모르겠습니다만."

"저기, 마시로 씨, 이분은 누구셔?" 하고 스즈키 씨가 작은 목소리로 귓속말을 했다.

"아, 응. 그렇지. 그는 홈즈 씨라는 탐정이야."

경황이 없던 엄마는 그렇게 홈즈 씨를 소개했고.

"아닙니다, 어머님. 저는 탐정이 아니라 견습 감정사입니다."

홈즈 씨는 냉정하게 태클을 걸었다.

"이 사람은 누나의 남자 친구이자 전 교토대학원생이야!"

동생이 더 큰 목소리로 덧붙이자 '어머, 교토대학원생!' 하고 감탄하는 소리가 안뜰을 둘러쌌다.

순식간에 수상쩍던 시선이 신용의 빛을 띠어서 '역시 교토대의 이름이란' 하고 나는 그만 감탄하고 말았다.

"——일단 이 피가 사람의 것인지 동물의 것인지 조사해야겠군요."

홈즈 씨는 스마트폰을 꺼내 누군가에게 전화를 걸기 시작했다.

"……아아, 접니다. 야가시라 키요타카입니다. 안녕하세요, 코마츠 씨."

누구에게 전화를 거나 했더니 아무래도 전화 상대는 코마츠 씨인 모양이다.

"갑작스럽지만 일을 의뢰하고 싶습니다. ……네, 실은 악질적인 장난으로 오브제에 피가 묻었는데요. 그 피를 조사하고 싶으니 '혈흔 채취 키트'를 준비해 보내주셨으면 합니다. 퀵서비스로 보내도 상관없습니다. 주소는 바로 메일로 보내드리겠습니다. ……네. 아아, 피 쪽은 혈액 분석을 할 수 있는 친구에게 부탁할 테니 괜찮습니다. 네, 잘 부탁드립니다."

홈즈 씨는 전화를 끊고 바로 이곳의 주소를 문자로 송신한 다음 다시 스마트폰을 귀에 댔다.

"……여보세요. 나 야가시라인데, 수고 많다. 실은 악질적인 장난으로 오브제에 피가 묻어서 그걸 조사하고 싶은데. ……맞다. 그래서 '혈흔 채취 키트'는 확보했어. 그쪽으로 보낼 테니 조사해주지 않겠나? ……고맙데이. 다음에 밥 살게. 엉? 뭐, 알았다. 일단 물어볼게. 부탁한데이. 그럼 또 보자."

홈즈 씨는 그렇게 말하고 전화를 끊었다.

"홈즈 씨. 지금 통화한 사람, 혹시 코히나타 씨예요?"

"잘 기억하시네요."

"카오리가 명함을 받았거든요."

"아아, 그랬군요. 실은 『보답은 필요 없으니까 다음에 카오리와 아오이 씨 그리고 너까지 넷이서 식사하러 가고 싶다』라고 말을 꺼내서요. 연내는 바쁠 것 같아서 새해에라도 그래 보자고 했습니다. 일단 카오리 씨에게 물어봐주시겠어요?"

"아, 네. 그건 전혀 문제없어요."

그런 우리의 대화를 주위의 모두가 멍한 기색으로 듣고 있었다.

"혈흔 채취 키트는 약 한 시간 후에 도착할 것 같습니다."

시선을 알아차린 홈즈 씨는 주머니에 스마트폰을 넣으며 말했다.

아무래도 그 자리에 있던 모두가 압도당한 듯했다.

"그러면 다시 자기소개를 하겠습니다. 처음 뵙겠습니다, 야가시라 키요타카라고 합니다. 여러분께 말씀을 여쭙겠습니다. 처음 마리아상이 피눈물을 흘린 것은 언제입니까?"

홈즈 씨의 수사 개시다.

피를 흘리는 마리아상.

물론 이것은 오컬트가 아니라 인위적인 것이므로.

누군가가 저지른 짓이라면 이 안에 목격자가 있을지도 모른다.

홈즈 씨의 물음에 모두 『어쩌지』 하고 얼굴을 마주 보았다.

그런 가운데 청초한 분위기의 아주 아름다운 여성이 한 걸음 앞으로 나섰다.

"처음 뵙겠습니다, 리사 브라운이라고 합니다. 이 교회 목사의 아내예요. 마리아상이 처음 피눈물을 흘린 건 이주 전 금요일이에요."

목사 부인인 리사 씨는 심플한 복장에 윤기 흐르는 검은 머리에 부드럽게 웃는, 그야말로 경건한 크리스천이라는 분위기를 풍기는 여성이었다.

"그때 상황을 말씀해주시겠습니까?"

"네. 금요일 아침 8시 반에 저는 딸을 데리고 이웃한 '성모 유치원'에 등원했고, 그 후 이 안뜰에 왔을 때 마리아상의 눈에서 붉은 액체가 흐른 흔적이 있는 것을 발견했어요."

교회 바로 옆에 유치원이 있다.

하지만 울타리로 나뉘어 있고 겨울에도 나뭇잎들이 달려 있기 때문에 교회에서 유치원의 모습은 보이지 않는다.

즉, 유치원 쪽에서도 교회 안뜰은 보이지 않는 것이다.

"그때, 남편분…… 목사님께서는 어디 계셨습니까?"

"남편은 새벽 6시부터 예배당에 가 있었는데, 남편이 왔을 때는 아무 이상도 없었다고 해요."

"그렇군요. 6시부터 8시 반이라는 이른 아침에 일어난 장난인 거군요. 목사님은 수상한 자를 보셨습니까?" 하고 목사님에게 시선을 옮기자.

"······교회 창문은 스테인드글라스라서 바깥의 모습은 보이지 않습니다. 줄곧 예배당에서 청소를 하고 있어서 몰랐습니다."

억양에 아주 약간 위화감은 있지만 유창한 일본어로 그렇게 대답했다.

"리사 씨는 그것을 봤을 때 어떻게 하셨습니까?"

"바로 남편을 부르러 예배당에 들어갔어요. 그리고 남편도 저도 악질적인 장난이라고 생각해서 닦아냈고요."

"······마리아상이 피눈물을 흘리는 것을 '신의 기적'이라고 받아들이는 분도 있는데 어째서 바로 장난이라고 생각하셨습니까?"

홈즈 씨가 부드러운 말투로 그렇게 묻자 나는 옆에서 '그렇구나' 하고 팔짱을 꼈다.

확실히 크리스천이 아닌 나라면 바로 '악질적인 장난'이라고 생각하겠지만, 신자들은 '기적'이라고 받아들여도 이상하지 않을 것이다.

바로 '악질적인 장난'이라고 생각한 것은 뭔가 짚이는 데가 있었기 때문일지도 모른다.

"······실은 피눈물을 보기 얼마 전에 『세계의 놀라운 뉴스』라는 TV 방송에서 피눈물을 흘리는 마리아상에 대해 다루었어요. 남편과 같이 보다가『이런 방송을 보고 교회의 마리아상에 붉은 매직으로 낙서를 하는 일이 일어나지 않았으면 좋겠다』라는 이야기를 나눈 차에 일어난 사건이라서요.”

망설이는 기색으로 말하는 그녀에게 홈즈 씨는 납득한 기색으로 고개를 끄덕였다.

무츠키도 봤다고 이야기했던 방송이다.

“그 사건을 누군가에게 이야기하셨습니까?”

“그때 가까이 있던 유치원 가스펠 서클 소속의 이토 씨와 우치야마 씨에게 그만 말했어요. 다른 데는 말하지 말아달라고 부탁하면서요.”

“리사 씨도 가스펠 서클에 소속되어 있으십니까?”

“네. 유치원의 가스펠 서클은 제가 리더인데, 아베 씨, 이토 씨, 우치야마 씨, 에가와 씨 등 합쳐서 다섯 명이에요.”

아베 씨, 이토 씨, 우치야마 씨, 에가와 씨.

멋지게 ‘아이우에오 순서’다. ‘오’ 자로 시작하는 사람은 없지만.

“그러면 두 번째 피눈물을 발견했을 때의 상황을 말씀해주시겠습니까?”

그러자 유치원 가스펠 서클 엄마 중 한 사람이 가만히 고개를 들었다.

아주 어른스러워 보이는 분이다.

"아베예요. 두 번째는 제가 발견했어요. 일주일 전 토요일, 가스펠 서클 연습이 교회에서 있었는데 볼일 때문에 저만 참가가 늦어졌어요. 오후 4시쯤에 이 교회에 왔을 때 마리아님을 보니 피눈물을……."

"그래서 당신은 어떻게 하셨습니까?"

"……저, 저는 두 번째라는 것을 몰라서 장난이라고는 전혀 생각 못 하고 '신의 기적을 봤다'고 생각해 그 자리에 무릎 꿇고 눈물을 흘리고 있었어요."

아베 씨는 고개를 숙이고 말했다.

"당신은 경건한 크리스천이시군요?"

"네, 물론이에요."

"서클 멤버는 모두 크리스천이십니까?"

모두를 둘러보며 묻자.

"전원은 아니지만 저도 크리스천이에요. 아, 저는 이토라고 해요."

중단발 여성, 이토 씨가 손을 들었다.

"저는 우치야마라고 해요. 딸 둘이 '성모 유치원'에 다니기는 하지만 크리스천은 아니에요."

우치야마 씨는 쇼트커트에 발랄한 분위기의 여성이었다.

"나도요. 가까워서 '성모 유치원'에 보내고 있지만 우리는 불교예요. 아, 나는 에가와예요."

그렇게 말하며 밝게 웃는 갈색 머리의 에가와 씨.

가스펠 서클에서 크리스천인 것은 리사 씨, 아베 씨, 이토 씨 세 사람이고, 우치야마 씨와 에가와 씨는 그렇지 않았다.

임원인 스즈키 씨도 우리 엄마도 크리스천이 아니다.

"즉, 아베 씨의 두 번째 발견으로 알려지게 됐다는 거군요."

다시 확인하는 홈즈 씨의 말에 모두 고개를 끄덕였다.

"알려졌다 해도 그때 예배당에서 연습하던 서클 동료와 임원인 마시로 씨, 스즈키 씨뿐이에요. 다른 분에게는 말하지 말아달라고 부탁드렸어요"라고 덧붙인 리사 씨.

"그때 이게 실은 두 번째 사건이라는 사실을 모두에게 전하신 거죠?"

"네."

"──그래서 세 번째인 이번에는 누가 발견하셨습니까?"

"나예요" 하고 손을 든 것은 에가와 씨.

"오늘은 점심부터 예배당에서 가스펠 연습을 해서 말이죠, 휴식 시간인 3시가 되어 밖으로 나오니 이런 일이 벌어져 있어서 완전 깜짝 놀랐다니까요."

에가와 씨는 분위기도 말투도 젊다.

"그래서 여러분, 수상한 사람을 보셨습니까? 꼭 오늘이 아니라도 상관없습니다."

홈즈 씨가 그렇게 묻자 모두는 다시 얼굴을 마주 보았다.

"특별히 수상한 사람을 본 적은 없어요."

"……글쎄요. 이곳은 조용한 주택가 안에 있는 교회고 유치원이 인접해 있어서 낯선 사람에게는 민감한 편이지만 특별히 그런 사람을 본 적은 없어요."

수상한 사람에 대한 정보는 없는 건가.

"그러면 이 교회 외에 마리아상에 그런 장난이 있었다는 이야기는 들어보셨습니까?"

"아니요, 그런 이야기는 들은 적 없습니다."

목사님이 고개를 저었다.

"한 번이라면 몰라도 세 번이나 이런 짓을 하는 것은 보통 일이 아닙니다. 경찰에 알리는 것은 어떠십니까? 또, 이 교회에 원한을 가진 자가 있을 가능성은 있습니까?"

조용히 물은 홈즈 씨의 말에 목사님과 리사 씨가 눈을 크게 떴다.

"설마 교회에 원한이라니요!"

"아아. 하지만 보답받지 못하는 인생을 보내는 분이 신에게 불합리한 분노를 느끼고 있을지도 몰라요. 가능하다면 구원해드리고 싶어요. 그러니까 경찰은……."

가슴 앞에서 손을 가만히 모으는 리사 씨.

그 모습이 아름답고 아주 성스러워 보였다.

같은 크리스천인 아베 씨와 이토 씨도 마찬가지로 가슴

앞에서 손을 모으고 있었다.

"리사 씨, 괜찮아요. 이제 이런 장난은 없을 거예요."

"맞아요, 조만간 싫증날 거예요."

그렇게 말해 기운을 북돋우는 우치야마 씨와 에가와 씨.

그때 교회 앞에 오토바이가 멈추고는 소리를 질렀다.

"퀵서비스입니다! 야가시라 씨 계신가요?"

"수고하십니다. 저도 바로 보내고 싶으니 잠시만 기다려 주시겠습니까?"

홈즈 씨는 짐을 받으며 그렇게 말했다.

아까 코마츠 씨에게 부탁했던 '혈흔 채취 키트'라는 것이 도착한 모양이다.

바로 짐을 풀어서 동봉된 고무장갑을 끼고 병원에서 볼 법한 항균 봉지를 부스럭부스럭 열었다.

특수한 면봉과 시트 같은 것을 들고 마리아상의 앞까지 가서 솜씨 좋게 혈흔을 채취했다.

바로 밀봉 용기에 넣어 대학 주소와 수취인의 이름을 쓱쓱 적어 퀵서비스 배달원에게 향했다.

"고맙습니데이."

퀵서비스 배달원은 홈즈 씨에게 받은 짐을 들고 달려 나갔다.

물 흐르듯 막힘없고 낭비 없는 부드러운 작업.

그렇다, 홈즈 씨는 이거다 저거다 결론이 나지 않는 논쟁을 벌이는 대신 늘 곧장 해결의 길로 돌진한다.

"일주일 있으면 이 피가 동물의 것인지 사람의 것인지, 또 혈액형 등도 확실해질 겁니다. 그렇게 되면 여러 가지 문제가 좁혀질 것이라고 생각합니다. 아아, 교회 외벽에 카메라를 설치하는 것도 좋은 방법일지도 모르겠군요."

몸을 돌리고 그렇게 말하는 홈즈 씨에게 모두는 다시금 압도되어 있었다.

5

키트를 사용해 혈흔을 채취하고 피를 닦아낸 후, 우리는 오늘은 이 이상 여기에 있어봐야 뾰족한 수가 없다고 판단해 해산하기로 했다.

돌아가는 길, 집을 향해 걸으면서 홈즈 씨는 교회를 돌아보고 고개를 갸웃거렸다.

"……그런데 이상한 교회로군요."

"네, 마리아상에 저런 장난을 하다니요."

고개를 끄덕인 내게 홈즈 씨는 고개를 저었다.

"아, 아니요. 그게 아니라 안뜰에 마리아상이 있고, 리사 씨의 존재가 그래요. 이상하다고 생각하지 않으세요?"

그렇게 묻는 홈즈 씨에게 이번에는 내가 고개를 갸웃거리고 말았다.

"저기, 어디가요?"

마찬가지로 이상하다는 얼굴을 하는 엄마와 동생의 모습을 보고 홈즈 씨는 눈을 크게 떴다.

"아아, 그렇군요. 일반적으로는 이상하다고 생각하지 않는 분도 많은 거군요."

홈즈 씨는 혼잣말처럼 중얼거리고 고개를 연신 끄덕였다.

역시 홈즈 씨가 무슨 소리를 하는지 모르겠어서 고개를 갸웃거리다가 정신을 차리고 보니 집에 도착해 있었다.

"──아오이 남자 친구 정말 대단하더라! 역시 전 교토대 학원생이야!"

같이 따라온 임원 스즈키 씨는 집에 들어오자마자 흥분한 목소리로 말했다.

"정말이야, 나도 깜짝 놀랐어."

차 준비를 하며 고개를 마구 끄덕이는 엄마에게 동생도 동조했다.

"응, 나도 왠지 압도됐어! 홈즈 씨는 대단해!"

교회의 기묘한 사건은 우연히 홈즈 씨의 주가를 더욱 올려준 듯했다.

"아닙니다, 과찬이십니다."

식탁의 자리에 앉아 싱긋 웃으며 고개를 저었다.

여전히 빈틈없는 사람이다.

"덕분에 그게 무슨 피인지 알 수 있을 것 같고, 그러면 사건을 대강 파악할 수 있을지도 몰라. 기분 나쁜 일이 이제 더 이상 생기지 않았으면 좋겠어."

스즈키 씨는 뺨에 손을 대고 한숨을 내쉬었다.

"……아마도 이제 그런 기묘한 일은 일어나지 않을 겁니다."

홈즈 씨가 조용히 그렇게 말하자 모두는 "어?" 하고 움직임을 멈추었다.

"왜 그렇게 생각해요?"

차를 식탁 위에 놓고 묻는 엄마에게 홈즈 씨는 희미하게 고개를 저었다.

"아, 아니요, 아무것도 아닙니다. 실례했습니다."

"그러네, 두 번 있었던 일은 또 한 번 되풀이된다고 하는데, 세 번으로 끝나는 경우도 있을 것 같아."

엄마와 스즈키 씨는 별생각 없이 맞장구를 치며 얼굴을 마주 보았다.

"그 교회와 가스펠 서클 멤버에 대해 자세히 여쭙고 싶습니다만, 괜찮으시겠습니까?"

스즈키 씨는 어? 하는 기색으로 고개를 들었다.

"자세히라니요?"

"네, 예를 들어 교회 활동 상황이나 각각의 자녀의 나이 등 말입니다."

"아아, 그런 거요. 교회는 일요 예배를 열고 있어요. 자원봉사 활동에 바자회도 가끔 열죠. 아까 본 대로 정말 작아서 결혼식을 여는 건 본 적이 없네요."

그렇게 이야기하는 스즈키 씨에게 홈즈 씨는 맞장구를 쳤다.

"가스펠 서클의 엄마들은 아이가 모두 세 살이에요. 아아, 우치야마 씨는 유치원에 아이 둘이 다니고 언니가 다섯 살이었던가 그래요. 가스펠 서클은 리사 씨의 외동딸이 입학해서 생긴 것 같아요. 리사 씨는 보는 바와 같이 아름답고 기품 있는 분이잖아요? 마치 성모 마리아 자체라며 동경하는 분도 많아요. 아베 씨와 이토 씨 역시 리사 씨를 동경해 크리스천이 됐다고 해요. 여러 사정으로 서클에는 들어가지 않았지만 마찬가지로 리사 씨를 동경하는 분은 잔뜩 있는 것 같고요."

그렇구나, 왠지 알 것 같아, 하고 나는 고개를 끄덕였다.

"아베 씨, 이토 씨, 우치야마 씨, 에가와 씨, 그분들의 남편들 직업은 아십니까?"

"아베 씨네는 재활용 업자. 이토 씨네는 인쇄 회사고, 우치야마 씨 남편은 교직원, 에가와 씨네 집은 미용실."

역시 지구 임원. 그런 사정에까지 정통할 줄이야.

"교직원?"

"네, 중학교 교사래요. 우치야마 씨도 교원 면허를 가지고 있다 하고요."

"그렇군요."

홈즈 씨는 고개를 끄덕이며 팔짱을 꼈다.

그 후 스즈키 씨는 『그러면 슬슬 가볼게요』 하고 일어났고, 엄마는 그녀를 배웅하기 위해 거실을 나갔다.

엄마들의 모습이 사라지자마자 나는 홈즈 씨를 힐끗 보고 입을 열었다.

"──그중에 범인이 있다고 생각하시는 거죠?"

그렇지 않다면 직업까지 묻지는 않았으리라.

"한 번도 아니고 세 번이나, 게다가 외부 사람은 좀처럼 들어오기 어려운 지역에서 일어났으니까요. 가능성은 있다고 생각해요. 또한, 그중에 없으면 같은 유치원에 다니는 누군가일지도 모르겠네요."

역시 그렇게 생각하고 있었구나.

확실히 그 부지 안에 외부인이 들어가면 굉장히 눈에 띌 테고, 애초에 교회 부지는 행사가 열리지 않는 한 보통은 들어가지 않는 분위기다.

무엇보다 시간대가 이른 아침이거나 오후 등 날이 환한 시간.

낯선 사람의 장난이라면 한밤중에 칠 법하다.

밖에서는 마리아상의 얼굴이 보이지 않는다고 확신을 가진 사람일지도 모른다.

나도 팔짱을 끼고 심각한 표정을 띠고 있는데 엄마가 거실로 돌아왔다.

"자, 저녁 준비하자. 키요타카 군, 꼭 먹고 가요."

"감사합니다."

"아오이, 좀 도와주렴."

"네" 하고 나는 일어섰다.

"키요타카 군은 무츠키와 게임이라도 하고 있어요."

엄마의 말에 TV 앞에서 게임을 하고 있던 무츠키가 눈을 빛내며 고개를 돌렸다.

"홈즈 씨, 게임해요. 대전 게임!"

"게임은 계속 안 했으니 살살 해줘요."

홈즈 씨는 즐거운 듯이 무츠키의 곁으로 향했다.

잠시 후.

"아! 홈즈 씨, 살살 해달라고 했으면서 엄청 강하네요!"

거실에서 울리는 무츠키의 목소리에 엄마와 함께 무심코 웃고 말았다.

"교회 얘기 아빠한테는 하지 마. 걱정할 거야."

고로케를 튀기며 조용히 입을 연 엄마에게 나는 "응" 하고 고개를 끄덕였다.

"또 하나. 아빠한테 말 안 할 테니까 가르쳐줬으면 하는데, 키요타카 군과는 올해 봄부터 사귄 거지?"

"으, 응."

"두 사람은 진짜 어느 정도까지 나갔니?"

기름으로 시선을 돌린 채 작은 목소리로 묻는 엄마.

가슴이 두근 뛰었다.

"……키스는 했어."

잠시 침묵한 후 나도 작은 목소리로 그렇게 중얼거렸다.

뺨이 뜨거워서 못 견딜 지경이다.

"──그것뿐이니?"

조금 김이 샜다는 듯이 이쪽을 보는 엄마의 모습에 볼이 더욱 달아올랐다.

"그, 그것뿐이야. 원래 내가 열여덟 살 미만이라는 걸 신경 쓰고 있었거든. 지금은 이제 열아홉 살이지만 홈즈 씨도 이래저래 바쁘고, 짐작이지만 그런 상태라서 앞으로 나갈 생각은 아직 없는 것 같아……."

오도카니 말한 나를 보고 엄마는 피식 웃었다.

"착한 애네. 만만치 않다는 느낌은 들지만."

──네, 그 말대로예요, 라고 생각하며 나는 고개를 끄덕였다.

만만치 않은 사람이다.

이번 일로 홈즈 씨는 주가를 올렸지만, 엄마의 마음속에서 '단순히 호감 가는 청년'이라는 이미지에서는 살짝 벗어난 듯했다.

이윽고 외출했던 할머니가 돌아오고 식사 준비가 다 돼서.

"자, 저녁 준비 다 됐다!" 하고 엄마가 외치자.

"아, 배고파!"

바로 달려오는 무츠키.

아빠는 연말이라 바빠서 매일 귀가가 늦으므로 오늘 마시로가는 엄마와 할머니와 무츠키와 나뿐이다.

『참고로 아빠는 바쁘지 않아도 억지로 야근하고 올 거야. 딸의 남자 친구가 오는 게 멋쩍어서 싫은가봐』라고 엄마는 말했다.

식탁 위에는 다키고미밥, 감자 고로케, 샐러드, 치쿠젠니(닭고기와 당근, 우엉, 연근, 표고버섯 등을 기름에 볶아 설탕, 간장으로 간해 졸인 것_옮긴이), 계란말이, 계란찜 등 맛있지만 조금 수수한 메뉴가 차려져 있었다.

화장실에서 손을 씻고 온 듯한 홈즈 씨는 식탁을 보자마자 눈을 크게 떴다.

"굉장한 성찬이네요. 다키고미밥에 고로케, 치쿠젠니에 계란말이, 계란찜까지. 정말 제가 좋아하는 것뿐입니다."

"좋아하는 음식을 듣고 분명 계란말이에 치쿠젠니나 계란 찜도 좋아할 거라 생각했어요."

"네, 정말 좋아합니다!"

눈을 빛내며 웃음을 띠는 홈즈 씨를 보고 엄마도 부끄러운 듯이 웃었다.

마치 훌륭한 골동품을 눈앞에 둔 즐거움같이 느껴져서 이쪽까지 기뻐졌다.

"홈즈 씨는 수수한 음식을 좋아하는구나."

의외라는 듯이 말하는 무츠키에게 홈즈 씨는 "네" 하고 고개를 끄덕였다.

"이렇게 좋아하는 음식이 잔뜩 차려진 적이 없어서 감동했어요."

"홈즈 씨, 과장이에요."

기쁘지만 부끄러워졌다.

"자, 먹어볼까요?"

"네."

다 같이 『잘 먹겠습니다』 하고 손을 모은 후 먹기 시작했다.

"아아, 맛있습니다."

홈즈 씨는 시종일관 웃으며 맛있게 먹었고, 그런 홈즈 씨를 앞에 두고 엄마와 할머니는 기쁜 듯이 미소 짓고 있었다.

저녁을 다 먹은 뒤에는 홈즈 씨가 가져온 뉴욕 특산의 농

후하고 커피에 딱 맞는 브라우니를 즐겼고, 그 후 식기를 정리하고 있는데.

"키요타카 군은 역시 좋은 애 같아"라고 엄마는 작은 목소리로 말했다.

"어?"

"저렇게 맛있게 음식을 먹는 애는 착한 애라고 생각해."

후훗, 하고 웃는 엄마의 말에 내 뺨은 누그러들었다.

"조금 성급하기는 하지만 저런 아이가 아오이의 남편이 되어준다면 좋겠어. 아주 똑 부러지고."

엄마의 말에 나는 눈을 동그랗게 떴다.

"지, 진짜 성급하네."

목소리가 뒤집어진 나를 보고 엄마는 즐거운 듯이 웃은 다음.

"그보다 여기는 됐으니까 키요타카 군에게 차나 커피를 가져다주렴" 하고 내 등을 가볍게 두드렸다.

홈즈 씨는 지금 내 방에 가 있게 했다.

"응. 그럴게, 그럼."

나는 커피를 준비해 2층의 내 방으로 향했다.

내 방 문이 그대로 열려 있어서 살며시 들여다보니 홈즈 씨는 침대에 기대듯이 앉아 있었다.

"많이 기다리셨죠? 홈즈 씨처럼 맛있게 타지는 못하지만 커피를 타왔어요."

커피를 테이블 위에 놓자 홈즈 씨는 "고마워요" 하고 컵을 잡았다.

"아주 맛있어요."

"감사합니다."

나는 안심하고 쟁반을 책상 위에 놓았다.

"……석판화, 장식하고 있네요."

무하의 석판화를 바라보며 기쁜 듯이 말하는 홈즈 씨에게 나는 고개를 끄덕였다.

"제 보물이에요."

내가 그렇게 말하자 홈즈 씨는 "맞다" 하고 옆에 놓여 있던 가방을 들었다.

"아오이 씨에게 뉴욕 선물을 드릴게요. 요청받은 것 그대로입니다만……."

홈즈 씨는 안에서 종이봉투를 꺼내 내밀었다.

"와아, 감사합니다."

그것은 메트로폴리탄 미술관의 뮤지엄숍에서 파는 문구류였다.

뉴욕다운 노트와 펜을 보고 기쁨이 커졌다.

선물은 무엇이 좋겠냐는 홈즈 씨의 질문을 받고 나는 이 것을 요청했다.

"정말 그런 거로 괜찮으시겠어요?"

"네, 기뻐요. 전 문방구를 정말 좋아하거든요."

무엇보다 비싼 것을 받으면 주눅이 들어서요, 라는 말이 나올 뻔해서 나는 정신을 다잡고 홈즈 씨를 보았다.

"맞다! 홈즈 씨, 크리스마스 말인데요."

"네."

"같이 보낼 수 있으세요?"

조심스레 묻자 홈즈 씨는 고개를 크게 끄덕였다.

"네, 물론이에요."

"그래서 저기, 선물 말인데요. 저는 지금까지 홈즈 씨에게 잔뜩 받았으니 크리스마스 선물은 괜찮을 것 같아서요."

기회가 있으면 말해야겠다고 생각하고 있었다.

지금까지 이미 지나칠 만큼 받았고, 아무 말도 안 하면 왠지 또다시 자릿수가 다른 물건을 선물할 것 같았기 때문이다.

그러자 홈즈 씨는 놀란 듯이 움직임을 멈추었다.

"크리스마스 선물은 아무것도 필요 없나요?"

믿을 수 없다는 눈빛을 보였다.

"네, 이 이상은 받을 수 없다고 할까요."

"……그러면 크리스마스에 무언가 멋진 것을 선물해서 어쩌면, 하고 생각했던 제 속셈은 어떻게 되는 건가요?"

진지한 얼굴로 그런 말을 하는 홈즈 씨의 모습에 콜록, 하고 기침이 나왔다.

"무무무무무무무슨 말씀을 하시는 거예요!"

"뭐 그건 농담입니다만, 크리스마스 선물이 아무것도 없다면 너무 쓸쓸하지 않을까요? 우리가 교제하고 처음 맞는 크리스마스인데요?"

그 말을 듣고 보니 확실히 처음 맞는 크리스마스였다.

기념으로 남길 물건이 아무것도 없다면 왠지 쓸쓸하게 느껴질 것 같기도 했다.

"그러면 서로 직접 만든 물건으로 하는 건 어때요?"

그러면 지나치게 비싸지지 않는다.

명안이라며 손뼉을 치는 나를 보고 홈즈 씨는 팔짱을 꼈다.

"……수제인가요. 그렇군요, 알겠습니다. 고민해보겠습니다. 그런데 뭐랄까, 여성은 물욕이 강한 존재라고 믿고 있었는데 아오이 씨는 다르군요."

홈즈 씨의 혼잣말 같은 말에 나는 어깨를 으쓱거렸다.

"그, 그야 물론 물욕은 있어요."

귀여운 옷이든 백이든 자잘한 물건이든, 그런 것은 언제든지 가지고 싶다.

하지만 아르바이트를 열심히 하는 덕분에 옷은 조금씩 사고 있고, 무엇보다 홈즈 씨에게는 내 허용치를 넘는 선물을 받아왔다.

"물욕은 식욕과 마찬가지로 배가 차면 만족하는 걸지도 몰라요."

오도카니 중얼거린 나의 말에 홈즈 씨는 풋, 하고 웃었다.

"왠지 철학적으로 심오한 말이네요."

"아, 그렇게 대단한 건 아니에요."

둘이서 얼굴을 마주 보고 키득키득 웃었다.

"──오늘은 정말 고마웠어요. 늦게까지 있어서 미안해요."

홈즈 씨가 집 현관을 나간 것은 밤 8시.

나도 홈즈 씨를 배웅하러 밖까지 나왔다.

"아니에요. 다 같이 붙잡아서 죄송해요."

겨울의 차가운 바깥 공기.

캄캄한 가운데 흰 입김이 밤에 녹아들어갔다.

"아주 즐거웠어요. 저녁도 감동했고요. 고마워요."

"저도 홈즈 씨에게 대접할 수 있어서 기뻤어요."

"──아오이."

그렇게 부르는 동시에 가만히 입술이 겹쳐졌다.

가슴이 꽉 조여들었다.

"……참말로 고맙데이."

지근거리에서 보이는 홈즈 씨의 얼굴 때문에 현기증을 느꼈다.

"저야말로요. 이상한 상담까지 했고요."

황급히 말하자 홈즈 씨는 "맞다" 하고 손뼉을 쳤다.

"혹시 가능하다면 유치원에 잠입해 내부 분위기를 탐색해주지 않겠어요? 될 수 있으면 가스펠 멤버와 뭐든 좋으니 이야기를 나눠줬으면 해요."

"잠입이라니, 어떻게요?"

"예를 들면 뭔가를 돕는다는 명목으로요."

"아아, 그거라면 가능할 것 같아요. 엄마와도 의논해서 유치원 잠입 계획을 짤게요."

"잘 부탁해요."

홈즈 씨는 걸으려다 "그렇지. 자전거를 빌려도 될까요?" 하고 마당에 세워져 있는 자전거로 시선을 옮겼다.

내 입에서 "엑" 하고 얼빠진 소리가 나왔다.

"이 자전거, 꽤나 낡았네요."

"아, 네. 삐걱대는 소리가 나요."

"타이어 바람도 빠져서 이대로는 위험할 것 같으니 제가 수리할게요."

"홈즈 씨, 자전거 수리도 할 수 있으세요?"

"네, 어느 정도는요. 구조를 알기 위해서 일단 뭐든 스스로 수리하라는 지시를 할아버지에게 받고 배웠어요. 업자에게 부탁하는 건 어쩔 수 없다는 걸 안 뒤에 해도 된다고요."

"네에, 역시 오너네요."

"열흘쯤 걸릴지도 모르겠네요."

"괜찮아요, 그 정도 기간이라면 엄마나 동생 자전거를 빌려도 돼요."

"다행이네요. 그러면 오늘은 아오이 씨의 자전거로 돌아갈게요."

"그렇게 하세요. 열쇠는 꽂혀 있어요."

"마당이라고는 하나 부주의하네요" 하고 홈즈 씨는 안장을 높였다.

"그런 낡은 자전거는 아무도 안 훔쳐갈 것 같아서요."

안장의 위치를 조정한 홈즈 씨는 몸을 이쪽으로 빙글 돌렸다.

"그라믄 잘 자래이, 아오이."

"네, 안녕히 주무세요."

이마에 키스를 해준 홈즈 씨는 그대로 자전거를 타고 달리기 시작했다.

삐걱대는 소리가 어둠 속에 울렸다.

나는 그 소리가 들리지 않을 때까지 집 앞에 서 있었다.

차가운 바깥 공기.

하지만 기뻐서 추위를 느끼지 못할 정도였다.

6

그리고 며칠 뒤.

대학이 겨울방학에 들어가고 나는 '성모 유치원'의 교실 안에 있었다.

"자, 지금부터 '글라스리첸 교실'을 시작할게요."

리사 씨는 모두의 앞에 서서 싱긋 웃으며 그렇게 말했다.

테이블에는 유치원의 젊은 엄마들 외에도 근처에 사는 주부나 노년층의 모습도 있었고, 그 안에 나도 섞여 있었다.

홈즈 씨에게 '유치원에 잠입해달라'는 미션을 받은 나는 일단 엄마에게 의논해보기로 했다.

『유치원 안을 탐색하고 싶은데』라고 솔직하게 말하자.

『그러면 이웃 사람들을 모아 각종 교실을 하고 있으니까 참가해보는 게 어때?』라며 유치원에서 배포하는 전단지를 내밀었다.

그곳에는 비즈 교실, 자수 교실, 뜨개질 클럽, 글라스리첸 교실 등 다양한 미니 문화 강좌가 소개되어 있었다.

『아하, 이런 게 있구나.』

각 교실의 강사는 유치원생의 엄마인 모양이다. 각자의 특기를 다른 엄마나 이웃 주민에게 가르치는 것으로, 참가비도 아주 저렴했다.

'글라스리첸 교실'의 강사를 맡고 있는 것이 리사 씨였기 때문에 거기에 참가해보기로 했는데, 아무래도 그것이 정답이었던 듯하다.

교실에는 아베 씨, 이토 씨, 우치야마 씨, 에가와 씨 등 가스펠 멤버가 모여 있었다.

하지만 중요한 것을 나는 몰랐다.

애초에 '글라스리첸'은 뭐지?

그런 내 의문에 답하듯이 리사 씨는 와인 잔을 테이블 위에 놓았다.

그곳에는 'R'이라는 장식 글자에 장미꽃이 박힌 조각이 새겨져 있었다.

그 아름다움에 모두는 눈을 빛내며 "와아" 하고 목소리를 높였다.

"이것이 글라스리첸으로, 유럽에서 탄생한 유리 공예입니다. 펜 끝에 다이아몬드가 달린 도구를 이용해 와인 잔, 접시, 보석함과 같은 각종 유리 소재에 모양을 그려가는 공예로, 디자인은 꽃이나 리본, 과일 등 다양합니다. 모양은 모두 손으로 넣기 때문에 아주 섬세하고 아름답습니다. 영국 상류 계급 마담 사이에서 유행한 적도 있습니다만, 수녀들도 열심히 만들었던 것으로 알려져 있습니다."

유리를 손에 들고 설명하는 리사 씨를 보고 "그렇구나" 하고 모두 고개를 끄덕였다.

그것은 나도 본 적이 있지만, 초보자가 만들 수 있을 거라
고는 생각하지 못했다.

『글라스리첸』

어쩜 이렇게 멋질까, 하고 나는 멍하니 눈을 가늘게 떴다.

"오늘은 이 제작법을 알려드릴 테니 마음에 드는 유리를
골라보세요."

리사 씨는 테이블 위에 와인 잔, 사워 잔, 맥주잔 등 각종
형태의 잔을 늘어놓았다.

"나는 맥주를 마시니까 맥주잔."

"사워 잔도 멋지네."

모두 즐겁게 유리잔을 골랐다.

이런 건 우선 반드시 와인 잔이지, 라고 생각했지만, 아직
미성년인 나는 술은 마시지 않았다.

홈즈 씨는 와인을 좋아했을 터다.

그때 정신이 들어 고개를 들었다.

그렇다, 직접 만들기로 한 크리스마스 선물…… 이것저것 생
각해봤지만 홈즈 씨의 이니셜이 들어간 와인 잔을 선물하자!

아주 멋지니까 괜찮을지도 몰라.

잠입 수사를 하러 왔는데 뜻밖에 선물까지 준비할 수 있
게 되었으니 그야말로 일석이조네, 라며 나는 뺨을 누그러

뜨리면서 잔을 들었다.

공정은 ①디자인을 정한다. ②초크 시트를 사용해 잔에 디자인의 초안을 그린다. ③끝에 다이아몬드가 달린 전용 펜으로 부드럽게 쓰다듬듯이 조각해간다.

이 세 과정이다.

글라스리첸의 작업은 생각했던 것 이상으로 즐거운 데다 리사 씨가 아주 친절하게 지도해주어서 빠져들고 말았다.

"그러면 잠시 자리를 비울 테니 작업을 계속해주세요."

강사인 리사 씨는 그렇게 말하고 홀에서 나갔다.

리사 씨가 사라지자마자 가만히 주위를 둘러보았다.

글라스리첸 교실 학생의 태반이 이 유치원에 다니는 엄마들이다.

강의 시간에 모두 반짝거리는 눈으로 리사 씨를 보고 있었다.

리사 씨를 동경하는 마음들이 아주 잘 전해져왔다.

"……리사 씨는 멋진 분이네요."

손을 움직이며 내가 오도카니 중얼거리자 근처에 있던 모두가 힘차게 고개를 끄덕였다.

"정말 멋진 분이야" 하고 긍정한 것은 이토 씨.

이어서 에가와 씨가 "맞아, 맞아" 하고 나섰다.

"이런 문화 강좌를 열자고 기획한 것도 리사 씨였어. 나는 다른 날에 네일 아트 강사를 하고 있는데, '빛날 수 있는 자리'를 만들어줬다고나 할까."

"……리사 씨가 들어오고 나서 원내는 정말 반짝거리는 느낌이야."

우치야마 씨가 고개를 끄덕이며 그렇게 말했다.

그러자 근처에 앉아 있던 아베 씨가 불쑥 입을 열었다.

"나는 결혼하고 홋카이도에서 이 교토로 왔어. 친구도 아무도 없고 본가도 먼 데다 사교성도 부족해서 혼자 외롭게 아이를 키우고 있었는데, 이 유치원에 와서 리사 씨에게 구원받았어. 그 사람이 없었다면 내가 어떻게 됐을지 나도 잘 모르겠어."

말을 끝냈을 때 그녀의 눈에는 눈물이 맺혀 있었다.

"…………."

이것은 이미 사모하는 수준이 아니라 리사 씨의 신자 같았다.

그러자 에가와 씨가 풋, 하고 웃었다.

"아베 씨는 평소에는 말이 없으면서 리사 씨 얘기만 나오면 완전 정열적이 된다니까."

"에가와, 아마 '수다쟁이'라고 말하고 싶은 거지(정열과 수다쟁이의 일본어는 조네츠와 조제츠로 비슷하다_옮긴이)?"라고 말하며 바로 우치야마 씨가 태클을 걸었다.

"아차, 그랬지."

주눅도 들지 않고 혀를 내미는 에가와 씨의 모습에 이토 씨가 키득키득 웃었다.

"에가와도 참. ……나도 말이지, 아베 씨의 마음이 이해가 돼. 뭐랄까, 리사 씨는 여고의 '동경받는 사람' 같은 분위기가 있어. 동성이라도 반해서 황홀하게 쳐다보게 되더라."

생각해보니 이토 씨의 헤어스타일이나 복장은 리사 씨와 비슷한 분위기여서, 동경해 흉내 냈다는 것이 느껴졌다.

그런 이토 씨를 우치야마 씨는 못 말리겠다는 기색으로 보고 있었다.

"우치야마 씨는 왜 가스펠 멤버로 들어오셨어요?"

살짝 묻기 거북함을 느끼면서도 크리스천이 아닌 그녀가 가스펠 멤버로 들어간 이유를 알고 싶어서 물었다.

"난 크리스천은 아니지만 노래 부르는 걸 좋아하고 가스펠을 동경했어."

우치야마 씨는 부끄러운 듯이 말했다.

"맞아, 맞아. 우치야마 씨, 노래도 엄청 잘하고 유학 경험이 있어서 영어 발음도 완전 좋아"라고 에가와 씨는 말했다.

"유학 경험이 있으세요?"

"이탈리아에 1년 간 것뿐이라 유학이라고 할 정도는 아니야. 이탈리아라서 영어는 그럭저럭이고."

우치야마 씨는 그렇게 말하고 미소 지었다.

"영어는 리사 씨가 잘해. 뭐니 뭐니 해도 국제결혼을 한 정도니까."

모두의 이야기를 들으면서 리사 씨는 굉장하구나, 하고 감탄의 숨을 내쉬었다.

"참, 이번에는 교회에 이상한 벽보가 붙어 있었다는 거 진짜야?"

에가와 씨가 몸을 내밀었다.

벽보?

내가 눈을 깜빡이고 있는데 이토 씨가 고개를 갸웃거렸다.

"그래그래, 왠지 영문 모를 말이 적혀 있었던 것 같아."

"영문 모를 말이라니?"

"'토마스 뭔가의 시에 주목하라'라나 뭐라나."

"피눈물 건도 그렇고, 왠지 기분 나쁘다."

우치야마 씨가 주위에는 들리지 않을 만큼 작은 목소리로 중얼거리고 한숨을 토했다.

그리고 글라스리첸 수업이 끝났다.

나는 리사 씨에게 인사하고 짐을 정리한 후 돌아가기 전에 볼일을 봐야겠다 싶어서 유치원에 있는 화장실로 허둥지둥 들어갔다. 화장실 칸에 들어간 그때, 통로에서 왁자지껄 떠들썩한 목소리가 들려왔다.

"저기, 오늘도 **리사 님**의 수업 있었어?"

"있었던 것 같다. 신자를 모아놓고 눈을 반짝거리게 만들어서 좀 짜증나더라. 참말로 재수 없다."

──어?

놀라운 말이 귀에 들려와서 몸이 굳어졌다.

"근데 말이야, 요즘 원내 분위기가 더 나빠지지 않았어? 크리스천이 아니면 기도 못 펴는 분위기, 엄청나게 싫더라."

"아, 이해해. 게다가 이 유치원 경영자는 리사 님의 할아버지잖아? 살짝 소유물로 삼고 있는 것 같고."

"가스펠 멤버인 우치야마 씨도 크리스천이 아니면 안 되나 하며 고민하고 있어. 주위를 둘러싸고 있는 게 리사 신자 두 명이고, 에가와 씨는 보이는 대로 종잡을 수 없는 철없는 엄마라서, 성실한 우치야마 씨, 어쩐지 힘들어 보이더라."

"가벼운 압력이랄까, 자각 없는 왕따라고 생각한 적이 있데이. 크리스천이 아니면 사람이 아닌 것 같다."

"뭔지 알아. 아니, 자각 없는 척하는 확신범 아냐? 요전에 그 사람의 정체를 본 것 같은데."

"어? 뭔데?"

"교회 벽에 종이가 붙어 있었는데, 그걸 보자마자 엄청난 기세로 달려가 벗겨서 마구 구겨버렸어. 마치 다른 사람 같아 보여서 놀랐다니까."

"뭐라고 쓰여 있었는데?"

"그게, 영문 모를 소리가 적혀 있었어. '토마스 어쩌고가 이러저러하다'밖에 기억 안 나지만."

"어? 생각 이상으로 무슨 소린지 모르겠는데?"

"참말로 그러네."

아하하하 웃으며 걸어가는 엄마들.

화장실 칸에서 엄마들의 그런 생생한 험담을 들은 나는 한동안 변기에 앉은 채 그 자리에서 움직일 수 없었다.

7

"저…… 여러모로 왠지 충격을 받았어요."

다음 날, '쿠라'에 아르바이트를 하러 간 나는 유치원에서 있었던 일 전부를 홈즈 씨에게 들려주었다.

리사 씨를 아주 사모하는 사람들이 있는 한편, 그녀를 뒤에서 험담하는 사람들도 있고, 그 외 기타 등등.

먼지떨이를 손에 들고 무거운 한숨을 내쉬고 말았다.

홈즈 씨는 바인더를 들고 재고를 체크하며 즐거운 듯이 피식 웃었다.

'쿠라'에서 둘이 일하는 것은 오랜만이지만, 이러고 있으니 너무 익숙해서 '오랜만'이라는 느낌이 전혀 들지 않았다.

"뭐, 당연하겠죠."

"지금 당연하다고 말씀하셨어요?"

"네. 맹신적으로 지배당하는 것은 한편으로는 좋게 생각하지 않는 사람이 반드시 있기 마련이에요."

"네?"

"바티칸을 보세요. 전 세계에 열광적인 신자가 있지만, 또한 나쁘게 말하는 사람의 수도 헤아릴 수 없어요. 연예인 역시 그렇죠? 팬도 있으면 안티팬도 있어요. 세상의 구조는 그런 법이에요. 무조건 리사 씨를 지지하고 심취하는 자가 많으면, 반대로 탐탁지 않게 생각하는 사람도 반드시 나오는 법입니다. 그게 우주의 균형이에요."

펜을 손에 들고 당연하다는 듯이 말하는 홈즈 씨를 보고 입을 떡 벌리고 말았다.

"그렇게 딱 잘라 말하지 마세요. 그렇게 험담을 하다니, 너무하다고 생각하지 않으세요?"

"그런가요? 저는 전원이 똑같이 리사 씨를 지지하는 쪽이 두려운데요."

나는 말문이 막혀서 입을 삐죽 내밀었다.

홈즈 씨의 사고방식이나 시점은 늘 내려다보고 있다고 할까, 매사를 전체적으로 보는 것 같다.

유치원에 있는 전원이 그 교실의 엄마들처럼 리사 씨를

열광적으로 지지한다면, 그것은 확실히 조금 두려운 이야기일지도 모른다.

세상의 균형이라.

"······그건 좋게 말하는 사람과 나쁘게 말하는 사람이 반반으로 균형이 잡힌다는 말인가요?"

"아니요, 실제로는 반반이 아니겠죠. 예를 들어 열 명 중 네 명이 지지한다면 나머지 네 명이 중립이고 두 사람이 아주 나쁘게 말합니다. 그 정도 비율이라고 생각해요. 다만 그 두 사람의 기가 세서 충돌하기 쉬워지죠. 중립인 사람은 감정이 좌우로 왔다 갔다 하는 경향이 있고요."

"하아, 그렇군요."

여전히 시야가 넓어지는 말을 해준다.

"하지만 좋은 말을 들려주셨네요. 아베 씨와 이토 씨가 리사 씨의 맹신적 신자이고, 우치야마 씨가 열등감을 느끼고, 에가와 씨는 마이페이스인 거네요."

"아, 네."

"제 쪽도 조사했습니다. 그나저나 코마츠 씨에게 조사를 부탁했는데, 리사 씨는 옛 이름이 타카미야 리사라 하고 본가는 상당한 자산가 집안이라고 합니다. 그녀 자신은 유치원에서 대학까지 노트르담 여학원에 다녔다고 해요."

"아아, 노트르담이요."

키타야마 길에 있는 미션 스쿨로, 이즈미 씨의 출신교다. 노트르담 여대의 학생은 모두 세련되고 멋있어서 구내에 들어가기가 꺼려질 정도다.

"아오이 씨가 말씀하셨듯이 성모 유치원의 오너는 타카미야 그룹인 듯해요. 알려지지는 않았지만 리사 씨도 경영에 관여하고 있다고 생각합니다. 열심히 문화 강좌 등을 여는 것은 그 때문일지도 몰라요."

바인더에 재고를 쓱쓱 기입하며 그렇게 이야기했다.

그렇구나, 그런 문화 강좌도 경영을 목적으로 하는 거구나.

그렇게 생각하자 리사 씨는 아름답고 열정적이고 친절하기만 한 게 아니었구나, 하는 생각도 들었다.

"교회 활동은 평판이 좋습니다. 자원봉사에 바자회, 그 외에도 다양한 봉사활동. 이미지로는 '소소하지만 좋은 일을 해가자'는 자세가 느껴져요."

교회의 평판은 좋구나, 하고 나는 맞장구를 쳤다.

"……참고로 유치원과 피눈물이 뭔가 관련이 있다고 생각하세요?"

"글쎄요. 2주 전에 피눈물을 흘리고 짧은 기간 동안 같은 일이 있었습니다. 그 후 갑자기 그 장난이 사라졌다면 범인은 역시 그때 있던 멤버 중 누군가일 가능성이 높겠네요. 이제 카메라도 설치되고 혈흔까지 채취된 것을 알고 있다는 뜻이니까요. 하지만 만약 다시 마리아님이 피눈물을 흘린다면 외부 사람의 악질적인 장난일 가능성이 높아지겠죠."

"그렇겠네요."

범인이 그 안에 있었다면 이 이상은 무리라고 생각했으리라.

"검사 결과 그것이 어떤 피인지에 따라서 어느 정도 범인은 좁혀질 겁니다."

홈즈 씨는 펜으로 바인더를 툭 두드렸다.

검사 결과 인간의 피라면…… 자신의 피를 써서 피눈물을 흘리게 한 걸까?

하지만 얼핏 봐도 피눈물을 흘리고 있다고 생각할 정도의 양이다. 명백하게 흥건히 흐르고 있었다. 손끝을 살짝 베는 수준으로 낼 수 있는 피의 양이 아니었다.

자해 행위일까? 아니면 그런 대량의 사람 피를 준비할 수 있는 사람을 꼽으면 범위가 좁혀질 것이다.

하지만 만약 동물의 피라면…….

동물을 죽여서 피를 뽑아 장난에 썼다면 무시무시한 일이다.

어느 쪽이든 오싹하다.

"그건 그렇고 신경 쓰이는 것은 리사 씨가 안색을 바꿨다는 '토마스 뭔가의 시에 주목해라'라는 문구네요."

홈즈 씨는 가만히 팔짱을 끼고 천장을 올려다보았다.

"시인인가요?"

"토마스 와이엇, 토마스 모어, 딜런 토마스, 토마스 무어."

토마스라는 이름이 붙은 시인인지, 홈즈 씨는 가게를 걸어 다니며 중얼중얼 말하고 "……토마스 무르너"라고 꺼낸 다음 움직임을 멈추었다.

"그렇군. 그런 거군요."

무언가를 파악한 듯이 입가를 끌어올린 홈즈 씨.

한편 나는 아무것도 모른 채 고개를 갸웃거렸다.

8

홈즈 씨에게 혈액 검사 결과가 나왔다는 연락을 받고 우리는 다시 교회로 모였다.

목사님에 유치원 가스펠 멤버인 리사 씨, 아베 씨, 이토 씨, 우치야마 씨, 에가와 씨. 그리고 우리 엄마와 같은 임원인 스즈키 씨가 예배당에서 긴장한 얼굴을 하고 있었다.

그 안에는 물론 나와 어째선지 동생인 무츠키의 모습까지 있었다.

홈즈 씨는 대학에 들렀다 여기에 오기로 해서 아직 도착하지 않았다.

답답한 공기가 감도는 가운데.

"야가시라 씨가 올 때까지, 모처럼 모였으니 가스펠 연습을 하죠."

리사 씨가 밝게 웃으며 제안해서 갑작스레 가스펠 연습을 하게 되었다.

모두 재빨리 예배당 십자가 앞에 일렬로 섰다.

나와 무츠키는 그냥 있기가 곤란해서 관객처럼 의자에 앉았다.

이때만큼은 무츠키가 있어서 다행이라고 약삭빠르게 생각했다.

이윽고 멤버들은 리사 씨의 신호에 입을 열었다.

『Oh Happy Day』

일곱 명이 나란히 아카펠라로 노래를 부르기 시작했다. 그 박력에 우리는 놀랐다.

손 박자에 스텝.

예상을 아득히 웃도는 노랫소리에 무심코 무츠키와 얼굴을 마주 보았다.

아마추어가 모여서 부르니 듣기 괴로운 건 아닐까 하며 실례되는 생각을 하고 있었는데, 설마 이렇게까지 노래를 잘할 줄이야.

정규 가스펠 멤버도 대단하지만 엄마와 스즈키 씨도 상당한 노래 실력이었다.

짧은 기간이기는 하지만 엄청나게 연습했으리라.

다들 기운이 넘쳐서 조금 감동했다.

노래를 마친 모두에게 나와 무츠키가 박수를 치려 한 그 때, 뒤에서 짝짝, 하고 박수가 울렸다.

돌아보니 홈즈 씨가 웃음을 띠고 손뼉을 치고 있었다.

가스펠에 열중했던 멤버 모두는 홈즈 씨가 들어온 것을 눈치채지 못했는지, 조금 놀란 듯이 눈을 동그랗게 뜨고 있었다.

"예기치 못하게 멋진 노랫소리를 들을 수 있어서 아주 기뻤습니다. 무대인 크리스마스 모임은 언제입니까?"

손뼉을 치며 그렇게 묻는 홈즈 씨에게.

"그건 물론 크리스마스이브예요."

"괜찮으면 들으러 오세요."

"꼭이요. 여기서 콘서트를 한 뒤에 유치원 홀에서 큰 파티도 열어요."

그렇게 잇달아 나오는 멤버들의 말에 깜짝 놀랐다.

크리스마스이브에 여기서 가스펠을 듣고 유치원 홀에서 파티라니, 홈즈 씨는 싫어할 게 틀림없다고 생각하고 있는데.

"네, 꼭 가겠습니다. 아오이 씨와 같이 들으러 가고 싶군요."

그렇게 말하는 홈즈 씨를 보고 더욱 놀랐다.

"키요타카 군, 그렇게 억지로 어울리지 않아도 돼요" 하고 당황한 듯이 말하는 엄마에게.

"아니요, 어머님께서 꾸미신 모습도 보고 싶습니다. 무엇보다 노랫소리가 훌륭하셨고요."

홈즈 씨는 가슴에 손을 얹고 싱긋 미소 지었다.

"!"

모두는 가슴을 꿰뚫린 듯이 볼을 붉히고 있었다.

아무래도 교토 신사의 웃음은 기혼 여성에게도 유효한 듯했다.

하지만 모처럼 같이 보내는 크리스마스인데…….

그렇게 생각했지만, 왠지 기뻐 보이는 엄마와 동생의 모습을 보고 '이건 이것대로 괜찮나?' 하고 다시 생각했다.

"그, 그건 그렇고, 검사 결과가 나온 거죠?"

스즈키 씨가 소리를 높이자 편안했던 공기가 갑자기 차가워졌다.

그렇다. 그 피눈물이 무슨 피인지 명확해진 것이다.

"──네. 그 피눈물은 사람의 것이 아니라는 사실이 명확해졌습니다."

홈즈 씨는 서류를 손에 들며 그렇게 말했다.

──사람의 것이 아니다.

조금 안심은 되었지만 동물이라고 해서 괜찮은 것은 아니다.

"의식을 염두에 두고 한 것일지도 모릅니다. '양의 피'라고 합니다."

그렇게 이어 나온 홈즈 씨의 말에 우리는 어떤 감정을 품어야 좋을지 알 수 없어서 얼굴을 마주 보았다.

"피 사건은 일단 미뤄두고. 우선 리사 씨와 목사님께 묻고 싶은 것이 있습니다."

리사 씨와 목사님은 당황하며 홈즈 씨 쪽을 보았다.

"아, 네. 뭔가요?"

"이 교회는 가톨릭입니까, 개신교입니까?"

그렇게 물은 홈즈 씨의 말에 리사 씨의 표정이 순간 굳어졌다.

"저는 아주 신기했습니다. 교회에 마리아상이 있는 곳은 일반적으로 가톨릭교회가 많습니다. 저도 상세히는 모릅니다만, 예수를 처녀 수태한 성모 마리아를 대단히 존경하고 있다고 들었습니다. 그러나 개신교 교회에는 이른바 '마리아 신앙'이라고 불리는 것이 없습니다."

그렇게 이야기하는 홈즈 씨의 말에 대부분의 사람이 고개를 갸웃거렸다.

그게 어쨌다는 걸까.

가톨릭이든 개신교든 다시 말해 기독교인 거지?

나를 포함하여 모두가 그런 생각을 품고 있는데.

"가톨릭의 성직자는 '신부'라 불리고 특례를 제외하면 결혼을 할 수 없다고 합니다. 한편 개신교의 성직자는 '목사'라 불리고 결혼을 할 수 있습니다. 여기는 가톨릭 의식의 교회이면서 개신교 요소가 들어가 있는 점이 아주 신기했습니다."

홈즈 씨가 그렇게 이야기하자 모두는 놀랐고, 리사 씨는 쓴웃음을 지었다.

"우, 우리 교회는 '성모 교회'라 하고, 가톨릭도 개신교도 아니에요……."

"즉 기독교 계열 '신흥 종교' 중 하나라는 거죠?"

보다 날카롭게 물은 홈즈 씨에게.

"그, 그게 뭐가 나쁘다는 거야!" 하고 아베 씨가 소리를 높였다.

언제나 아주 어른스러운 분위기의 아베 씨가 낸 큰 소리에 모두가 놀라 고개를 돌렸다.

"신흥 종교, 신흥 종교, 그게 마치 '악'처럼! 성모 교회는…… 브라운 목사님과 리사 씨는 훌륭한 분들이에요. 수많은 사람을 구원해왔어요. 때로 분골쇄신해 일해주신 적도 있어요. 그 선행을 무시하고 그런 말을 하다니, 용서 못 해요!"

눈물을 흘리며 아베 씨가 말하자 리사 씨가 가만히 미소 지었다.

"고마워요, 아베 씨. 제대로 설명할게요."

리사 씨가 그렇게 말했을 때, "아니요, 제가 설명하겠습니다" 하고 목사님이 한 걸음 앞으로 나섰다.

"저는 원래 가톨릭교회의 신부였습니다. 신에게 모든 것을 바친 몸입니다. 하지만 어느 날, 저는 교회에서 리사를

만났습니다. 그때의 충격을 잊을 수 없습니다. 저는 마리아
님을 만났다고 생각했습니다. 충격을 받은 것은 그녀도 마
찬가지여서, 저희는 첫눈에 사랑에 빠졌습니다. 속절없이
끌려갔습니다. 저는 안 된다는 것을 알면서도 그녀를 아내
로 맞이하고 싶다, 가족이 되고 싶다고 아주 강하게 생각했
습니다. 가톨릭에서는 결혼은 기본적으로 허용되지 않습니
다. 하지만 저는 신을 믿고 신을 사랑하듯이 리사도 사랑했
습니다. 그래서 저는 가톨릭교회를 떠날 결심을 했습니다.
저는 배신자입니다."

목사님은 그렇게 말하고 가슴에 손을 얹었다.

"그 후, 저는 어머니들과 아이들을 모아 영어 회화 학원을
열었습니다. 하지만 그 안에서 늘 신의 가르침을 설파하고
있는 자신을 발견했습니다. 그래서 리사와 상의해서 종파도
무엇도 상관없는 우리의 교회를 만들자며 이 '성모 교회'를
만든 것입니다."

그렇게 말하고 예배당을 올려다보는 목사님.

옆에 선 리사 씨가 고개를 꾸벅였다.

"네. 소소해도 좋고 작아도 좋으니 지역에 공헌할 수 있고
우리가 할 수 있는 범위에서 누군가가 행복해지는 것을 도
울 수 있다면 좋겠다고 생각하며 해왔어요."

다른 사람이 어떻게 생각했는지는 알 수 없다.

적어도 나는 신념을 향해 나아가는 두 사람의 모습이 아주 멋지다고 느꼈다.

그런 두 사람을 앞에 두고 홈즈 씨는 가만히 고개를 끄덕였다.

"──네, 죄송합니다만 알고 있었습니다. 주제넘지만 이 교회에 대해 조사해봤습니다. 이 교회는 원래 폐교회로, 옆의 유치원과 함께 철거하기 직전이었던 곳을 리사 씨가 할아버님에게 부탁해 수리하고 유치원의 활성화에도 힘을 쏟으셨던 거죠? 그렇게 비싼 회비를 받지 않고 문화 강좌로 지역 사람들과 교류하고 봉사활동도 열심히 했습니다. 아베 씨가 말씀하셨듯이 저도 훌륭하다고 생각합니다."

그 말에 조금 안심했는지 모두의 굳어진 표정이 부드러워졌다.

"하지만 아베 씨가 지나치게 화를 낸 데에는 이유가 있습니다. 이 교회의 사정을 아는 일부 사람들이 '수상한 신흥 종교 주제에'라며 뒤에서 말을 퍼뜨리기 시작한 거죠?"

홈즈 씨가 부드럽게 묻자 아베 씨의 몸이 움찔거렸다.

──어?

"……이 교회가 얼마나 훌륭한지를 봐온 아베 씨에게 그것은 아주 분한 일이었습니다. 그런 와중에 누군가가 마리아상에 장난을 치는 사건이 일어났습니다. 이것을 리사 씨는 우치야마 씨와 이토 씨에게만 이야기했다고 하시는데, 사람의 입을 막을 수는 없는 노릇이라 아베 씨도 알게 됩니다."

홈즈 씨의 그 이야기에 나는 당황하며 나섰다.

"어떻게 된 거예요? 마리아상의 피눈물은 외부 사람의 장난이라는 말인가요?"

"맨 처음 한 번은 그랬을 겁니다. 리사 씨는 첫 번째 사건 때 '붉은 액체'라고 했습니다. 실제 피를 바른 경우에는 붉지 않고, 첫 번째만 이른 아침이고 두 번째, 세 번째는 모두 같은 오후 시간대에 일어났습니다. 아마 첫 번째는 『세계의 놀라운 뉴스』라는 방송을 본 자의 장난이었겠죠. 어쩌면 리사 씨를 질투하는 사람이 범인일지도 모릅니다. 하지만 그 일 때문에 아베 씨는 『세계의 놀라운 뉴스』를 녹화나 다시보기로 봤을 겁니다. 저도 그 방송을 확인했습니다만, 피를 흘리는 마리아상에 대해 『신의 기적이다. 우리 교회는 선택받은 교회다』라면서 이탈리아 신부님이 눈물을 흘리며 기뻐했습니다.

그것을 봤을 때 당신은 생각했습니다. 성모 교회의 마리아가 피눈물을 흘렸다면 이곳도 선택받은 기적의 교회가 될지도 모른다고——."

아베 씨는 눈을 크게 뜬 채 몸을 떨고 있었다.

"그래서 제가 피눈물에 대해 물어봤을 때 당신의 입에서 『신의 기적을 봤다고 생각해 그 자리에 무릎을 꿇고 눈물을 흘렸습니다』라는 말이 나온 겁니다. 당신은 이 교회를 '가짜'

라고 야유하는 자들에게 앙갚음을 하고 싶었던 거죠?"

온화한 말투로 물었다.

모두 우두커니 서 있었고, 아베 씨는 아무 말 없이 입술을 떨고 있었다.

"리사 씨는 범인이 아베 씨라는 것을 눈치채고 있지 않았습니까?"

"어?"

"그 일도 있어서 교회에 붙었다는 종이를 화를 내며 떼어낸 거겠죠. 그 종이에 혹시 '토마스 무르너의 시에 주목하라'고 적혀 있지 않았습니까?"

리사 씨는 아랫입술을 깨물며 고개를 숙였다.

"토마스 무르너라니?"라고 에가와 씨가 물었다.

"16세기 초의 풍자시인입니다.

【계획은 기만으로 새까맸다.

눈 아래로 니스를 흘려 성모를 울게 만드는 것이다.

그렇게 해서 신심 깊은 사람을 속인다.

슈테판 박사가 뒤에서 교활하게도 관에 입을 대고 그럴싸한 억양으로 말을 한다.

많은 사람은 훗날 단언한다.

귀에 들린 목소리는 어느 것이나 성모 마리아에게서 나온 것이라고.

　사실은 슈테판 박사의 것이었는데】

　──이런 시입니다. 즉, 마리아가 눈물을 흘리는 것은 신자를 늘리기 위한 교활한 행위라고 에둘러 책망한 종이가 붙어 있었습니다. 그것을 보고 리사 씨가 황급히 처분한 겁니다. 그 종이를 붙인 것은 아마──우치야마 씨, 당신이겠네요.”

　홈즈 씨는 우치야마 씨에게 시선을 보냈다.

　그녀는 체념한 듯이 눈을 내리떴다.

　“그래요. 이 교회를 신에게 선택받은 기적의 교회로 만들기 위해서 리사 씨가 한 짓이라고 나는 생각했어요. 하지만 설마 하는 마음이 있었어요. 그래서 시험해볼 마음으로 박식한 그녀만 알아볼 수 있는 벽보를 붙인 거예요. 그랬더니 발끈하며 떼어내서 ‘역시’라고 생각했어요. 하지만 아니었네요. 아베 씨를 감쌌던 거였네요.”

　우치야마 씨는 크게 숨을 토했다.

　아베 씨는 눈을 꼭 감나 싶더니 “으와아아앙” 하고 소리내며 쓰러져 울었다.

　“죄송해요. 목사님! 리사 씨! 저는 정말 멍청이에 천박한 인간이에요. 이런 사람이니 하느님도 정이 떨어지실 거예요.”

바닥에 손을 대고 한탄하는 아베 씨의 등을 리사 씨가 부둥켜안았다.

　"——아베 씨! 그렇게 성모 교회를 생각해줘서 고마워요. 설마 하느님이 정이 떨어지시겠어요?" 하고 눈물을 흘리며 말했다.

　그러자 목사님도 아베 씨의 앞에 무릎을 꿇었다.

　"그렇습니다, 아베 씨. 사람은 누구나 어리석고 잘못을 저지르는 존재. 정이 떨어지는 일은 없습니다. 하느님도 마리아님도 모든 길 잃은 어린 양을 구원하십니다."

　"……목사님."

　아베 씨는 몸을 떨며 다시 눈물을 흘렸다.

　그런 가운데 홈즈 씨도 가만히 고개를 끄덕였다.

　"네, 저도 그렇게 생각합니다. 사람은 어리석고 천박한 데다 이기적이라서 자주 방향을 잃습니다. 하느님은 그런 어린 양을 잘 아니 아무리 잘못해도 결코 버리지 않으실 겁니다. 아베 씨는 물론…… 그리고 지금도 마음 어딘가에서 자신을 '배신자'라고 책망하고 있는 브라운 목사님도 리사 씨도."

　그렇게 말하고 홈즈 씨가 부드러운 시선을 보내자 목사님과 리사 씨는 눈을 크게 떴다.

　말문이 막힌 듯했다.

　"사람이라는 생물은 이기적인 면을 가졌지만, 신기하게도 타인의 죄는 용서할 수 있어도 자신은 언제까지나 용서하지 못하는 법입니다. ……목사님과 리사 씨는 부디 이제 자신을 용서해주십시오."

홈즈 씨는 마치 고상한 수도사처럼 가슴에 손을 얹었다.

그런 홈즈 씨를 앞에 두고 리사 씨도 목사님도 눈을 크게 뜨고 눈물을 뚝뚝 흘렸다.

그랬구나.

자신들의 사랑을 관철함으로써 지금까지 받아온 가르침을 어긴 두 사람은 글자 그대로 커다란 십자가를 스스로 등에 지고 있었던 것이리라.

그런 자신들을 용서하지 못한 채 그만큼 타인의 죄를 사하려 해왔다.

사람은 이기적인 반면에 정말로 이런 면도 가지고 있다.

"그러……네요. 하느님은 용서해주실 거예요."

눈물을 흘리며 웃음을 띠는 리사 씨에게.

"네, 모든 이를" 하고 홈즈 씨는 고개를 끄덕였다.

다른 사람들도 모두 같이 울고 있었다.

"아베 씨, 양의 피는 어떻게 구하셨습니까?"

"저희 집은 자주 징기스칸을 먹어서 양고기를 대량으로 사요. 그래서…… 야가시라 씨의 말대로 양의 피라면 의식을 치르기에도 좋지 않을까 해서요."

고개를 숙인 채 소곤소곤 말했다.

"징기스칸……."

그 말에 모두 고개를 끄덕였고, 그 후 웃음이 터져 나올 뻔해서 입을 눌렀다.

"그렇구나, 아베 씨는 홋카이도 출신이니까."

"하지만 설마 징기스칸의 피였다니."

진심으로 안심하는 것과 동시에 웃어도 좋은 일인가 싶어서 복잡한 기분이 들었지만, 일단 한 건이 해결되었다.

그런 가운데 리사 씨가 가만히 홈즈 씨를 응시했다.

"……야가시라 씨는 크리스천이시죠?"

존경하는 눈빛으로 물은 리사 씨에게 홈즈 씨는 간단히 고개를 저었다.

"아닙니다."

"어?" 하고 모두가 놀란 듯이 움직임을 멈추었다.

"야가시라 씨, 크리스천이 아니었어요?"

방금 홈즈 씨의 그 말은 그야말로 경건한 크리스천을 연상시켰을 것이다.

예상 못 한 대답에 모두는 눈을 동그랗게 뜨고 있었다.

"네, 장례식이나 법사는 절에서 하고, 결혼식이나 축제는 신사에서 하며, 크리스마스 때는 일루미네이션이나 찬송가에 이끌려 교회에 가는 경우도 있습니다. 저는 그렇게 아주

세속적이고 지극히 평범한 일본인입니다.”

부끄러워하지도 않고 홈즈 씨가 말하자 모두는 얼굴을 마주 본 후 이번에는 사양 않고 풋, 하고 웃음을 터뜨렸다.

“이런 저라도 괜찮겠습니까?”

“네, 물론입니다.”

“교회는 어떤 사람도 환영이에요. 불교도도 신교도(神敎徒)도, 당신처럼 중립적인 분도 부담 없이 찾아주셨으면 해요.”

“그렇군요, 저는 중립적이군요.”

웃음에 둘러싸이는 ‘성모 교회’.

그런 가운데 우치야마 씨는 부드럽게 미소 지었다.

“리사 씨, 저…… 크리스천은 아니지만 이 교회의 활동은 훌륭하다고 생각하니까 여러모로 협력할게요.”

“맞아, 맞아. 나도 협력할게요” 하고 바로 그렇게 말하는 에가와 씨.

“고마워요. 그러면 이 일은 모두 여기서 끝내요. 일단 크리스마스 콘서트를 성공시키죠.”

리사 씨가 그렇게 소리를 높이자 모두는 “오—” 하고 소리를 높였다.

다시 시작된 연습.

나와 홈즈 씨는 방해가 되지 않도록 가만히 예배당을 나왔다.

마리아상이 피눈물을 흘린 일은 오컬트도 기적도 아닌 인위적인 것이었다.

그것은 본인도 말했듯이 아주 어리석고 천박한 행위였다고 생각한다.

결코 옳은 행동이라고는 할 수 없다.

하지만 이 사건이 알려짐으로써 왠지 결과가 좋은 방향으로 흘러간 것 같다는 생각이 들었다.

"……비 온 뒤 땅이 굳는다는 걸까요."

오도카니 읊조린 내게.

"그럴지도 모르겠네요. 좋지 않은 비밀이 드러나면 좋은 쪽으로 나아갈 수밖에 없다는 생각이 듭니다. 일단 크리스마스 콘서트가 기대되네요" 하고 손을 잡아주는 홈즈 씨.

"……그러네요. 하지만 모처럼의 크리스마스이브에 여기 와도 괜찮겠어요?"

"아오이 씨는 싫은가요?"

"아니요, 엄마도 기뻐하는 것 같고 가스펠도 훌륭했으니……."

"네. 가스펠도 기대되고, 아오이 씨의 어머님이 하시는 콘서트라면, 그때는 아버님도 만나 뵐 수 있겠죠? 당신의 가족과 만날 귀중한 기회이니 놓치고 싶지 않아요."

그렇게 말하는 홈즈 씨를 보자 가슴이 뜨거워졌다.

"감사합니다."

"내야말로 고맙데이."

단단히 잡은 손.

올려다본 밤하늘에 별이 반짝반짝 빛나고 있었다.

9

──그리고 12월 24일.

오후 5시부터 시작하는 성모 교회 크리스마스 콘서트.

우리는 4시 반에 예배당에 도착해 있었다.

이미 깜깜해진 하늘.

교회는 반짝반짝 빛나는 일루미네이션이 설치되어서 아주
아름다웠다.

"아버님, 오랜만에 뵙습니다."

홈즈 씨는 아빠 앞에서 기쁜 듯이 고개를 숙였다.

보통 몸집에 중간 정도의 키인 데다 비교적 말수가 적은,
지극히 평범한 '아버지'인 아빠는 홈즈 씨를 앞에 두고 곤란
한 듯이 어깨를 으쓱거리면서도.

"……뭐, 아오이가 신세를 지고 있네요. 이번에는 아내도
신세를 진 것 같고."

곤란해하면서도 조용히 그렇게 말했다.

"아닙니다, 저는 특별히 한 게 없습니다" 하고 홈즈 씨가
고개를 젓자.

"아냐, 아빠. 홈즈 씨 진짜 엄청나!"

눈을 빛내며 말하는 무츠키.

여기에 리큐 군과 같은 맹신적인 존재를 한 사람 더 만든 듯했다.

이윽고 목사님의 인사가 시작되고 박수와 함께 가스펠 멤버가 등장했다.

모두 새까만 드레스를 입은 모습으로 십자가 앞에 일렬횡대로 나란히 섰다.

예쁘게 화장하고 머리를 세팅한 데다 시크한 드레스를 입어…… 평소에는 인상이 흐릿한 엄마도 아주 멋지게 보여 왠지 기뻤다.

참고로 기합이 지나치게 들어간 아빠와 무츠키는 맨 앞자리를 확보하고 엄마보다 긴장한 얼굴을 보이고 있었다.

이윽고 시작된 콘서트.

『I Will Follow Him』, 『Joyful Joyful』, 『Oh Happy Day』라는 누구나 들은 적이 있는 유명한 곡을 열창한 가스펠 서클.

예상을 웃도는 그 노랫소리에 모두는 압도되어 아낌없이 박수를 보냈다.

"이, 있잖아, 우리 가스펠 서클이 이렇게 수준 높았어?"

"으, 응. 굉장하데이."

이런 목소리도 하나둘씩 들렸다.

그리고 콘서트는 성공적으로 끝났고, 사람들은 그대로 유치원의 큰 홀로 이동했다.

유치원 엄마들이 요리를 하나씩 준비해 와서 큰 파티를 여는 듯했다.

다양한 게임도 기획되어 있다고 한다.

어른도 아이도 신이 난 기색으로 예배당을 나갔다.

"선물 교환식도 있습니다. 직접 선물을 만들어 오신 여러분은 입구 현관에 놓여 있는 큰 상자에 넣어주십시오."

그런 말에 홈즈 씨는 "아" 하고 이쪽을 보았다.

"맞다. 아오이 씨. 자전거를 고쳐서 가져왔어요."

교회 밖으로 나가자마자 그렇게 말한 홈즈 씨에게 "와아, 진짜요?" 하고 고개를 들었다.

"이쪽이에요" 하고 홈즈 씨는 그대로 자전거 주차장으로 걸어가 자전거를 끌고 왔다.

"……어?"

그 자전거는 몸체는 깊이 있는 붉은색에 세련된 등나무 바구니가 달린 귀엽고 번쩍번쩍하는 자전거였다.

"홈즈 씨! 혹시 새 자전거를 사주신 건가요?"

놀라서 목소리가 뒤집어지고 말았다.

동시에 '아뿔싸'라고 생각했다.

전에 타던 회색 자전거가 촌스럽고 낡았다고는 생각했지

만 설마 새 걸 사주다니.

기쁘지만 자전거는 나름대로 가격도 나가는 데다 전 자전거가 마음에 들지는 않았지만 아직 탈 수 있어서 아깝다고나 할까…….

기뻐하기 전에 주저하는 마음으로 서 있는데 홈즈 씨가 고개를 저었다.

"아니에요."

"네?"

"아오이 씨의 자전거를 리메이크했어요. 바구니를 등나무 바구니로 바꾸고 손잡이의 고무는 갈색으로. 몸체는 일단 전부 줄질을 한 다음 빨갛게 다시 칠했어요. 아, 물론 브레이크도 체인도 고쳐서 깨끗해졌답니다. 이것도 열심히 하면 '직접 만든 크리스마스 선물'이 되지 않을까 해서요" 하고 싱긋 웃었다.

"――!"

이번에는 놀라서 목소리가 나오지 않았다.

"아마추어의 솜씨라 프로만큼 깔끔하게 만들지는 못했지만요. ……엔쇼라면 완벽하게 완성했겠죠."

살짝 미안하다는 듯이 어깨를 늘어뜨린 후, 자신이 꺼낸 엔쇼라는 이름에 신경이 거슬렸는지 뚱한 표정을 띠었다.

홈즈 씨, 하고 나는 무심코 웃었다.

"그럴 리가요……. 홈즈 씨, 역시 대단해요. 그 자전거를 이렇게 예쁘고 귀엽게 만들다니, 상상도 못 했어요."

그렇게 말하면서 코 안쪽이 시큰해지고 눈물이 그렁그렁 맺혔다.

……기쁘고 가슴이 뜨거워서.

"저, 정말 아주 기뻐요. 홈즈 씨, 감사합니다."

눈물이 멈추지 않은 채로 고개를 숙이자 홈즈 씨가 손목을 꽉 잡고 부둥켜안았다.

"──아오이. 참말로 안 되겠다. 매번 너무 반칙이데이."

그가 강하게 껴안으며 그렇게 말했다.

그 말은 압도될 정도여서 두근두근 강하게 뛰는 심장 소리가 전해질 것 같았다.

홈즈 씨 쪽이 뭐든 너무 반칙이다.

그때.

"와! 껴안고 있다."

"엄마~ 러브러브야."

아이들의 그런 목소리가 뒤에서 들려와 우리는 몸을 움찔거렸다.

서로 얼굴을 마주 보며 피식 웃고 숨듯이 다시 교회 안으로 돌아갔다.

아무도 없는 예배당.

수많은 촛불이 스테인드글라스를 물들여서 아주 환상적이

고 아름다웠다.

아까까지의 떠들썩함이 거짓말인 것처럼 조용해졌다.

"……유치원 엄마들이 모두 크게 칭찬했어요."

나란히 의자에 앉으며 그렇게 중얼거렸다.

분명 험담을 했던 사람도 손뼉을 쳤을 게 틀림없다.

"네, 사람은 자신의 감동에 솔직한 생물이니까요."

고개를 끄덕이는 홈즈 씨에게 가만히 시선을 맞추었다.

"홈즈 씨, 정말 고마워요. 홈즈 씨가 사건을 해결해준 것도, 오늘 와준 것도. 엄마나 다들 아주 좋아했어요."

"다행이네요. 조금 주가가 올랐을까요?"

"잔뜩 올랐어요."

"아버님은 그다지 시선을 맞추지 않으셨지만요."

아쉽다는 듯이 어깨를 늘어뜨리는 홈즈 씨를 보고 나는 후훗, 하고 웃었다.

"신경 쓰지 않아도 돼요. 하지만 왠지 모처럼의 크리스마스인데 저희 가족 행사에 어울리게 한 것 같아서 죄송해요."

"무슨 말이에요. 저야말로 늘 저희 집안일에 아오이 씨를 말려들게 하고 있잖아요."

"하지만 그건 즐거워요."

"네, 저도 마찬가지예요."

부드럽게 웃는 홈즈 씨를 보고 가슴이 찌릿했다.

"……아, 맞다. 크리스마스 선물을 만들었어요. 마침 교회 안에 있으니 지금 드릴게요."

토트백 안에서 부스럭부스럭 포장된 상자를 꺼내 홈즈 씨에게 건넸다.

"감사합니다. 봐도 될까요?"

"그, 그러세요."

스륵스륵 신중하게 풀리는 리본.

안에는 와인 잔에 새겨진 'K'라는 장식 글자에 장미꽃.

"──어? 이거, 글라스리첸이죠? 아오이 씨가 만든 건가요?"

"네. 이거야말로 아마추어 실력이라 서툴러서 부끄럽지만요."

"아니에요, 아주 훌륭해요! 아주 기쁘고 고맙데이."

홈즈 씨는 정말 기쁜 듯이 활짝 웃었다.

"다, 다행이다. 사실은 홈즈 씨의 'H'로 할까, 야가시라 키요타카의 이니셜 'KY'로 할까 하다가 그만뒀어요."

"'H'에 'KY'였으면 장난 아니었겠네요(H는 일본에서 성적인 의미를 담고 있는 말이며, KY는 일본어로 분위기 파악을 하지 못한다는 뜻이다_옮긴이)."

홈즈 씨의 그 말에 다시 웃고 말았다.

"실은 저도 선물이 있어요."

"네? 자전거잖아요?"

"그것과는 별개로요. '직접 만든 선물'이라는 약속을 어겨서 면목 없지만 이걸……."

내밀어진 것은 작은 상자.

"어?"

가슴이 두근거리기 시작했다.

"감사합니다. 열어봐도 될까요?"

"네, 꼭이요."

가슴을 두근거리며 살며시 상자를 여니, 그곳에는 작은 꽃이 달린 반지가 들어 있었다. 이 꽃은 낯이 익다.

전에 생일 선물로 받은 아욱 꽃. 즉, 목걸이와 세트라고도 할 수 있는 반지다.

"정말 홈즈 씨야말로 반칙뿐이에요. 너무 울리지 마세요!"

눈을 비비며 말하자 홈즈 씨는 "아오이 씨야말로 날 너무 애태우지 말아요" 하고 이마에 손을 댔다.

"네?"

"……아니요. 그건 제 꼼수이니 부디 부담 갖지 마세요. 벌레 퇴치용이니까요."

"벌레 퇴치용?"

"다른 남자가 접근하지 않도록."

그렇게 말하고 머리카락에 손을 댔다.

두근, 하고 아플 만큼 심장이 소리를 냈다.

"역시 반칙이에요."

얼굴이 너무 뜨거워서 고개를 숙였다.

왠지 모르게 찾아온 침묵.

홈즈 씨는 예배당의 십자가를 바라보며 가만히 눈을 가늘게 떴다.

"……이번 일로 아오이 씨의 어머님이나 가스펠 멤버에게 아주 칭찬을 받아서 기쁘게 생각하면서도 저는 가슴이 아팠어요. 저는 그렇게 훌륭한 사람이 아니라서 왠지 과대평가를 받은 느낌이 들어서요."

홈즈 씨의 조용한 말에 나는 가만히 고개를 들었다.

그렇다, 홈즈 씨가 '하느님의 사자 같다'고 모두 속삭였을 정도다.

"……모처럼 맞이한 성야, 교회에 있으니 이 기회에 참회하는 것도 좋겠네요."

"어, 참회요?"

"네, 제 죄와 어리석은 행동을요."

"──아아. 그거라면 저도 참회하고 싶어요."

"아오이 씨가요?"

숨을 내쉬고 말하자 홈즈 씨는 놀란 듯이 눈을 깜빡였다.

나는 "네" 하고 고개를 끄덕이고 가만히 손을 모으고 눈을 감았다.

"……과거 저는 저밖에 생각하지 못하고 돌아가신 할아버지의…… 가족의 보물을 멋대로 팔려고 했던 죄인입니다.

그때 홈즈 씨가 말려주었고, 어쩌면 말려주지 않아도 실행하지 못하고 돌아갔을 것 같은 기분도 들지만, 하지만 그런 짓을 하려 한 저를 용서할 수 없어서 지금도 가슴이 아픕니다. 오늘 밤 그 죄를 참회합니다."

말로 하자 어느 정도 기분이 편해졌다.

그래도 눈물이 고였지만.

손끝으로 눈시울을 누르고 있자 홈즈 씨가 손수건으로 눈물을 닦아주었다.

"절실하게 전 남자 친구가 부럽군요."

"네?"

"당신이 죄를 저지를 만큼 저도 사랑받고 싶어요."

"그, 그런! 그건 지금 와서 생각하면 이기적인 행동일 뿐이라는 느낌이 들어요" 하고 어깨를 으쓱거렸다.

전 남자 친구와 홈즈 씨라니, 비교할 수 없을 만큼 홈즈 씨를 사랑하고 있다.

"저도 정직하게 참회할게요. 저는 계속 아오이 씨에게 과거 이야기를 하는 것을 피해왔습니다만, 제대로 이야기하지 않으면 안 되겠다는 생각이 들었어요. 당신에게 미움받을지도 모르지만요."

그 말에 이번에는 다른 의미로 고동이 높아졌다.

그렇다, 이즈미 씨에게 배신당한 후 여성 불신에 빠질 뻔한 홈즈 씨는 『출가와는 정반대 생활을 했다』라고 말했다.

그것은 얼마나 문란했던 걸까.

홈즈 씨는 작게 숨을 내쉬었다.

"저는…… 이즈미와의 불화 후 조금 비뚤어졌습니다. '남자 친구가 있는 여성'을 골라 친해졌어요."

이쪽을 보려고 하지 않고 그렇게 말한 홈즈 씨.

'남자 친구가 있는 여성과 친해진다'의 '친해진다'에는 어른스러운 의미가 포함되어 있으리라.

나는 아무 말 없이 다음 말을 기다렸다.

"당시 저 나름대로 소중히 여겨온 여자 친구를 고작 미팅에서 알게 된 남자에게 빼앗긴 게 충격이어서요. 제 미숙함은 모른 체하고 뭔가에 보복을 하고 싶었던 걸지도 몰라요. 친해진 사람과는 결코 교제하지 않고 제 쪽에서 유혹 같은 행동을 하면서, 남자 친구가 있는데도 불구하고 간단히 제게 끌리는 것에 환멸을 느껴 더욱 여성 불신에 빠지게 되었어요. ……지독하죠?"

그것은 확실히 여러 가지 의미로 지독하다.

"정말로 크리스천과는 거리가 먼, 음흉하고 더러운 남자예요."

휴우, 하고 한숨을 내쉬었다.

처음으로 들은 홈즈 씨의 과거에 나는 아무 말도 할 수 없었다.

"……죄송합니다. 정말로 최악의 남자예요. 당신에게 어울리지 않는 게 아닐까 하고 고민한 적도 있어요."

아주 잠시 침묵이 찾아왔고, 나는 가만히 입을 열었다.

"이제 그런 일은, 서방질 같은 행동은 하지 않는 거죠?"

"……서방질?! 네, 네에. 그야 물론 그런 행동은 하지 않아요. 아오이 씨와 사귄 이후부터 여러 가지를 고쳤습니다. 하지만 환멸을 느끼겠죠?"

"아니요. 저기, 뭐랄까…… 상상의 범주 안에 있었어요."

그렇게 중얼거린 내게 홈즈 씨는 "네?!" 하고 고개를 들었다.

"홈즈 씨는 어쩌면 불륜을 저지른 게 아닐까 걱정하고 있었어요. 홈즈 씨는 연상의 여성에게 사랑받을 것 같고, 또 음흉하고, 부자와 만날 기회도 많으니까 돈 많은 유부녀를 교묘하게 조종해 그런 사람을 몇 명이나 확보했을지도 모른다고 생각했어요. 그래서 『저는 불륜만 저질렀습니다』라는 말을 듣는 게 아닌가 하고요……. 그런 말을 듣게 되면 어떻게 해야 하나 생각했어요."

그러자 홈즈 씨는 앞에 있는 의자에 이마를 갖다 댔다.

"홈즈 씨?"

"……정말 아오이 씨는 여전히 지독하네요. 음흉하니까 돈 많은 유부녀를 몇 명이나 확보해 불륜을 저지르다니요."

엎드린 채 홈즈 씨는 진심으로 즐겁다는 듯이 큭큭 웃었다.

"죄, 죄송해요. 하지만 비슷하기는 했죠?"

"그러네요. 역시 불륜은 저지르지 않았지만 틀리지는 않았어요."

홈즈 씨는 그렇게 말하고 고개를 들었다.

"만약 당신의 상상대로 제가 불륜만 저지른 남자였다면 어떻게 했을 건가요?"

그렇게 묻자 말문이 막혔다.

어떻게 했을까?

"……충격이겠지만 아까 참회했듯이 저도 죄인이니까요……."

힘없이 웃은 그때, 홈즈 씨가 어깨를 끌어당겨서 정신을 차리고 보니 그의 품에 세차게 안겨 있었다.

"다시 실감했어요. 아오이 씨, 저는 절대로 당신에게는 못 이겨요."

"그럴 수가, 저를 못 이기다니요."

"……아니요, 당신에게는 이길 수 없어요. 그런데 당신은 제 앞도 뒤도 외면하지 않고 똑바로 전부 봐줘요. 참말로 견딜 재간이 없다. 고맙데이, 고마워…… 이렇게 최하인 내지만 소중히 하고 싶다."

홈즈 씨는 부둥켜안은 팔에 힘을 실었다.

유치원 쪽에서 아름다운 찬송가가 흘러나왔다.

흔들리는 촛불.

가만히 이마를 맞대고 마치 기도하듯이 사랑의 말을 속삭
인, 그것은 달콤하고 사랑스러운 성야였다.

장편(掌篇) 『미야시타 카오리의 곤혹』

혼자서 행동하는 건 싫어하지 않는다.

영화도 패밀리 레스토랑도 시내 구경도 혼자 가는 게 아무렇지 않다.

물론 친구와 함께라면 즐거움이 배가될지도 모르지만, 그렇다고 해도 혼자여서 외로운 건 아니다.

친구와 있을 때는 함께해서 얻을 수 있는 즐거움이, 혼자 있을 때는 혼자여서 좋은 장점이 있는 법이다.

──1월 5일.

나 미야시타 카오리는 혼자서 산조에 있는 영화관에 들어가 영화를 보고 돌아가다 불쑥 골동품점 '쿠라'를 들러봤다.

이곳은 절친 마시로 아오이가 아르바이트하는 곳이라서 그녀가 있을지도 모른다고 생각했기 때문이다.

좀처럼 들어가기 어려운 구조라서 약간의 긴장감을 느끼며 문을 열자 '딸랑딸랑' 하고 도어벨이 부드럽게 울렸다.

동시에 커피 향기가 코를 간질였다.

이 가게는 마치 찻집처럼 늘 커피 향기가 난다.

"아아, 카오리 씨, 어서 와요."

익숙한 남성의 목소리에 조금 놀랐다.

이 목소리는 '홈즈 씨' 즉, 야가시라 키요타카 씨의 목소리였다.

그는 수행 중이라 여기에는 없는 줄 알았는데.

무심코 몸이 굳어졌지만 눈에 들어온 것은 점장님의 온화한 미소.

"왠지 오랜만이네요"라고 점장님은 이어 말했다.

아무래도 목소리의 주인은 홈즈 씨가 아니라 그의 아버지인 점장님이었던 모양이다.

전에 아오이가 홈즈 씨와 점장님이 닮았다고 얘기한 적이 있었는데, 그 말을 들었을 때는 『그래?』하고 잘 알아듣지 못했던 나였지만 지금 비로소 이해했다.

목소리나 말투, 분위기가 정말 아주 닮았다.

전화로 들었다면 헷갈릴 것 같데이, 하고 나는 희미하게 웃었다.

"카오리 씨?"

아무 말 없는 나를 보고 점장님은 이상하다는 듯이 고개를 갸웃거렸다.

"아, 죄송해요. 저기, 오늘 아오이는 없나요?"

"아아, 오늘은 기온에서 고미술 업계 사람이 연 신년회가 있어서 거기에 키요타카와 같이 참석하러 갔어요. 나는 가게를 보고요."

그랬구나, 하고 나는 중얼거리고, 그러면 이 이상은 이곳에 있을 용무가 없기 때문에 고개를 숙이고 돌아가려 했을 때.

"지금 커피를 탔는데 혼자서는 다 못 마실 만큼 많이 타서요. 혹시 괜찮다면 마시고 가지 않을래요?"라고 점장님이 부드럽게 물었다.

그 말에 내 뺨이 누그러들었다.

"고맙습니데이. 잘 마실게요."

"거기 앉아요."

"네" 하고 인사하고 나는 카운터 앞 의자에 앉았다.

점장님이 말했듯이 유리 포트에는 커피가 가득 들어 있어서 무심코 웃고 말았다.

"참말로 많이 타셨네요."

"네, 그만 원두를 너무 많이 넣어서요."

점장님은 부끄러운 듯이 어깨를 으쓱거리며 컵에 커피를 따라 내 앞에 놓아주었다.

"고맙습니데이" 하고 나는 커피를 입으로 가져간 후 휴우, 하고 숨을 내쉬었다.

"키요타카처럼 잘 타지는 못합니다만⋯⋯."

"맛있어요."

"그거 다행이네요. 자주 실패해서요."

"그러고 보니 전에 홈즈 씨에게 들었는데요, 점장님이 인스턴트커피를 드립하셨다고 하던데⋯⋯."

그 이야기를 떠올리고 입에 손을 대자 점장님은 쑥스러운 듯이 머리에 손을 댔다.

"이거 부끄럽네요. 실은 우리 가게에 인스턴트커피가 있었던 적이 없어서 그게 있을 리 없다고 생각했거든요. 원두라고 믿고 드립했다가 녹아 사라져서 깜짝 놀랐어요. 키요타카에게 말했더니 『네, 인스턴트니까요』라고 간단히 말하지 뭡니까."

그 대화가 눈에 선해서 참지 못하고 웃고 말았다.

"그런데 어째서 그때는 인스턴트가 있었던 건가요?"

"수행 때문에 자리를 비우는 키요타카가 나를 위해 사놓은 듯해요. 인스턴트라면 실패하지 않겠다 싶어서."

"홈즈 씨는 다정하네요."

"네, 그 애는 그래 보여도 다정하답니다."

점장님은 후후후 웃었다.

멋진 부자지간이데이, 라고 생각하며 시선을 카운터 위로 떨어뜨렸다.

점장님 앞에는 원고지가 있었다.

"일하던 중이셨죠?"

"네. 이게 있어서 신년회에 참가하지 않고 가게를 보기로 했어요. 마감에 쫓겨서요."

"시대소설이죠?"

"네."

"시대소설을 쓰시다니, 대단하세요."

진지하게 말하자 점장님은 작게 웃었다.

"시대소설이라도 결코 대단하지는 않아요."

"하지만 시대 고증이 힘들잖아요? 그리고 당시는 지금과 감각도 달랐을 테고요."

"뭐, 그 때문에 고생하는 건 분명 맞지만, 기본적으로 시대 설정이 과거일 뿐이지 인간 드라마로서는 아무것도 달라지지 않아요."

"그런가요?"

네, 하고 점장님은 고개를 끄덕였다.

"예를 들어 겐지 이야기를 읽어보면 헤이안 시대는 일부다처제였지만 질투로 괴로워하고 갈등하는 마음은 지금과 똑같고, 무엇에 분노를 느끼고 무엇에 감동하는지도 지금과 비교하면 그리 큰 차이가 없어요. 과거든 현대든 사람의 마음은 그리 다르지 않다는 거죠. 현대가 무대인 연애 드라마가 있다고 치면, 완전히 똑같은 전개에 그것의 배경을 에도 시대로 바꾼 것만으로 '시대소설'이 되는 거죠."

점장님의 그 이야기를 듣고 나는 "말씀을 듣고 보니 확실히 참말로 그러네요" 하고 감탄하며 맞장구를 쳤다.

"점장님, 역시 작가 선생님입니데이."

"아니요, 그럴 리가요. 지루한 이야기를 해서 실례했어요.

카오리 씨는 아오이 씨에게 볼일이 있나요?"

"아니에요. 영화관에 갔다 돌아가는 길에 문득 들렀어요."

"혼자서 본 건가요?"

"아…… 네."

살짝 말하기 곤란해서 어색하게 고개를 끄덕이자 점장님
은 부드럽게 웃으며 "그런가요" 하고 수긍했다.

"그거 멋지네요. 혼자서 어디든 갈 수 있는 여성은 멋지다
고 생각해요."

"감사합니다. 하지만 덕분에 남자 친구가 좀처럼 안 생기네요."

"아오이 씨와 키요타카 이야기를 곁에서 들었는데, 키요
타카의 친구가 카오리 씨를 마음에 들어 했다던데요."

"……홈즈 씨를 통해 다음에 넷이서 식사하러 가자는 권
유를 받았어요."

"네 명이란 키요타카와 아오이 씨와 그 남자와 당신인가요?"

나는 고개를 꾸벅였다.

"내키지 않나요?"

그 물음에 나는 "으음" 하고 신음했다.

"솔직히 말해서 코히나타 씨는 특출 나지는 않아도 그럭
저럭 잘생기고 아주 우수하니까 절 마음에 들어 해준 건 기
쁘기도 하지만……."

"느낌이 확 오지 않는다는 거군요."

"네" 하고 나는 무심코 힘차게 긍정했다.

"그렇다면 넷이서 식사하는 건 참 괜찮겠네요. 대화하다 곤란할 일도 없을 거예요."

"뭐…… 그렇겠네요."

"거절하는 건 상대를 안 다음에 해도 늦지 않아요. 첫인상과 두 번째 인상이 다른 경우도 있으니까요. 나도 그랬어요."

"점장님이요?"

"네, 아내를 처음 만났을 때 첫인상은 그렇게 좋지 않았어요. 그녀는 낯을 가리고 아주 쌀쌀맞았거든요. 예쁘지만 느낌이 좋지 않은 사람이라고 생각했어요. 하지만 제대로 이야기해보고 '서툴지만 솔직하고 상냥한 사람이구나' 하고 인상이 바뀌었어요."

나는 아하, 하고 맞장구를 쳤다.

"카오리 씨는 친절하고 현명하고 멋진 여성이니까 스스로 그 가능성을 없애지 말아주세요."

점장님이 싱긋 미소 짓자 가슴이 두근, 하고 소리를 냈다.

"고, 고맙습니데이."

지금도 빠르게 뛰는 고동에 당혹감을 느꼈다.

볼이 달아올라서 고개를 숙이자.

"카오리 씨, 왜 그래요?"

그렇게 말하며 점장님이 얼굴을 들여다봐서 심장이 더욱

소리를 냈다.

"아, 아니요, 아무것도 아니에요."

──안 된다.

참말로 안 된다.

아오이, 어쩌면 좋노.

내…… 점장님을 좋아하게 될지도 모르겠다.

지금도 울리는 내 심장 소리가 들리지 않을까 걱정하면서, 당장 도망치고 싶다는 마음과 좀 더 이곳에 있고 싶다는 마음 사이에서 동요해 움직이지 못한 채 나는 가만히 점장님이 타준 커피를 입으로 가져갔다.

그것은 달콤쌉쌀한 오후.

조용히 가게에 흐르는 재즈가 어딘가 멀리서 들리는 듯했다.

에필로그

1월 5일 신년회.

설마 이런 날이 오다니, 하고 내 얼굴이 굳어졌다.

기온에 있는 요정의 연회장의 큰 방에는 도미소금구이를 비롯해 성찬이 담긴 상이 죽 늘어서 있었다.

그곳에 있는 것은.

"오늘 신년회는 내 제자의 피로연이데이."

만면에 웃음을 띤 야나기하라 선생님과.

"——엔쇼라고 합니다. 부디 잘 부탁드립니다."

깊숙이 고개를 숙이는 엔쇼의 모습.

그 자리에는 낯익은 고미술 업계 사람들이나 화도가 선생님, 그리고 나와 요시에 씨를 포함한 야가시라가 멤버.

"와! 완전 대박인데?"

어째서인지 아키히토 씨의 모습도 있었다.

변함없이 민머리인 엔쇼는 흰 비단을 검게 물들인 긴 소매 옷과 하오리에 센다이다이라(하카마용으로 쓰는 센다이 지방 특산 견직물_옮긴이)로 만든 줄무늬 하카마라는 기모노 예복 차림.

다다미에 손을 대고 고개를 숙였다 천천히 드는 모습은 아주 당당해서, 호오, 하고 회장의 이곳저곳에서 뜨거운 숨이 새어나왔다.

"흐음, 저렇게 보니 엔쇼도 잘생겼네."

나와 함께 말석에 있는 아키히토 씨는 밀리 있는 엔쇼를 바라보며 감탄의 소리를 높였다.

아키히토 씨의 말대로 엔쇼가 원래 저렇게 잘생겼던가, 라고 생각할 만큼 매섭고 늠름했다.

위작자였던 엔쇼는 죄를 인정하고 자수했다고 한다.

그 죄는 사기죄에 해당하지만, 그가 이미 야나기하라 선생님의 제자로 들어갔고 재생의 의지가 강한 점을 보아 정상참작의 여지가 있기 때문에 집행유예가 내려지는 것에 그쳤다고 한다.

"그런데 봐봐, 홈즈의 저 얼굴!"

아키히토 씨는 팔꿈치로 내 팔을 가볍게 찌르며 홈즈 씨에게 시선을 보냈다.

야가시라가 테이블에 있는 홈즈 씨는 검은색 슈트 차림이다.

그것 역시 아주 늠름하고 스마트해서 잘 어울렸다.

하지만 그 얼굴은 놀랄 만큼 냉정했다.

홈즈 씨의 심정이 그 얼굴에 나타나 있어서 나도 모르게 웃을 뻔했다.

"봐봐, 저 얼굴 웃기지?"

"웃기다니요, 아키히토 씨."

확실히 웃을 뻔했지만 이곳에는 웃어서는 안 되는 분위기가 흐르고 있었다.

아키히토 씨와 함께 웃음을 참으며 어깨를 떨고 있는데.

"둘 다 쉿!"

맞은편에 앉은 리큐 군이 어이없다는 듯이 검지를 세웠다.

나이 어린 리큐 군에게 한 소리 듣고 우리는 겸연쩍어 어깨를 으쓱거렸다.

엔쇼의 자기소개가 끝난 후 야나기하라 선생님의 인사로 차례가 옮겨갔다.

"내 아들도 손자도 고미술과는 관련 없는 세계로 가고 좋은 눈을 가진 젊은이도 좀처럼 만날 수 없어서 미술계의 장래를 걱정하고 있던 차에 이 엔쇼를 만나서……."

그런 식으로 이야기하는 야나기하라 선생님의 얼굴은 아주 기뻐 보였다.

『교토 테라마치 산조의 홈즈에게 지지 않는 눈을 가지고 있다』

그렇게 단언한 엔쇼를 처음에는 분명 수상하게 여긴 게 틀림없다.

하지만 그를 앎으로써 그 유례없는 재치를 파악하게 되었고 지금은 자랑스러운 제자로 생각하고 있으리라.

뭐니 뭐니 해도 홈즈 씨와 경쟁하는…… 아니, 인정하고 싶지는 않지만 때로 홈즈 씨를 능가하는 존재다.

야나기하라 선생님의 기쁨도 이해할 수 있을 것 같았다.

멀리 떨어진 말석에서 야나기하라 선생님과 엔쇼를 바라보고 있는데.

"이거 또 괜찮은 남자네."

"정말. 키요타카 군과 나란히 고미술계의 프린스가 되어 줄 것 같아."

그런 목소리가 여기저기서 들렸다.

"…………."

나는 지금까지 엔쇼를 '무섭다'고만 생각했기 때문에 그 외모도 냉정하게 보지 못했지만, 행동거지도 기품이 있어서 뒷세계에서 살아왔다고는 생각할 수 없으므로 그런 소리가 나오는 것을 이해하지 못하는 것도 아니었다.

원래 엔쇼는 남의 몸짓이나 표정, 말투까지 완벽하게 복사하는 재주가 있는 사람이다.

분명 고귀한 사람의 움직임이나 몸짓을 흉내 내고 있는 것이리라.

"부디 지도 편달을 부탁드립니다."

회장의 모두를 바라본 후 나를 보고 시선을 정확히 맞추고 빙긋 부드럽게 미소 짓는 엔쇼의 모습에.

"!"

숨이 멈출 뻔했다.

홈즈 씨와 너무 똑같아서.

그렇구나, 홈즈 씨를 복사한 움직임이었어.

군이 나를 보고 홈즈 씨 같은 미소를 띠다니, 나쁜 성격은 여전하다.

홈즈 씨는 어떤 기분일까, 라는 생각이 들어서 야가시라가 자리 쪽으로 시선을 돌리니 여전히 냉담한 눈빛을 보이고 있었다.

아니, 그 눈은 조금 전보다 더 차가워진 것처럼 느껴졌다.

"이봐. 홈즈 왠지 엄청 화난 것 같지 않아? 몸에서 희푸른 게 나오고 있어."

귓속말하는 아키히토 씨에게 "……화났네요" 하고 나도 작은 목소리로 동의했다.

아마 엔쇼가 자신의 흉내를 내고 있다는 것을 알고 불쾌하기 짝이 없는 것이리라.

엔쇼도 홈즈 씨의 신경을 거스른다는 것을 알고 저러는 거겠지…….

엔쇼가 위작자 세계에서 손을 씻고 미술계에 들어와서 일이 해결되었다고 생각했는데, 이건 이것대로 전도다난이다.

즐거워 보이는 엔쇼와 차갑게 희푸른 불꽃을 내뿜고 있는 홈즈 씨의 모습을 바라보면서 나는 가만히 어깨를 움츠렸다.

이윽고 딱딱한 인사가 끝나고 겨우 '건배'를 하게 되어서 우리는 식사에 손을 댈 수 있게 되었다.

갑자기 큰 방의 분위기가 부드러워졌다.

"아, 겨우 먹을 수 있겠네."

젓가락을 들고 눈꼬리를 내리는 아키히토 씨를 보고 맞은편에 앉은 리큐 군이 풋, 하고 웃었다.

"아키히토 씨는 여전하네."

"당연하지."

우리가 웃고 있는데 야나기하라 선생님과 오너의 대화가 귀에 들렸다.

"앞으로 잘 부탁함세. 댁네 키요타카 군과 함께 고미술계의 양대 프린스가 될 테니."

야나기하라 선생님이 그렇게 말하자 오너는 의심스럽다는 듯이 팔짱을 끼고 코웃음을 쳤다.

"그런 풋내기랑 우리 키요타카를 비교하지 마라. 애초에 실력이 얼마나 되는데?"

오너…… 하고 나는 쓴웃음을 지었다.

탐탁지 않게 생각했던 것은 홈즈 씨뿐만이 아니었던 모양이다.

오너의 실례되는 발언에 주위에서 깜짝 놀랐지만.

"그렇게 말할 줄 알았다. 하지만 말이데이, 엔쇼의 눈은 참말로 확실하데이."

야나기하라 선생님은 신경도 쓰지 않는 기색이었다.

"그러면 엔쇼, 그 글씨를 알아볼 수 있겠나?"

오너는 그렇게 말하고 방 벽의 '글씨'를 가리켰다.

그것은 커다랗게 '雅'라고 적혀 있었다.

엔쇼는 그 글씨를 빤히 바라보다 고개를 갸웃거렸다.

"'진품'이라는 것은 압니다. 하지만 저는 아직 지식이 없어서 누구의 '글씨'인지는 모르겠네예."

엔쇼가 주눅 들지 않고 대답하자 오너는 살짝 득의양양한 웃음을 띠었다.

"키요타카, 가르쳐주거래이."

홈즈 씨는 작게 고개를 끄덕이고 젓가락을 들었다.

"저 글씨는 메이지부터 쇼와 초기에 활동했던 나라 현 출신의 서예가, 쓰지모토 시유의 글씨입니다. 평온하고 표표한 분위기가 그의 색깔을 나타내고 있습니다. 아마 이 요정을 위해 쓴 것 같군요."

홈즈 씨가 술술 대답하자 "오오" 하는 소리가 회장 안에 퍼졌다.

"역시 키요 형."

"그래, 우리 홈즈야."

그러면서 주먹을 불끈 쥐는 리큐 군과 아키히토 씨.

"역시 키요타카 군이네."

"응. 엔쇼 군은 '진품'이라고 했는데, 나도 그 정도는 말할

수 있어. 하지만 키요타카 군처럼 누구의 글씨인지 알아맞
히는 건 좀 힘들지."

그런 비웃음 같은 말이 어지러이 퍼지는 가운데 엔쇼는
부드럽게 웃으며.

"——죄송하지만 거기 있는 가방 좀 주시겠습니까?" 하고
비서인 타구치 씨를 향해 손을 뻗었다.

"네."

타구치 씨는 바로 검은 가방을 내밀었다.

대체 뭐지?

모두가 당황할 새도 없이 엔쇼는 거기에서 붓과 먹, 벼루
에 반지(半紙)를 꺼냈다.

엔쇼는 잠시 동안 쓰지모토 시유의 '글씨'를 바라본 후 붓
을 단단히 쥐고 반지를 잡아먹을 듯이 바라보았다.

"앗."

엔쇼가 호흡을 멈춘 것을 알 수 있었다.

그런가 싶더니 손이 움직이기 시작했다.

눈을 크게 뜬 채 마치 무언가에 홀린 듯이 손을 움직였고,
이윽고 종이에 '雅'라는 글자가 그려졌다.

"——!"

그것은 쓰지모토 시유의 '글씨'와 완전히 똑같아서 일동은
할 말을 잃었다.

엔쇼는 휴우, 하고 숨을 내쉰 후 자신의 '글씨'를 들고 일어섰다.

똑같은 '글씨'가 덮이자 누구도 아무 말을 할 수 없었다.

"보시는 바와 같이 저는 위작을 만들었던 과거를 가지고 있습니다. 그것은 정말 부끄러운 일이고 두 번 다시 그런 죄를 짓지 않겠다고 마음먹었습니다. 지금은 제게 아직 '지식'은 없습니다. 하지만 과거에 위작으로 손을 더럽혔던 저이기 때문에 알 수 있는 것도 많고, 위작에 민감하며, 누구보다 예리한 눈을 가지고 있다고 자신 있게 말할 수 있습니다. 제 속죄를 걸고 이 눈을 가지고 위작을 놓치지 않을 것을 이 자리에서 맹세합니다."

강한 어조로 단언한 엔쇼에게 모두 압도되면서도 와, 하고 소리를 높이며 손뼉을 쳤다.

이르든 늦든 엔쇼가 위작자였다는 것은 알려지리라.

그는 더할 나위 없는 타이밍에 커밍아웃해서 자신의 수치스러운 과거조차 무기로 바꾸었다.

──정말 보통 사람이 아니다.

"이야! 굉장했어."

"저런 사람이 이쪽에 붙어주면 든든하지."

모두 엔쇼에게 마음을 홀딱 빼앗겼다.

홈즈 씨는 괜찮을까?

이제 연회 분위기니까 자리를 이동해도 괜찮을 것이다.

조금 걱정이 되어서 야가시라가 자리로 살며시 이동하려 한 그때.

"홈즈 씨, 다시 한 번 앞으로 잘 부탁한데이."

엔쇼가 맥주병을 들고 홈즈 씨에게 걸어왔다.

"……네, 잘 부탁합니다."

홈즈 씨는 눈을 활처럼 가늘게 뜨며 컵을 내밀었다.

졸졸 부어지는 맥주.

그 광경은 옆에서 보고 있으면 아주 흐뭇하게 느낄 수도 있지만 나는 등줄기가 선뜩해져서 혼났다.

그것은 아키히토 씨도 마찬가지인지 그의 안색도 안 좋아졌다.

하지만 리큐 군은 "저 냉전 구도는 최고라니까"라며 눈을 반짝거리고 있었다.

"그런데 엔쇼 씨. 아까 쓴 '글씨'를 빌려주시겠습니까?"

"아아, 좋데이."

홈즈 씨의 요청에 엔쇼는 자신이 쓴 '雅'라는 '글씨'를 내밀었다.

홈즈 씨는 안주머니에서 만년필을 꺼내 뚜껑을 열지 않은 채 글씨를 가리켰다.

"이곳과 이곳과 이곳. '당신'이 나왔네요. 얼핏 보기에 똑같아 보일지도 모르지만, 위작의 완성에는 조금 미치지 못

하지 않나 싶습니다. 뭐, 은퇴하셨으니 그게 좋을지도 모르겠습니다만."

모두에게는 들리지 않을 정도의 목소리로 말하고 홈즈 씨가 후훗, 하고 웃자 엔쇼는 순간 움직임을 멈추었다.

"……역시 댁은 마음에 안 든데이."

"피차 마찬가지입니다."

여전히 웃으며 서로 응시하는 두 사람을 보고.

"어머, 사이가 좋아 보이네."

"두 사람 다 멋져."

이런 목소리도 들려와서 얼굴이 속절없이 굳어졌다.

어째서 이 광경이 모두에게는 흐뭇하게 비치는 걸까?

이 두 사람의 모습에 오너는 마음을 빼앗겼는지 유쾌한 웃음을 띠었다.

"호오, 용과 호랑이가 모였나. 이거 상당히 재미있겠구먼."

"그제?"

"할 수 없군, 인정하지."

"알았다."

그렇게 대화하며 건배하는 오너와 야나기하라 선생님.

아무래도 엔쇼는 오너에게도 홈즈 씨의 라이벌로 인정받은 모양이다.

아마 그 기준은 '재미있다'겠지만…….

＊　＊　＊

　"휴우우우우."

　연회가 진행되는 가운데 나는 회장을 빠져나와 화장실로 가 손을 씻으며 크게 숨을 내쉬었다.

　저 긴장되는 피로 신년회는 뭘까⋯⋯.

　그저 기뻐 보이는 다른 모두와 나의 온도차도 왠지 견디기 힘들었다.

　아키히토 씨도 나와 같은 기분인 줄 알았는데 지금은 리큐 군과 의기투합해 상당히 즐기고 있는 것 같았다.

　뭐, 이런 모임은 자주 없으니까 그렇게 마음 졸일 필요도 없을지도 모른다.

　다시 한숨을 내쉬고 손수건으로 손을 닦았다.

　마음을 다잡듯이 자세를 바로 하고 거울에 비친 내 모습을 보았다.

　예복으로도 입을 수 있는 디자인의 귀여운 검은 원피스.

　기합을 넣고 트리트먼트한 윤기 있는 머리카락에 옅게 한 화장.

　내가 했지만 평소보다 어른스러워 보일지도 모른다며 뺨이 누그러들었다.

　나도 이제 대학생이다.

　살며시 립스틱을 다시 바르고 "──응" 하고 고개를 끄덕인 다음 화장실을 나왔다.

손질된 다다미가 깔린 복도를 걸었다.

벽에는 일본화, 모퉁이에는 꽃꽂이, 창밖에는 밤의 일본 정원 등이 펼쳐져서 정서가 있었다.

──역시 기온의 요정. 빈틈없는 아름다움이다.

감탄하며 큰 홀까지 나갔을 때, 어스레하게 조명이 켜진 정원의 흡연 구역에서 담배를 피우는 남성의 뒷모습이 눈에 들어왔다.

저건 혹시 엔쇼?

주역이 연회를 빠져나와 흡연 시간인가요, 하고 나는 어깨를 으쓱거렸다.

조금 어이없어하며 바라보고 있는데, 내 시선을 눈치챈 듯한 엔쇼가 설치된 재떨이에 담배를 눌러 끄고 안에서 나왔다.

"안녕하신가, 아오이 씨. 오늘 밤은 내를 위해 와줘서 고맙데이."

얼굴을 가까이하고 씩 웃었다.

"아니, 딱히 저기, 당신을 위해서 그런 건⋯⋯."

"그라믄 이건 누구의 피로연이고?"

"⋯⋯엔쇼, 씨예요."

"참말로 고맙데이."

이번에는 태평한 웃음을 보이는 엔쇼의 모습에 내 뺨이

굳어졌다.

"뭐, 그래도 참말로 고맙데이. 댁들 덕분에 음지에서 벗어날 수 있었다. 이런 데서 내 피로연이 열리다니, 생각도 못 해봤다."

정원을 둘러보며 조용히 그렇게 말한 엔쇼의 모습에 가슴이 먹먹해졌다.

전에는 느낄 수 없었던 부드러운 분위기.

분명 사랑하는 사람과 같이 있을 수 있게 되었기 때문이겠지.

"……지금은 유키 씨와 같이 살고 계시나요?"

불쑥 묻자 엔쇼는 눈을 크게 뜨고 나를 보았다.

"——아니. 내는 야나기하라 선생님네서 수행 중인데?"

"아, 그러시군요. 입주 제자네요. 유키 씨와는 제대로 만나고 계세요?"

"만나기는 하지만 그렇게 자주는 안 만난다. 효고까지 가기 귀찮거든."

"네?"

나도 모르게 얼빠진 목소리가 나왔다.

"뭐고, 아오이 씨. 착각하고 있는 거 아이가? 내랑 유키는 사랑하는 사이가 아이다."

"그, 그런가요?"

"뭐, 30년이나 살았으니 남자도 여자도 안아봤지만."

엔쇼의 그런 말에 내 얼굴이 더욱 굳어졌다.

"그런 건 저는 아무래도 좋아요."

"참말로 그렇데이" 하고 웃는 엔쇼.

하여간에. 철저하게 어디로 튈지 모르는 남자다.

"하지만 유키 씨는 아주 특별한 존재지요?"

계속 학비를 보내며 지원했을 정도다.

"그렇제. 유키는 소중한 존재지만, 그건 내한테 진짜 동생이랄까, 유일하게 마음을 터놓을 수 있는 가족 같아서 그렇다. 내가 착실하지 못했으니까 유키만은 올바른 길을 걸었으면 해서. 내 대신이라고 하기는 그렇지만…… 아이다. 유키를 지원함으로써 내는 내가 한 짓을 정당화하려고 했다."

그렇게 말하고 엔쇼는 자조적인 웃음을 띠었다.

나는 아무 말도 하지 못하고 그저 엔쇼의 옆얼굴을 빤히 바라보고 있었다.

"내는 계속 유키에게 동경을 받아왔다. TV에 나오는 히어로보다 신야 형이 멋있다면서."

신야란 엔쇼의 본명이다.

"그 유키의 안에 있는 히어로상을 무너뜨리고 싶지 않았고, 그리고 유키에게 동경받는 게 내 삶의 버팀목이 되기도 했다."

그것은 리큐 군이 홈즈 씨에게 선망의 눈빛을 보내는 것과 아주 비슷하리라.

"그래서 죄를 씻기 위해서 폼을 잡으며 출가했던 걸지도 모른다. 하지만 잘 안 됐지. 승려 생활은 힘들었다. 그런 때 홈즈 씨를 만나는 바람에 폭발했고."

역시 아슬아슬한 곳까지 몰려 있었구나.

"그런데 유키랑 내가 깊은 사이라고 생각하는 건 뭐고."

하핫, 하고 웃는 엔쇼의 말에 볼이 달아올랐다.

부끄러워서 눈을 마주치지 못하고 있는데.

"내는 댁이 신경 쓰이는데 말이다"라는 말을 듣고 놀라 고개를 들었다.

"네?"

"처음에는 홈즈 씨가 왜 댁을 곁에 두는지 이해가 안 갔다. 하지만 지금은 알 것 같다. 댁은 제법 좋은 여자데이."

"!"

놀리는 거라고 생각해서 나는 엔쇼를 째려보았다.

입가에 웃음을 띠고는 있지만 엔쇼의 눈빛은 진지했다.

"뭐, 이래봬도 홈즈 씨에게는 은혜를 느끼고 있으니까 댁한테 치근덕댈 생각은 없데이. 하지만 댁이 홈즈 씨의 여자가 아니게 되면 반드시 손에 넣을 기다."

"소, 손에 넣다니요!"

나는 당신 손에 들어갈 생각은 없다고요!

강하게 그리 말하고 싶었지만 엔쇼가 가진 정체를 알 수 없는 박력에 눌려서 말이 나오지 않았다.

마치 야생 동물 같은 박력.

오너가 홈즈 씨와 엔쇼를 용과 호랑이에 비유했는데, 엔쇼는 틀림없이 호랑이다.

강하게 반론하지 않는 나를 보고 엔쇼는 "오" 하고 눈을 떴다.

"뭐고, 혹시 희망이 있나? 한 번 정도 바람피워볼까? 그 자슥보다 잘할 자신은 있데이."

"무, 무슨 소리를 하는 거예요!"

믿을 수 없어, 역시 못 믿겠어!

혼란스러워하는 나를 보고 엔쇼는 하하하 웃었다.

다음 순간, 엔쇼가 힘차게 고개를 든다 싶더니 휙 날아온 무언가를 붙잡았다.

엔쇼가 잡은 것은 접힌 부채.

"오, 무서운 얼굴이데이."

시선 끝에는 무시무시할 만큼 차가운 눈빛을 한 홈즈 씨의 모습이 있었다.

"——아오이 씨에게 무슨 짓을 하는 겁니까?"

낮은 목소리로 홈즈 씨가 묻자 엔쇼는 과장스럽게 어깨를 으쓱거렸다.

"그런 무서운 얼굴 안 해도 진심으로 꼬시려고 한 건 아니다. 댁한테는 감사하고 있고. 근데 이건 뭐고? 위험하데이"

하고 엔쇼는 부채를 펼쳤다.

그곳에 그려져 있는 것은 단풍과 '승'이라는 글자.

이것은 과거에 엔쇼가 그리고 겐코안에서 홈즈 씨에게 찌른 부채.

그때 홈즈 씨가 두 동강 냈지만 깨끗하게 수복되었다.

──계속 홈즈 씨의 방에 조용히 장식되어 있었던 것이다.

"오늘은 그것을 돌려드리고 싶어서 건네려다…… 죄송합니다, 손이 미끄러졌습니다."

그렇게 말하고 홈즈 씨는 싱긋 미소 지었다.

"손이 미끄러졌다니, 터무니없데이."

엔쇼는 질렸다는 기색으로 부채로 시선을 떨어뜨리고 작게 숨을 내쉬었다.

"이건 필요 없데이. 댁이 필요 없다면 버려도 상관없다."

부채를 착 접고 홈즈 씨에게 내밀었다.

"그렇게 말씀하신다면 스스로 처분하시지요."

어째서 내가, 하고 미간을 찌푸리는 홈즈 씨의 모습에 엔쇼는 가만히 입가를 끌어올렸다.

"……애초에 이건 댁한테 주기 위해 그린 건데 말이다."

어? 하고 눈을 크게 뜨는 홈즈 씨에게 엔쇼는 부채를 펼쳤다.

"겐코안에 댁이 찾아오면 댁이 내 위작을 간파했다는 뜻이니 '댁이 이겼다'는 의미로 이 부채를 주려고 그린 거데이. 그러니까 댁 거다. 필요 없으면 버리든 태우든 마음대로 하소."

"——제게."

어지간한 홈즈 씨도 그 말을 듣고는 놀란 얼굴을 하고 있었다.

"……그런 거였다면 더더욱 받을 수 없습니다" 하고 숨을 토하듯이 말했다.

어째서? 하는 기색으로 엔쇼가 눈을 가늘게 뜨자 홈즈 씨는 겸연쩍은 듯이 눈길을 피했다.

"그건 거의 우연한 승리입니다. 그런 걸로 승리의 증표를 받는다 해도 기쁘지 않습니다. 앞으로 같은 감정사로서 때로 경쟁하는 경우도 있겠지요. 제가 당신에게 결정적으로 승리했을 때 그 부채를 받고 싶습니다."

"댁도 참 지기 싫어한다. 이제 내한테 못 이길지도 모른데이."

엔쇼는 부채를 들고 입가를 끌어올렸다.

"걱정 안 하셔도 됩니다."

불꽃을 튀기면서도 전과 달라서, 그런 두 사람의 모습에 나는 살짝 감동하고 말았다.

"그 단풍 그림이나 전에 받았던 소주의 풍경화는 틀림없이 당신만의 작품입니다. ……이런 멋진 그림을 그릴 수 있으니 이제부터는 자신의 그림을 더 그리십시오."

"고맙데이. 댁한테 칭찬받을 줄은 몰랐다."

"되도록이면 칭찬하고 싶지 않습니다. 그건 그렇고 한마디 하고 싶군요."

"뭐고?"

"당신은 회장에 있을 때부터 아오이 씨에게 힐끗힐끗 추파를 던졌죠? 앞으로 내 여자 친구한테 손대면 참말로 그 머리통을 부숴버린데이."

내려다보듯이 팔짱을 끼고 홈즈 씨가 말하자.

"왜 그리 신경을 곤두세우나 했더니 그거였나. 추파 따윈 안 던졌다. 그저 쳐다봤을 뿐이데이. 보는 건데 뭐 어떻노?"

엔쇼는 풋, 하고 웃었다.

"아니요, 그건 추파였습니다. 불쾌해서 참말로 못 넘어간데이. ……그리고 야나기하라 선생님이 부르십니다."

"그 말을 먼저 하지. 그라믄 간데이."

엔쇼는 연회장을 향해 달리기 시작했다.

"이런 자리에서 뛰지 마십시오. 어린애입니까?"

어이없다는 듯이 눈을 가늘게 뜬 후 홈즈 씨는 몸을 돌려서 나를 향해 손을 내밀었다.

"갈까요?"

"네."

서로 바라보며 손을 꼭 잡고 걷기 시작했다.

조금 앞에서 걸어가는 엔쇼의 뒷모습을 바라보며 내 가슴에는 시원한 바람이 지나가는 듯했다.

작가의 말

늘 애독해주셔서 감사합니다.

시리즈도 8권. 드디어 아오이의 대학생 편이 시작됩니다.

그렇지만 주로 사회인에 한 다리를 걸친 키요타카가 메인인 이야기가 펼쳐지고 말아서 죄송합니다. 양해해주시면 기쁘겠습니다(웃음).

이번 작품을 쓰기 전, 대학원을 수료한 키요타카가 수행을 떠나는 전개를 결정했지만 어디로 보낼지 고민하던 때의 일입니다.

2017년 4월 하순에 열린 제 사인회에 어떤 인연으로 쇼카도 정원·미술관의 부관장님이 찾아오셔서 "언젠가 쇼카도 정원·미술관이 교토탐정 시리즈에 등장한다면 꿈만 같을 것 같습니다"라고 말씀해주셨습니다.

'이건 꼭 키요타카의 수행 장소로 쓰고 싶어!'라고 생각한 제가 그 취지를 말씀드리자 "그만큼 기쁜 일도 없을 겁니다. 같은 야와타 시에 있는 이와시미즈하치만구도 꼭 무대로 삼아주세요"라며 쾌히 승낙해주셨습니다.

사건은 신사 안에서 일어나므로 이와시미즈하치만구의 신주님께 "이런 전개를 써도 괜찮을까요?" 하고 여쭙자 "살인 사건도 아니니 괜찮습니다. 마음껏 쓰십시오"라며 이쪽 역시 쾌히 승낙해주셔서 아주 기뻤습니다.

참고로 작중에 등장한 부관장 이가와 씨, 스기나미 씨, 신주인 코지마 씨도 이름은 조금 다르지만 실제 인물입니다. 여러분, 출연해주셔서 정말 감사합니다.

읽어주신 분이 조금이라도 쇼카도 정원·미술관이나 이와시미즈하치만구, 야와타 시에 흥미를 가져주신다면 그것만큼 기쁜 일도 없겠습니다.

다시 한 번 쇼카도 정원·미술관 님, 이와시미즈하치만구 님, 정말 감사합니다.

이번 권도 이 자리를 빌려 감사 인사를 드리겠습니다.

후타바샤 님, 에브리스타 님, 교정자분, 중개업자분, 서점 직원 여러분, 교토 사투리 감수를 해주신 아케미 님 부처, 커버 디자이너님.

이번에도 훌륭한 표지 그림을 그려주신 일러스트레이터 야마우치 시즈 님.

그리고——이 책을 손에 들어주신 독자님.

저와 본 작품을 둘러싼 모든 인연에 진심으로 감사의 말씀을 올립니다.

정말 감사합니다.

모치즈키 마이

교토탐정 홈즈 8 ~견습 감정사의 분투~

2019년 8월 16일 1판 1쇄 인쇄
2019년 8월 20일 1판 1쇄 발행

원　　　작	모치즈키 마이
일 러 스 트	야마우치시즈
옮 긴 이	신동민
발 행 인	유재옥
본 부 장	조병권
담 당 편 집	이본느
편 집 1 팀	정영길 김민지 이성호 조찬희
편 집 2 팀	김다솜 이본느
편 집 3 팀	박상섭 김효연 임미나
디 자 인	강혜린 박은정
라 이 츠	박선희 김슬비
디 지 털	최민성 박지혜
발 행 처	(주)소미미디어
등　　　록	제2015-000008호
주　　　소	서울시 마포구 토정로 222, 403호(신수동, 한국출판콘텐츠센터)
판　　　매	(주)소미미디어
제 작 처	코리아피앤피
마 케 팅	한민지 한주원
물　　　류	허석용 최태욱
전　　　화	편집부 (070)4245-5505, (070)4167-3960 기획실 (02)567-3388
	판매 및 마케팅 (070)4165-6888, Fax (02)322-7665

ISBN 979-11-6389-907-5 (04830)
ISBN 979-11-6190-606-5 (세트)